冬天的 雷 是白色的

罗拉拉——著

罗拉拉的有声诗集

《冬天的雷是白色的》

诗歌日记（1994—2017）

一个女人的照相簿

结过婚的女人气色沉静
星期天丈夫加班　有独自的时间
洗衣服　做饭　晒太阳
家具乃至一双拖鞋
都经过精心选择
简单　质朴　优秀
来访的朋友打开照相簿
为你无法选择的过去惊呼
瘦削生涩的少女时代
带多余花边的金黄连衣裙
如今看来那条宽边腰带多么粗鲁
刚刚发育的蓓蕾般的身体还很无知
眼睛却充满对世界的看法
关于朗诵比赛　时装表演
还有小小班集体中那个好胜的角色
一切在相册上栩栩如生
去繁就简已不可能
婚礼的隆重了却了父母的心愿
那个涂满脂粉的新娘

和干部模样穿呢大衣的丈夫
花好月圆

剩下的话题是关于今年的春天
一台电脑花去了所有的积蓄
我们又得从一分钱攒起

少年往事

父亲和姐姐在地震预测站散步
妈妈和一个知青在煤油灯下谈话
我惦记着有关渔夫和魔鬼的故事
已发展到哪儿
而病秧子似的张老太太白天鬼鬼祟祟地说
大人和孩子的卧室之间
开扇窗户可真不好
小镇的停电时光
构筑了我性格中的怪异部分
它潜伏在肌肤深处
成为偶然间不可理喻的爆发

傍晚的菜市

一

从东往西或从西往东
先认识水果或先选择蔬菜
中间地带大同小异
将决定晚餐的重要内容
鱼类为其新鲜　最后的水源
保持了屠杀前的温情
笼里的鸡鸭麻木于同类的血腥
失去光泽的羽毛随处飘落
被分解的肉与五脏突出了食物属性
让人忘却它们也曾懒散地行走
工作了一天　主妇的脚步也很懒散
选择什么　才能和昨天有所不同
一只黑色的大号蝴蝶翩翩飞来
停栖在肉案的木架上
带来不合时宜的情调
妈妈　蝴蝶
无须对晚餐负责的孩子发现了它的美丽

母亲同意了孩子的鉴定
随即又为一筐新鲜的黄瓜吸引

二

那个瘦弱秀美的女人在选择香瓜
如今　再小号一点的叫伊丽莎白
微微起伏的衣褶里　饱含浆汁的果实
隐约可见　而腹部
那个更为珍贵的孕育　正羞涩地躲藏
孕妇和瓜　女人和果实
在傍晚的凌乱的菜市弹奏着自己的音乐
车子又遭堵塞　哎哎哎
你怎么撞我　不是我　是前面人忽然后退
红色的子宫里　那个尚未成形的婴儿
正在进食或安睡　母腹轻微的摇晃
引起它四肢的伸展
那只小小的还没有手指的手
又在无目的敲击　它没有多少力量
母亲还是感觉到了
她微微红了脸　对于这只等待成熟的果实
生起微妙的情感　别急
想吃什么　喜欢这只瓜吗

如果同意　就请敲三下

三

吴楚混迹于各有关注的人群中
车篓中　有了一只开过的西瓜
几朵白色的康乃馨
她在第一处发现龙虾的摊子前驻足
龙虾所剩不多　有点奄奄一息
仍然一口气买了三斤
懒得多动脑筋　她打算用土豆块烧肉
切土豆片烧汤　了解她的朋友
会原谅这花样的重复
吴楚在菜市逗留了半个多小时
最后从一个葱姜摊上站起
不可避免地　她还是想了那件企图忘怀的事情
混乱的菜市　刺鼻的气味
菜农的小奸小坏
主妇的斤斤计较
使她尽快恢复平静
明天　大概不需要去随家仓脑科医院
去傍晚的菜市　如果可能
她将向抑郁症患者提供这一偏方

忏悔之雨

暴热的天气
忽然变得温顺　如同儿时
发过脾气的父亲平静下来
那一种轻微的忏悔的氛围
你从不知晓
由与你的再次相遇
重返我的日常生活
这种重返有多么艰难

而我在十年般的长梦中醒来
你我的罪孽仍站在床前

没有一位神父能让
已经知返的我走出迷途
窗外渐渐迅疾的雨
又打湿一片尘土

幽默的皇陵

那位当年的放牛娃
终于长叹一声　坐稳了王位
有关千秋万代的遐想不费吹灰之力
栖落在王气出没的钟山
战火绵延　五百年只是一瞬间
庄严的明楼　帽子已被掀翻
而今　秃头的皇陵如一位喜剧明星
安然接受各地游客的浏览
有谁觅得龙迹风踪　张贴于斑驳的墙壁
借威严的皇族赚得蝇头小利
而虚胖的皇帝和他们浮肿的妻
并肩而立　不再分尊卑
宽大的脸面似一碗稀汤
零落的五官是几片菜叶
十三碗稀薄的菜汤点缀了春日的郊游
禁爬的后山　印满少年越轨的脚印
油菜花黄　昔日的龙袍业已黯淡
千秋万代　万代千秋
不朽是人类幽默的幻想

美龄小吃

那些飘满霉味的大屋子
陈旧的家具　色调沉重的沙发套和窗帘
一只孤零零的饮料杯和一位胖胖的假总统
叫作美龄宫
照片看来　宋美龄并不漂亮
三角眼　大圆脸　胖身子　笑容模糊
传说中关于牛奶洗澡的故事
今天看来　也并不稀奇
盥洗间门口挤满了好奇的人头
他们关心着总统夫人如厕的地方
而有些房间是不能进去的　除非你花钱照相
好在穿过一间卖工艺品的店铺
就抵达了阳光明媚的露天阳台
烂漫的桃花和垂丝海棠以及瓷桌瓷凳
让人不再怀疑过去曾有过的好时光
一碗热腾腾的赤豆元宵叫美龄小吃
那位爱吃西餐的尊贵夫人真的吃过这种食品
这一疑问并不妨碍小吃的味道

今晚，我认识了院子里的树

每当洗完脸　我总站在阳台上发愣
六月了　那些叶子已很肥大
各种各样的叶子无声地生长
隐匿着心事　随风摇曳
对面装蓝玻璃的封闭阳台
昭示主人追求安逸的生活
窗户很多　有时传出笛声
仿佛上个世纪的余音
贴近面颊　水珠受凉风和体温的夹击
逐渐分解
今天我站得更久些　因为今天
我需要其他事物　需要进行了解
通过求教　我弄清院子里有洋槐
冬青　无花果　棕榈　木芙蓉　石榴
梅花与桂树　无须求证
它们在适当的季节有自己的语言
了解了这些我的脸仍未彻底干爽
呜呜的风绵绵不尽
将怜悯藏在温柔的手掌里
今年　夏天放慢了登临的脚步
而黄梅雨就要来到

冬日偶念

关闭窗户　阻隔光的明亮
关闭手机　拒绝短信的呻吟
不再敲击键盘
只让笔尖轻轻划过
这雪白温和的纸面

让我安静一会
默默聆听这呼啸而来的市声
与墙壁对话
关心那些忠实的家具
渐渐堆积的灰尘

让我安静一会
任时针匀速前进
玩偶们互相依偎
将嘴巴锁进金属保险柜
回到思绪的水草中潜泳

忽然怀念
一个人的村庄
没有蹄印与车辙的荒草小径
一把丢失的钥匙
以及女儿漆黑的瞳仁

交谈者

朋友说我是个好的交谈者
而我的习惯是在半夜醒来
与天花板对话
与一本枯燥的书　或一张影碟

我多么感激　那些文字
那些影像　尽管它们
也许是我适应这个世界的障碍

交流并无障碍　很难吗
与一部电影的交谈
常令我泪流满面

那些光亮
那些悲悯的目光
我们心底悲伤的河流

早晨第一缕阳光里
我常沉睡如夜
而稚嫩的声音清脆如闹铃
妈妈　我们谈谈吧

我的朋友都是好人

我的朋友都是好人
根正苗红
因为爱才做爱
没有爱　也至少要喜欢

我的朋友慷慨无私
他们养活爱人和孩子
还忍气吞声
上学的时候　他们绝不逃课
上班的时候　他们努力挣钱
可他们怎么就不快乐呢

我的朋友谴责恶人
却从未研究过恶人的快乐
打坏别人的玻璃要赔
可打坏自己的快乐呢

我的朋友从不坚持错误
即使别人错了

他们也会自己认错
偶尔抱怨一下世界
可这关世界什么事呢

亲爱的朋友
祝愿你犯一点错
祝愿你掉下悬崖
即使你没有降落伞
即使离你脚尖很远的土地是花岗岩

在这个世界上
跌得头破血流是正常的
如果头没有破血没有流
你的心脏一定会有内伤
相信我　没错的

你们的脸

你们的脸在咖啡馆的吊灯下
如百合花在静夜中悄然浮现
有经验的女人　忧伤的男人
语言在空中灵巧地对接
缓缓降落的时候　表情绽放
你们的脸上有着动人的光泽

我们应当还没有活够
即使绝望的故事一再发生
精神瘫痪的男人　无动于衷的女人
那都是仁慈的上帝赐予我们的考验

善良如我们　如温顺的羔羊
为保护别人的自由
往自己心头扎刀的你我
没有人比我们更懂得爱
世上只要还有你们的脸
我的朋友
我就还没有活够

大风

呼啸声骤然响起在窗外
你的到来毫无预兆
厚厚的布帘急促翻飞
书本一一沉重落地
办公的人们无辜地抬起双眼
电脑尚未失去冷静　文字依旧奔跑

从来无动于衷的垃圾箱
为何停留在了马路中央
自行车倒地如垂死的蚂蚱
摇摇欲坠的路人找到了马背上的摇篮
刚刚丰盛的树顶传递着海浪
一向漠然的街景忽然戏剧了

这偶发的事故是一场欣喜
即使它让温和的三月忽然跑题

星期四·羽毛球·流水账

这么多年
我没有碰到过它
十六年前　我在师专的大食堂里
与一位叫芳芳的外语系老师打过
芳芳的脸盘很大　但称得上秀美
我许多年没见过芳芳了
羽毛球也一样

女儿上了全托
我和先生各忙各的
羽毛球出现后
我们的生活有了点变化
每周四　去电视台后的小饭馆
吃顿晚餐　然后
去球场约会

我们打了一个多月了
球场里人很多
男的多　女的少

他们都挺苗条的
我打得不好　但不偷懒
先生指导说　你不会用手腕
电脑前的累与打球的累
是不一样的
流了汗以后　身体飘起来

后来　一楼也出租了
比五楼便宜　只是地面不是木板的
一个声音像男声的高个女人负责这里
高个女人很瘦
最初我怀疑过她的性别
后来她换了件橘红色衣裳
我不再怀疑　只是想
她可能是退役运动员
年轻时吃过激素

球场边有间黑屋子
既然有床　肯定住人
五斗橱上还放着塑料花
高个女人有时候慢慢地
从里面推出一辆自行车
车后座上绑着小椅子

她经过我们的十五号场地时
一个动作感动了我
球网松了　她停下车来
仔细地将球网系紧
她一定是个认真的运动员
吃过很多苦

出伏

婴儿在熟睡中生长
小狗专注地啃着肉骨头
久违的凉风令人落泪啊
纸钱的火光中粉尘飞扬
落叶忽然多了起来
有些果子沉落了
我对你隐隐的恨意
是爱过你的痕迹

一厢情愿

为一匹糖马而伤心
公车上的姑娘　专注地吃着
这古老的零食
忽然听见　时光嗖嗖的声音
而春天　不容置疑地提亮了光线
想约你六十岁时谈个心
不知道那时　你有没有放弃
那该死的内向

世界语焉不详
我们明确地表达着
用体面的语言
绕过内心隐秘的朝向
在各自的空间
假模假式地微笑着
我以为你与我有关
也仅仅是
这样以为着

病房幻象

装了除颤器的邻床痛苦又骄傲
他抚摸着肩膀：十几万呢
他团脸的妻子欢眉笑眼
直到医院发来催账单
呻吟了一夜：生不如死
早晨醒来　护士小姐环绕
床板高高翘起像他的宫殿
一张铜版纸医院报是他的餐巾
“帮我围好！”他令道
吃着稀饭咸菜姿态优雅　他像个国王

夜晚　小小帆布床像一只倒扣的盒子
上面密封　却没有底盖
辗转间身边病床高大
我的病人在侧　我虽游移却有所依
像橡皮艇上的少年派伴随着他的老虎
另一边　心电监测仪不停地在叫
59　62　76　88　红灯一闪一闪
瞬间安静　邻床重病人是否停止呼吸

少年派起身探望对岸

十几万的电器潜伏在他左肩继续工作

他半张着嘴　已进入微鼾

白色

从取药窗口望去
才知道每天　药丸的吞吐量巨大
白发药剂师喊人名字时
希望取药人应答响亮
护工阿姨是个哲学家
热饭期间
她开始讲述二十六床的忏情录
开头与结尾嵌满醒世恒言
对面　一个潮男正虔诚询问C主任的下落
推病床的大妈很有威仪　像个领导
而白色的病床上　幻象终结
就像病员服内　必须坦坦荡荡

苏州日记

一、苏博

被直线诠释的园林
如同素描的草稿
鱼也相对孤单
左边　右边　它们不再属于鱼群
奔涌向前的山石
让西方潜入东方的古代
那些碗、盘子、书房与丝绸衣裳
残留着并不久远的日常
我们　有些小巧
我们　有些疏落
博物　不那么博
烈日的光焰　尾音有些虚弱
像出口的忠王府　所谓阔大
只是回忆中　一段突兀的闯入

二、苏大

并排的邮箱中　每一格空空落落
不再有寄往二十岁的信
望星桥已被隔离在栅栏之外
那口生锈的钟照例不在树上
也不在传说中
古木们像误食了爱丽丝的蘑菇
小女孩是被无辜拉进的证人
她对此一无所知
银杏绿得陌生
它们已然忘却　多年前
另一个女孩在红楼中泪流满面
彩色玻璃与圣母　同时出现在幻灯中
她攥着的信纸上字迹模糊
此刻　那炷沉香火光渐隐
缓缓落下　一截安静的灰烬

三、拙政园

其实　一直没有明白
园林的好处
好像将疏落的自然
按了加快键
退思后的心灵
必须凑齐这么多情境
才回避了空虚么
鱼群被观赏的时候
它自己快乐么
假山石上　从来寸草不留
较比干多一窍么
长廊的弧度　总是装得很天真
从没有被安排么
只有穿堂风是即兴的
点曲子的客人是即兴的
《钗头凤》已听了两遍
《夜读》许久不唱了
疑神疑鬼的王魁重剔了银灯
心意彷徨更愁烦
沈调的评弹中鸳鸯戏水
还是那一对冤家狭路相逢

四、平江路

我们住进了一段旧时光
只有深绿的河水少许穿帮
玻璃后的盆栽尽职地发送暗号
犄角旮旯的暗香
是比排队更悠长的广告
明信片纷纷寄向未来
早已抢了书籍的戏
水房子是必要的背景
捞垃圾的老船工　也穿得一丝不苟
瓶子比奶茶更炫
苏式点心的颜色比味道缤纷
在这里走着　必须拥有一把钥匙
打开有石井与青苔的庭院
有一棵桃树　还有一棵也是
无眠之夜辗转雕花床榻
高高的房梁上老灵魂俯瞰
“喂　我们才是真的　如假包换”

冬天的雷是白色的

冬天的雷是白色的
响起的时候有些微苦
颗粒状的冰凌纷纷爆破
慌乱的角落被照亮

一些清甜也被惊醒
不合时宜的时刻
总留下记忆的皱褶
那些半透明的　忽然透明了

童年的舌头舔过冰雪
被粘住时感到麻辣
受伤的夜晚　小女孩头绑绷带
在探视的目光下又唱又跳

冬天的雷是白色的
阳光刺目时也是白色
深长酣熟的睡眠之中
醒在梦里的人无家可归

致我的石象路

你们一公一母　或坐或卧
一待就是六百年
大象与麒麟聊过天吗
或者　獬豸曾与骆驼搭讪
马儿们曾经夜奔助阵隔壁的武士
白天　他们总是一动不动
好像什么也不曾发生
它们的怀里容纳了多少顽皮的孩子
包括我　如今早长大成人
又带来我的孩子
很大的一部分为了你们　我来到这个城市
落叶纷飞　白雪皑皑
我都来到这里
你们肯定不知其中缘由
你们想必也默然洞悉

这个春天

一

这个春天有点脏
拴着铁链的黄狗抑郁地注视前方
手佳按摩搬家了
节省租金何惧蛮荒
你还好吗　你还好吗
最深的困难自己消化
萧涧秋的故事　如今读来还是柔软
早春二月只在枝头舒展了
我的心留在冬天　白梅花关闭了花苞

二

冻结是一种方式
保持疼痛的初始状态
筋斗云腾跃而上
看喜怒哀乐的成分分析
各人的流向　在军事地图上

隔着皮囊的河岸　永远声东击西
梦是一种愿望　等待交会或拯救
虚幻世界　车马早已丢失
即使阳光早已刺破冰层
你蜷缩的模样　依旧持续
春日在彼岸　未曾发芽

三

从没像今天　期待一场雨
荡涤尘埃　尘埃从没像今天
不在地面　四处飘浮
世界危险重重　你是敏感的人就能预见
你是女神就能拔剑
荡涤尘埃　女人是水做的
水是尘埃的仇敌
嗯　节日快乐

四

你已晴好
我仍在养伤　骤降二十度
气温刚刚好

冷冽有种安全感
紫色的玉兰有点刺目
张爱玲说　白玉兰像用脏的手帕
我却觉得它们更像灯盏
有春花不该有的坚硬
报喜不报忧的世界
人们躲进坚硬的壳
假装一切安好
群赞涌向成功人群
玉兰是春天的白炽灯
远山阴郁
扫出淡淡的墨韵　你知我知

五

打破季节的序列
秋冬来回串门
工作了一季的空调重新启动
第一茬樱花试探着绽放　已被狂风吹散
还有更深的寒冷　在并未化解的冰河之中
肤浅的商业淡扫蛾眉　佯装热闹
你注视另一截干涸的河床
长太息而无涕

更为虚假的舞台　已急需演员
世上的盐太多　有一种苦咸它不是真的
角色太多　演技已无法比拼
不再演的人厌倦了　素颜无言
白樱花何时再开

六

童年骑过的豹子
又陪过你的童年
团团的小脸　而今有了少女的沉静
唯有你的成长与春天一样毋庸置疑
饱鼓鼓的绿芽　萌发的甜香
走的尚未走　来的仍未来
湿润的雾气尚不是霾

七

魂兮游荡　轻轻诉说
而雨声更急　盖过你们的抽泣
每一朵明黄的小花　总是沾满泪水
蝴蝶飞不动了　在树洞里收敛翅膀
碧草青青　又想起你

一种离别　总是隔着动人的屏障
远远的　却更加清晰　桩桩件件
雨纷纷　欲断魂　杏花桃花樱花难分

我的长矛

滑膜炎肩周炎
各种表象的潜在的炎症
还有眼前的一小片阴翳
都是时间的馈赠
我们待在世上已有些时辰
父母已老　姐姐亦成奶奶
青草依旧茂盛　花朵不再是故事
刚刚接触的名词　转瞬即忘
孩子满身的斗志　只想周游四方
我　堂吉诃德　已经醒来
却依旧持着长矛

古村落

白天的蝉声有多响
夜里的蛐蛐蹦多高
天有多蓝　云有多白
秋老虎就有多狠
碧山的星斗有多密
南京的月亮有多模糊
乡村远去　都市涌来
明天的任务一一排开
老房子藏有祖先的秘密
无人居住　渐渐干枯
我们以游客的身份　偶尔光顾
好奇一个大家族的规矩
而今　规矩已改　天窗已封
远行的人不再归来
美丽的老房子不再有魂灵
大理石　新油漆　塑料　不锈钢
摧毁久远的优雅
穿堂风的回廊聚集着打赤膊的汉子
红绸包裹着纸板箱　樟木箱子在暗处腐朽

新娘亦失去初嫁的疼痛
旧村子　成为一个个展览的古董
在比较修复的崭新度
没有人再为她哭

碧山

黄山不是黄的
碧山也并不绿
远山含黛　麦苗青青
白云恣意游
天空有最挥洒的画师
柿子还没有红　桃胶还在树上
谁能领得一朵云彩
当作甜甜的棉花糖　含化远处的童年
当你老了　头发白了
也能在最蓝的天空融化
水牛哞哞　老鹅嘎嘎
一天很长很慢

梳妆镜

梳妆镜挂在墙上
女儿说　照起来有些变形
我说　这就是过去的镜子　回收的
也许　投影不那么准确
更早的铜镜　模模糊糊
估计只能靠感觉　贴花黄
过去的日子　能明白四季
时序的变化　关于春耕秋种　燕子何时归来　女孩何时该出嫁
关于镜子与时间
是我后来失眠的时候想到
梳妆镜有些变形
我和女儿讨论了一句就停止了
她关注床上死去的蚊子
夜静处　蛐蛐喧闹
我们驱车五小时找寻乡村
在梳妆镜中观察自己
有点不像了

阴翳

故乡的云被烈日漂白
蓝天还是
小学的蜡笔描画
妈妈已比最后的奶奶大十一岁
她仍爱吃冰淇淋
爸爸有了五根拐杖
妈妈也想要一个带小板凳的
爸爸大手一挥 “送你，拿去！”
妈妈前两天爬高放鞋 肩膀摔出瘀青
她一直以为自己十八岁
而笑容仍是学龄前儿童
只有五十年的杂物堆积
证明岁月流逝是真的
女儿对着一把蒲扇拍照
说外婆曾摇着它哄自己睡觉
我的眼睛已出现第一块阴翳
蓝天白云依旧
在中学作文里
散放熟稔的气息

写给烂牙的情诗

陪了我五十年的亲人
我的小长城那最终的堡垒　兄弟连
你摇摇欲坠　与秋两流连
你与我一同历经美味　甘甜
也一起攻克坚硬　古怪　干饭　稀粥　包子　花卷
卤牛肉分子料理　东北大骨头　过雪山草地
你为何不陪我共度晚年
你诀别信也不写　只用疼痛警示
疼不动了还有拉拉扯扯的酸
这次你是坚决要走了
你挪来挪去　摇摇摆摆　明示暗示
为何我还是舍不得

傍晚沉甸甸的花朵

傍晚沉甸甸的花朵
汲取一天的能量
光线渐收　盒子已关闭
每个人回到自己的格子里
暖光源亮了　路瓦栽夫人的先生说
多么鲜美的肉汤
多年以后　我爱上这句台词
也爱上小时候不爱吃的月饼
所有的仪式　关于月亮的毛笔字
昭示人间的你来我往
源源不断　宛若月光
或是一只谪仙的白兔
晚餐配菜不错
千年的吴刚　专心致志
酿着那一缸桂花酒

黑丝绒

稻田的诗意在稻穗上沉甸着
而层层叠叠的苍蝇轻易就能解构
晚霞的光线混入了正在红烧的豆腐香
田埂上的阴影是一只甲鱼吗
不去近看　甲鱼就还在
老时钟真的有咔嚓的步履声
都市与乡村片刻相遇
久别重逢　大鸟啸叫
汽车轰隆　炊烟散尽
夜晚的黑网
很快就要将金色稻田捕捉
焰火堆积着
会在更沉郁的丝绒上绣出绚烂的菊花

鹅掌楸

鹅掌楸有一种定义美
像大师的手势
枯黄里亦有端然
如同中年的尊严
叽叽喳喳的幸运草
簇拥着大佬开会
她却一言不发
瞬时的沉默让草地静下来
阳光俨然如瀑

亲人

今晚的月亮特别圆
像快递小哥一样亲切
在物业　每个人找寻包裹
像寻找失散的亲人
金色的月亮你看了吗
除了淘宝店主给至亲的手写信
谁还在惦记你
没有说出口的话
像发错地址的货　在时间的缝隙里
从未抵达

淡淡生活

谁被往事的闪电击中
回忆如约而至
时光之水早已扑灭烈焰
故事的结尾由他讲述
我们早已学会淡淡生活
秘密的囊肿留下轻微刺痛
给你一种难以表述的滋味
一生有多少三十年

楼顶一棵树

楼顶一棵树
暮晚时分　有些安逸
和年关熙熙攘攘的人们
状态完全不同
我们与一棵树的区别
如同楼顶一棵树与旷野一棵树的区别
它依托的土　我们呼吸的空气
同样稀薄
年关的人仰望天空
看到楼顶一棵树
想起什么　很快被人声淹没

老去温柔

有一天你也借助老花镜读书
牙齿松动　仍对蚕豆有野心
风吹来　显露明确的发际线
关爱幼小　宽容年轻人
晒太阳的时候　翻找刚刚忘却的数字
并非悲凉　怜悯丛生
老去　原来很温柔

有一种三月

有一种三月清冷又凄怆
植物依旧拼命地攀爬
被窝亦有暖烘烘
寒凉却是不肯褪去的记忆
从未如今年　久久占据
季节的交替总有一场战争
稚嫩的新王座位未稳
老王仍在垂帘听政
金陵的花季惊醒了多少镜头啊
冬天的雪仍在遥望夏日的野火
企图将第一季
跨栏而过
春哪春　从古的伤心
由萌芽至如今　已盘根错节
莫名其妙　绚烂又阴晦
病入膏肓　永未痊愈

日落与日出

日落与日出类似
只是方向不同
日出颤动着希望
日落有温柔与感动
交替轮回　永无止息
举头望明月
却无法凝望正午的太阳
只在清晨与暮晚
我们默默与它对视
遗忘的往事升起　又落下

余晖下的交谈

余晖下的交谈镀着温和的光
老花眼成了共同话题
尽管　灰色的远山依旧清晰
手机已不能举得更远
屏幕上　字如斗大
你说话的声音有点有气无力
记忆消失之前
每一次记录都是最后的打捞
归程遥遥
男人女人
谁会是友谊终结者
我们都不再有足够的力气
仇视任何事
写作也非有闲就能完成
在你对世界无话可说之前
多留几行字
老去如一只飞鸽
来得太快
它是一种温柔　更是一种消解

暴雨将至

语音是气体　目光是流质
尘世的场景
在上帝的魔术盒里
那些闪闪发光的勋章与烟花一样需要黑暗
我们则需要一些苦涩
在暑热的尾声冲服
甜美的金桂又将糖渍了这座城
幻象明灭　需要你的毒酒
而我将讴歌　大雨疯狂前的宁静
一只昆虫的飞翔　细小而恒定

病房组诗

比海更深

蓝天白云在玻璃外
清凉闲逸
那个花样游泳的姑娘
得过世界冠军
此刻她吃不下东西　从未笑过
她的婆婆像姐姐　是跑步的
她的老公像弟弟　是拳击的
妈妈每天妆容精致　但已像个妈妈
一看就是　会跳广场舞的
姑娘鼻梁很高　常年的鼻夹并未使它凹陷
她双腿修长　不知不觉绷着脚尖
却不能再踢出泳池的水平面
或者能踢中盐水瓶
腹中的胎儿　是否也在伸展拳脚
准妈妈们停歇下来　准备着新生的营养
老妈妈们停歇下来　为告别又一段人生
成为女人　告别女人

我们还有生而为人的纯粹
比海更深

病隙碎笔

爱上隔离帘的蓝色
爱上热闹与孤绝同在
爱上浮花浪蕊外
独我的根本
爱上窄小的床　有水渍的天花板
耷拉着的窗帘　照样有树影闪动
护士小姐　也许漂亮的扎针更疼
病友比驴友更心心相印
相怜岂止为同病
众生平等　在这里实现
我带了《红楼梦》　右邻床有一本《救命的数学》
左邻床被指认三十一岁
聊天的时候　她自称八〇末
九〇后的丈夫是个东北暖男
陪床的他打起呼来堪比闹钟
花游的长腿姑娘　这两天笑了
还给我们看了她的金牌银牌

第一次知道　她们姨妈来的时候也要下水
小小年纪也已腰肌劳损
蒋方舟的书才读了一半
她将我浮潜的日本　扎了几个猛子
读她的时候我开了小差
思考世外仙姝林黛玉
为何要拜师入世颇深的贾雨村
朋友说今年他最爱的电影是《明月几时有》
最爱的台词是　胜利后再见
嗯　我的朋友
胜利后再见

病房蓝

标准的病房蓝
在蔚蓝与天蓝之间
在富贵与寒碜之间
有一种疏离的笃定
整理旧我　并不能诞生
一个全新的你
只是　桌椅板凳松动
需要重新　对准榫头

希望出院时
不再摇摇晃晃
这一刻　留恋病房蓝中的滞留
市声喧哗　任务退隐
我只为修理　我的存在

找个时间安置病

找个时间安置病
像看海一样躺着
看瓶中点滴摇摇晃晃
落叶般坠落
忘了太多的多余
余下这一个我
与蓝白条床单独守一周
我会想念你的　窗外的香樟树
听说你果子变紫的时候　会洒落一地
我会想念你的
欺负新婚丈夫的保胎小邻床
等孩子大了　他欺负你时不要哭泣
我会想念你的
可口的排骨汤　乌鱼汤　鸽子汤

寡淡的病员餐我也吃得很香
热腾腾的俗世　我又回来了
应付你的各种任务　我又多了勇气

配画诗

丛林组诗

画/ 吴静一　倪蓓蓓

鹿王的宫殿

清脆的枪声
忽然响起　在我的幽会地
王妃们一一倒伏　最后的企求无言
眼眸中惊恐与安心交错
是的　你们再也不用争宠了
只余我　背负宫殿迅捷逃离
我最爱的静妃　小王子还在安睡
悬崖下的摇篮　奔跑时晃动如母腹
我的王冠犹在　总会被认出
宫殿摇摇欲坠　瑟瑟如风铃
黎明前梦境清晰　森林在望
巨大舒缓的草坡上　女人与孩子嬉戏
唯愿不醒

小夜曲

树叶沙沙　轻不过我的脚步
金黄的枇杷啊　你慢些摇
坠落的声音　别惊动我的宝贝
月亮就要升起了　你们的妈妈还没有回家
嘘　叫得不要那么凄切
喵呜喵呜　让我来做你们的猫妈妈
小乖乖　快快当我的餐前甜点吧
一首摇篮曲　就送你们进梦乡

狮吼记之一·黄昏的微醺

据说它们是用来阻挡速度的
可我对图案的意义毫无兴趣
从小到大　也不爱穿条纹衣裳
你奔跑的样子有点帅
可是你太过注意姿态了
新雨后　草地滑润
树兰也止不住你的踉跄
我爱你新鲜的血液
那一瞬　我听见它们流动的声响

比泉水高了五十八度啊
你摔倒的样子有点尴尬
别怕　宁静很快就要到来
当牙齿亲近你的颈项时　我已微醺

狮吼记之二·捕风者

风起时　雨点沉重地落下
我正与一只大雁玩耍
它挣扎的样子有些性感
羽毛飞溅　在空中漫写狂草
不远处　你正鬃毛飞舞着奔来
蹄声嗒嗒　是要赴一场约会吗
可是　杠板归蓝色的笑容暗示了
你就是我的新郎
此时　风声大作是我们的礼乐
你没有看我　只是有点羞赧
且让我的手臂紧紧环绕
这一霎　天留人便　草藉花眠

豹与羊之一·森林婚床

枯柏古老的床架
袅娜的菟丝缠出新鲜花样
络石的白色花朵尚未开放
槲寄生的浆果已熟　你要不要尝一尝
你奔跑的样子很漂亮
我的手刚刚搭上你的肩膀　你已昏厥
小心轻放　在柔软的草垫上
我会很温柔　亲爱的

豹与羊之二·我爱你

我爱你出现在黄昏的森林
从容地寻觅　头顶王冠漫步
我爱你　温顺的眼神如此专注
我爱你狂奔时矫健的双腿
被恐惧追随从不回头张望
我爱你温热的身躯　微弱的呼吸
垂挂树梢仍沉默不语
我爱你和我一起相伴的姿态
既已错过日出与清晨
就一起静候冰轮缓缓升起

闲梦组诗

画/ 吴思骏

马语者

雾霾侵袭的冬天
厚重的云
干燥的北方控制了南方
毛屑与碎片飘浮
仍有泪水充盈
在记忆深处的沼泽
睡饱才能不忧郁
做一匹眼神柔和的马
嗒嗒马蹄
驶向梦的国度
有男子依偎
有信任交付
你我幼稚如孩童

变身植物告别动物

且让我伫立
与苔藓为伍
静静地攀爬是遗忘
伤心已覆　不再记起
仇恨的喘息　是最后的迷恋吗
你离得那么近
我们的视线没有交叉
有关温良　从来只是传说
犄角的起伏泄露了秘密
凶猛被平庸驯服了
逆来顺受　还能怎样

过河去

帽子是飞翔的姿势
发卷似碧浪
二月兰刚刚探出花骨朵儿
心思已绣满手臂
谁　又撩起裙裾
你呀你　太淘气

水波已绿
哥　我要过河去

一棵树

恋床症患者
一百只鸟也唤不醒
山石嶙峋
一棵树突兀地站立
有风　划过少年青白的皮肤
梦无休无止
彼岸的舟已停
此时的浪未静

秘密

他的手总比你
快一秒伸出
你照例看不见我
眼神空洞　直视前方
女人　在很多时刻

需要一种力　需要瞬间的倾斜
投入某种怀抱
你的脊背总是很冰凉
早已捂得严严实实了
秘密仍呼之欲出

蓝花床单

黑夜的拥抱未退
阳光已惊动了温柔
二月的风剪出最初的芽
草根的甜香浮动
蓝花床单舍不得洗
上面残留了你长发的味道
有谁怀有期冀
此时就是最好的时光

云想衣裳

一梦醒来
我只剩下小披肩

蕾丝花边有些扎人
懵懂之间　两朵蓝色的小云
从窗口飘过
她们一定是忍住了笑
偷走了我的花衣裳

暗物质

城市已陌生
树或烟弥漫如墨线
鸟隐匿在天空之外
飞翔的愿望被阉割
每个人都被赠予了黑围脖
从颈部到肺部
感染着暗物质
眼神也晦涩无光了
白纱巾在童年一晃而过

且听风吟

请把我的少年时代还来
草尖上蚱蜢徘徊
聆听青涩安静的汹涌
山湖之间
有意外的相逢
远行的愿望已积蓄太久
我和你
且驻足停留

盛夏的果实

饱满很无邪
像海水之蓝　绸巾之艳
绳索很无辜
像打结的忧虑　无力地悬垂
你的虐是你的赞美
如我微闭的双眼　顺从的手臂
石榴开裂了
晶莹的血红渗透　阳光刺目如雪

午间闲梦

姐姐
请将那杯茶端来
刚才的钢琴曲有些忧伤
我做了一个梦
梦中娶了瑶芳
还做了逍遥的南柯郡王
姐姐　趁那杯茶余温未消
换首曲子弹弹吧

眩

阳光好眩
宿醉未醒
昨夜的舞步尚停在脚尖
海水好凉
我只想留在岸边
将疼痛晾晒
风如药膏
留下清凉的印记

一面湖水

掬一捧清水
为你濯面
你安详如睡
再无伤害
在我怀中
云起了
一管笙箫
曲终人不散
波涛如打碎的绿玻璃
光芒般刺痛
走吧　走吧
山高水长　云起云落
在被遗忘的时空
一起相送
你脚步无力
心思却缥缈
一生的故事
如几张书页匆匆翻过
暗香浮动
你独自簪花
微笑神秘

如同醒来
在另一个梦境
似曾相识的旋律
是你唱过的歌
白梅花飘落在封冻的湖面
一切亲切如昨
从未告别

薛定谔之猫的猜想

我们总是不能
和一个预感长久厮守
不过　在命运的叠加瞬间
让纤细的绳索　绷得更紧一些吧
你的前倾　我的后仰
都在他的趾尖之上
一块红布漫延而过
流淌在你们的背部　我们的脚踝
除了注视　从未被蒙蔽
总想一探究竟的人类
终归要将无限的可能
变回唯一的答案

比海更深

文学与艺术访谈录

罗拉拉——著

江苏凤凰电子音像出版社

图书在版编目（CIP）数据

比海更深 / 罗拉拉著. -- 南京 ：江苏凤凰电子音像出版社， 2019.5

ISBN 978-7-83013-096-1

Ⅰ. ①比… Ⅱ. ①罗… Ⅲ. ①随笔—作品集—中国—当代 Ⅳ. ①I267.1

中国版本图书馆CIP数据核字（2019）第047959号

书　　名　比海更深

著　　者　罗拉拉
插　　图　罗拉拉
责任编辑　洪素珍　蔡宇宸
特约编辑　吕　征
装帧设计　周伟伟
音频编辑　蔡宇宸　邵琳雯
出版发行　江苏凤凰电子音像出版社
出版社地址　南京市湖南路 1 号凤凰广场 B 座，邮编：210009
印　　刷　天津光之彩印刷有限公司
开　　本　889mm × 1194mm　1/32
印　　张　10.5
字　　数　226 千字
版　　次　2019年 5 月第 1 版　2019 年 5 月第 1 次印刷
标准书号　ISBN 978-7-83013-096-1
定　　价　58.00 元

如有印装问题，请与出版社联系调换。
（电话：025-58811570）

作者自画像

目录

昆界

画境

剧场

书中

路上

后记

昆界

昆曲在南京是怎样成为国剧的

朱元璋在南京的一声赞奠定了昆曲的国剧地位；南京一位昆曲演员为演好严嵩曾去相国府“潜伏”三年；汤显祖在南京完成了《紫钗记》；孔尚任为《桃花扇》在南京四处采访；李渔在南京的家班全国有名；袁枚起初对戏曲无感，但五十岁后也成了戏曲评论家；秦淮八艳都是昆曲名伶，马湘兰自己写剧本，李香君擅演“临川四梦”；吴梅带着笛子在曾经的中央大学讲昆曲；甘贡三在“九十九间半”成立南京曲社……南京与昆曲的故事说也说不完。

说起来，南京并非昆曲的发源地，从语言的根源上看亦相差甚远。然而南京对于昆曲举足轻重。在明代，同一个戏两个戏班打擂，失败的远走京城，卧薪尝胆三年；在清朝的南京，曾经大小官员都会唱戏。南京曾经有十六座公共戏台，拥有“南教坊司”……也正是在南京，昆曲才发展成为国剧。

朱元璋的一声赞

相传早在南唐时期，憨厚、宽容、低调的南京人就拥有了很高的艺术审美水平。这与写“一江春水向东流”的李后主有密切关联。他因宠爱嫔妃窅娘建造金莲台。金莲台高达六米，小脚的窅娘在上面翩翩起舞，这就是南唐著名的金舞台。据说，昆曲中许多舞蹈的理念就来自南唐的舞蹈。

此外，元曲在南京也很发达。而其中部分剧目，比如《西厢记》《窦娥冤》，后来都变成了昆曲，继续在舞台上演。

元末明初，弋阳腔、海盐腔、余姚腔、昆山腔等各种声腔并举，是什么原因令昆山腔脱颖而出、独占鳌头呢？不能不说跟明朝的开国皇帝朱元璋有关。

昆山老寿星周寿谊因历经宋、元、明三代，仍“身体倍儿棒、吃嘛嘛香”，且能远足，比八十来岁的儿子体力还好，于是被明太祖召见。史书上记载，朱问：“闻昆山腔甚嘉，尔亦能讴否？”周老先生也不怯场，上来就唱了一曲《月子弯弯照九州》，朱赞“此曲甚雅矣”。皇上的嘉许，自然令昆山腔身价百倍。

朱元璋在皇宫中设立了专门的演出机构教坊司，还在秦淮河南岸建造倡优聚居的“富乐院”。1394年，朱元璋在南京建造了十六座公共戏台。传朱元璋每天都要欣赏《琵琶记》。据徐渭《南词叙录》载，朱元璋读了该剧竟然说：“五经、四书，布帛、菽粟也，家家皆有；高明《琵琶记》如山珍、海错，富贵家不可无。”

明成祖朱棣迁都北京后，仍在南京保留了中央六部和“南教坊司”，为昆曲后来风靡全国提供了土壤。

对台戏传佳话

一切总有个过程。据明代大学问家顾起元记载：“南都万历以前，公侯与缙绅及富家，凡有燕会，小集多用散乐……大会则用南戏。”当时多唱弋阳腔、海盐腔。但进入万历时，变为尽唱昆曲：“今又有昆山，校海盐又为清柔而婉折，一字之长，延至数息。士大夫禀心房之精，靡然从好。”从明隆庆、万历之交到清嘉庆初年，昆曲辉煌了两百多年，被称为“第一声腔”剧种，佳作最丰富，艺术成就也最高，堪称国剧。

明神宗万历年间，昆曲在“南都”已经相当流行。当时南京的职业昆班多达数十个，其中“兴化部”和“华林部”最负盛名。据后来昆曲名剧《桃花扇》的主人公侯方域所著《马伶传》记载：有一回，从安徽新安来的富商在南京特地邀请两戏班唱对台戏，同时演出《鸣凤记》，还让观众参与评比，明显有“打擂”的意思。“兴化部”扮严嵩的净角马伶，慢慢发觉自己的技艺远不及“华林部”扮严嵩的李伶，便悄然退场，且离开了南京。

他这一去竟有三年。三年后重返南京，邀请“华林部”再赛。这一次，他举手投足惟妙惟肖，赢喝彩无数，结果大获全胜，令李伶折服。原来，马伶此去竟是奔赴京城某相国（传其个性风格颇似严嵩）家，“求为其门卒三年”，像卧底一样潜伏，用心揣摩学习主人的举手投足。故事谜底揭开后，马伶的戏外功夫亦传为佳话。

时至清朝，“李渔家班”“曹寅家班”等专业昆班名扬全国。而彼时秦淮河畔，一边歌伶，一边书生，亦故事不断。不仅有职业的戏曲演员，文人士大夫清音唱曲之风亦逐渐兴盛。更有传文官阅文件累了，管事的便令下官唱昆曲娱乐解乏，开始还有推辞，后来说不唱者打十板，一个个吓得不敢不唱，还唱得有板有眼。《雪涛谐史》戏称“从来唱曲，要先打板”，即由此而来。

八艳亦为名伶

明代所绘的《南都繁会图》与余怀的《板桥杂记》都有明清两代秦淮河房演出昆曲的记录，而著名的秦淮八艳同时也都是昆曲名伶。要知道，她们不只是唱些散曲，演几出折子戏，而是彩扮盛装之后主演整本大戏。

位居秦淮八艳之首的马湘兰不仅能写会画，画得一手好兰花，而且她通音律，擅歌舞，且为昆曲的编剧与导演。她写有《三生传玉簪记》，还能带领手下演出《西厢记》全本，并带出了许多得其真传的弟子。文人雅士喜欢观赏她演出昆曲，她也因此而闻名。

“冲冠一怒为红颜”中的陈圆圆亦因昆曲名冠一时。十八岁时，她就在秦淮河边彩装演出，扮相美，唱亦佳。名士邹枢说其“演西厢，扮贴旦红娘脚色。体态倾靡，说白便巧，曲尽萧寺当年情绪”。钮琇《觚剩》卷四《燕觚》亦记载：“有名妓陈圆圆者……每一登场，花明雪艳，独出冠时，观者魂断。”传说有一次，名诗人吴梅村看望知县杨永言，杨永言邀来陈圆圆唱堂会，吴梅村于是点唱在当时很走红的《浣纱记》。因事先没有准备，陈圆圆用棉筋纸加浆糊，点染裁制成了一套西施服装。台下人赞不绝口，台上人却胆战心惊，浑身是汗。吴梅村辞别之后，杨永言才知原委，他笑道：“以后再也不能做这种‘搭浆’（方言，敷衍应付，做事马虎之意）的事情了！”

其他八艳诸如李香君也擅长演“临川四梦”、《琵琶记》，顾媚与董小宛则能合演《西厢记》等。

名士们雁过留声

昆曲三大经典传奇，《牡丹亭》《长生殿》《桃花扇》每部都与南京有关。

汤显祖平生爱做梦。他在南京时期做了一个梦，梦见自己的床头站了一个明艳的女子，于是他拿了一条画有梅花的裙子让她穿上。这就是杜丽娘的原型。他在南京期间，足迹遍布清凉山、大报恩寺、灵谷寺等地，虽说真正完成的传奇只有《紫钗记》，但《牡丹亭》的雏形已在此孕育。

洪昇一生坎坷，六十岁后好不容易《长生殿》被解禁，他也扬眉吐气。曹寅家试演《长生殿》，请他来金陵，著名的曹寅家班边演边征求洪昇的意见，并立即加以修改，一时间，洪昇风头无两。开心畅饮后归途经乌镇，仆人失足落水，洪昇伸手援助，竟就此落水身亡。

为写《桃花扇》，孔尚任用了足足两个月在南京采访，水西门、朝天宫、莫愁湖、石头城、鸡鸣埭、清凉台、乌龙潭、长干塔、雨花岗、北极阁、桃叶渡、燕子矶、明故宫、明孝陵、天阙山、献花岩、秦淮河、青溪……，乃至栖霞山白云庵，都留下过他的足迹。“眼看他起朱楼，眼看他宴宾客，眼看他楼塌了”，一曲《哀江南》千古流传。

李渔为反盗版举家搬迁金陵，在南京写出著名的昆曲传奇有四十多种，其中《风筝误》至今仍在上演。他的由姬妾组成的职业家班因巡回演出而全国闻名，一本《闲情偶记》也让他成为戏曲理论家。

袁枚一直表示对“可以接群居之欢”的戏曲并不喜欢，但由于其特殊的文坛地位，与他交往的戏曲作家亦不在少数。时至晚年，袁枚终于变成了一位戏曲评论家。他先后阅读了梅斋逸叟、潘炤、徐爔的戏曲作品，还对《西厢记后传》进行详细评点，陆续表达出自己的戏曲理论观点，对戏曲作家影响深远。

民国时期，昆曲甚至唱进了大学校园。曲学大师吴梅在江苏省立第四师范学校和当时的中央大学任教，他随身带着笛子，一遍吹，一遍唱，开讲“曲选”和“曲律”课。

“九十九间半”是南京城的珍宝。出生在这里的甘贡三从小热爱昆曲，笙、箫、弦、笛样样精通。甘贡三甚至从苏州聘来了“全福班”长住家中，教家人演唱昆曲，他本人专工老生，唱演兼能。1954年，甘贡三主持成立了“南京乐社昆曲组”，这也是后来南京昆曲社的前身。

至2001年5月18日，昆曲由联合国教科文组织宣布被评为“世界非物质文化遗产”之后，兰苑、南京博物院、江南剧院、各个大学，乃至民间，昆腔遍地。在南京这一昆曲重镇，昆曲早由星星之火渐至燎原了。

不知江月待何人

那天晚上本来想去看《神奇动物在哪里》，怎知后来坐在剧场泪珠滚滚。

就像当代昆剧《春江花月夜》中的张若虚，在明月桥畔被美人辛夷看了三眼，就失魂落魄，引发人生的乾坤大挪移。

身边的小友忽然递给我几张纸巾，当时我还好好的。她母亲忽然问她："你怎么哭了？泪点这么低……"再看了几眼戏，我转过头去，说："我也哭了……"泪珠随即滚下来。

观剧持续两个半小时，其中我两次回头看了看全场观众，基本上全神贯注，安静，被牢牢抓住了注意力。

忠实于自己内心的戏迷从来不会谬赞一部烂戏，也不会放过一部好戏。谢幕时大家拥向台口，大声叫好。

好在哪里呢？那是一连串的感喟——

故事奇幻抓人，结构纵横捭阖，文辞清丽蕴藉，人物各具神韵，典故信手拈来，格调开阔清远，与现代剧场结合自然，演员各得其所，细节处理脱俗精准，与盛唐气息神似。

还有更重要的一点，我觉得是价值观的胜利，昆曲精神的胜利。这里有对生的渴慕，对美的贪恋，有看似伤春悲秋的中国人对时空、岁月、因果的哲学追问……这些在反常年代一度成为罪责。至今还会令人羞耻的正常人性，在剧中化为催人泪下的美德。

缘起

张若虚，生卒年、字号均不详。有限的记载中，只知道他是扬州人，曾任兖州兵曹，在唐中宗神龙年间以文辞俊秀驰名京都，与贺知章、张旭、包融并称“吴中四士”，在《全唐诗》中仅留下两首诗。除了《春江花月夜》广为称颂之外，另一首《代答闺梦还》，鲜为人知。如此有限的素材提供给编剧罗周的是局限，更是自由。可是，需要怎样的才情才能让这个虚构的故事大开大合，如此在情理之中，又在意料之外呢?

故事一开场似乎就在高潮中。火树银花，元宵灯节，擅诗文、会弹琴的扬州才子张若虚，在明月桥畔对大家闺秀辛夷一见钟情。美人也似乎有情于他，美目顾盼，传情三眼。张若虚坠入情网，决意驻守明月桥，苦等一年后，只在元宵节三天出门观灯的辛夷再度出现。

然而，一见钟情，再见定情的套路并未发生。

转眼间，可怜情种张若虚已被鬼使相中，拘入地府。而鬼门关并非一味阴森恐怖，它和人世间一样有很多机构，有审批制度，有着相似的评判标准，还有不同等级的官吏与怪鬼，如“四小天鹅”一般结伴嬉戏，代表阴曹地府权力机构的就有秦广王、大判官一名、判官两名，还有黑无常、白无常、连体鬼、好奇鬼、巨鬼、小鬼等若干名，更有苍白沉默的孟婆，端着让魂灵遗忘记忆的汤药……

泪点

第一次落泪，源自鬼判官与张若虚的谈判。原来张若虚并非生死簿上的张若虎，是鬼使错拘。张若虚还有三天阳寿，要求返回人间了未了心愿。众鬼认为仅为三天阳寿费尽周折阴阳往来太麻烦，竭力劝解张若虚重新投胎，并先后许以腰缠万贯、锦口绣心、君临四海三种命运，而财、才、帝王之权位在张若虚心中，竟皆不及美人辛夷那美目盼兮的三眼。如此情痴，怎不叫人神伤！

张若虚在魑魅魍魉世界的一线希望，来自此间已经得道的汉代少女曹娥，即将成仙的她被张若虚的痴情打动，为他一探人间，竟带来辛夷已经嫁人多年的消息。希望破灭之际，张若虚仍旧希望魂灵徜徉人间一夜。

在曹娥的陪伴下，张若虚魂魄悠悠，再次来到明月桥畔，却见辛夷在丫鬟司琴的陪伴下祭奠自己。原来，每年的元宵灯节，辛夷都会来此祭奠。这人鬼情未了，已令人感伤，更令人唏嘘的是辛夷离去前与司琴的一段对话——

司琴：夫人，夜深露重，回去了吧！

辛夷：也好。

司琴：（收拾香烛）啊，夫人，倘若相公问及今夜之事，俺该如何支对？

辛夷：照实回禀。

司琴：倘若相公问俺，夫人缘何祭一生人、言至流涕，俺又如何答覆？

辛夷：你便说，譬若阮步兵之哭兵家女也。

一语惊醒梦中人！张若虚这才醍醐灌顶："想那阮籍，平生不识兵家之女，但闻她才色殊绝、未嫁而夭，遂径往哭之，尽哀而还！其外坦荡，其内淳至！哎呀夫人呐！却原来你无关花月梦连枝，是俺自做相思意、鸳鸯事……"

文眼

据说著名剧作家盛和煜因为要点评《春江花月夜》，去问编剧罗周该剧写的是什么。罗周答道："我写的是人和宇宙。"

以此类推，张若虚与辛夷之情，亦非仅爱情能够概括。他们的第一面是美，是表象的魅力；第二面已经关乎“死生大矣”；第三面则已到了罗周所思考的人与宇宙。

第三面，因为已经历曹娥赴仙界向刘安讨取灵丹等种种周折，待张若虚还阳，好友张旭已老，辛夷已为老妇。张若虚错过盛唐，不知李杜，唯有红颜对白发，尘满面，鬓如霜，青春对斜阳，共赏春光。

这一面，时空穿越，台上人少有肢体语言，常有空白、几秒钟的木然静止，令人伤时感怀，唏嘘不已，最终却九曲回肠，心存慰藉。这一刻，同为观众的画家吴湘云想到了杜拉斯《情人》的开头，我则想到了德国作家施林克所写的《朗读者》。

被誉“孤篇压全唐”的《春江花月夜》也正在此时喷薄而出：“江畔何人初见月，江月何年初照人？人生代代无穷已，江月年年只相似。不知江月待何人，但见长江送流水。……昨夜闲潭梦落花，可怜春半不还家。江水流春去欲尽，江潭落月复西斜。斜月沉沉藏海雾，碣石潇湘无限路。不知乘月几人归，落月摇情满江树。”

说实话，新编的当代昆剧，仅凭一首《春江花月夜》这样的背景资料，是很容易催生一部借助声光电做泛泛文章的假大空作品的。罗周现在的写法，也会气死考据派。然而正是这种貌似信手拈来的写法，倚仗出色才情、高超品位、脱俗价值观与驾驭戏剧冲突的能力，让观众在不断的惊奇、惊叹之中被感动、感染，乃至重拾文化信心。

编剧罗周是复旦大学文学博士，后来，点评导师盛和煜说：“这是青年知识分子向母语文化的一次致敬。”因为，不仅仅是故事架构本身，其语言也会打破我们“当代人写不了昆曲剧本”的偏见。“一世相思入红炉，能煮三钱相忘无。”“一掠惊鸿便成痴。”“嗔痴怨慕、爱恶离合，悉诉于你，怎奈是，冥漠漠零落成泥，拈不起悲欢梦花笔。”“向春江歌取青丝共华首。”……文字的质地亦令人感喟！

戏精

还想称赞一下张军工作室，以艺术家的慧眼识得这样的神奇剧本；台湾导演李小平，让现代剧场意识化入传统的昆曲表演于无形；来自上海、江苏、浙江三地的优秀昆曲演员，打破地域与年代的隔阂，精诚合作，令每个角色鲜活有生命；还有服装、舞美、灯光都在向该剧的文化品位看齐。

当晚，据说男主角、灵魂人物张军感冒了，我坐在二排，并不知他的健康状况，但见他不时泪光盈盈，常有大幅度的抽泣声，以为他入戏太深，如张若虚陷入情网不能自拔……散席后遇未坐在一起的友人，竟也都眼眶红红。

我深知，我们所感动的不仅是一部戏、几个角色、几句唱词，更是我们母语的戏曲与文化绵延复活之灵魂。

回溯

昆曲的婉约是有共识的。很多时候，它隔了屏风，隔了太湖石，隔了重重门与帘，看得见的，看不见的，曲折回旋。《西厢记·跳墙着棋》，明明看见三个人同台，却仿佛分好几个小房间，张生与莺莺一间，莺莺与红娘一间，张生又与红娘一间，还有张生、莺莺、红娘一大间。

活着总会遇到各种隔离，心理的，地理的，梦想的，现实的。我想起年轻时候写过的一篇散文《横山日落》，里面讲到了这样一个故事——

> 1986—1988年，我从盐城师专转到苏州大学插班读本科。
>
> 大三大四，正是大部分学生愁前途的时候，我的前途早已论定，回苏北的师范教书。好友季明呢，是要考研究生的，只要自己努力，与外界也无多大关联。我俩除了读书就是走路，日子单纯极了。对我来说，江南的生活只两年，刚开头就要煞尾，所以格外珍惜。
>
> 第二年秋天，我们已想不出还有什么地方值得远游。季明外号“古董”，酷爱古典文学，也对苏州的人文历史有所了解。她提议，我们去西郊唐寅墓吧。唐寅，这个名字对我来讲也有点吸引力，不是因为他的香艳故事，而是由于他的画。
>
> 我们找到了那里，却非常失望。几幅草草了事的画，有着明显的铅笔痕。厅堂最深处，只有荒冢一堆草，没了。
>
> 出来没几步就是大片的田野，路边堆积着圆圆的枕木，经过时有成群的麻雀扑棱棱惊起。
>
> “我们去横山看日落吧！”季明忽然提议。“就在前面。”她说。于是我们沿着那条路往下走啊走，走下去很远，却看不到上山的路。
>
> “你看！”她手一指，已经可以清晰地看见山影，果然夕阳已在

向山崖靠近了。

我们又走了好远，至少有两三公里吧，那在前方飘浮的山影终于贴近了，却始终有围墙隔着。我们改变了几个方向仍然找不到一条上山的路，山上明明有住家，他们又是怎样上去的呢？抬起头来，渐渐稀薄的阳光正以全部余力投射于并不很高的山顶，我们却只能站在山下看了。

江南初秋的薄暮，空气清凉而畅动，走在归去的路上，心中既平和又惆怅。我隐约感觉到，这次远行的过程和我们日后的生活存在着某种关联，是怎样的一种暗示呢，我也说不清。

现在想来，为什么走了那么多地方，单单那次横山日落给我留下了如此深刻的印象，或许就是因为那含糊而不知所终的结局吧。

三遇

二十岁，对于目标与达成目标，很有所谓，也很无所谓。但是青春的惆怅是有的，为赋新诗，总要强说愁。

三十年之后，动不动伤心也比较难了，但是对于目标与达成目标有了几分无奈，太多的不能达成，早已随它去也。偏偏遇到一个执拗的人，像年轻时代的自己，就要不顾一切，就要疯魔，就要非她莫属……你只能佩服到感动的地步了。

我说的还是当代昆剧《春江花月夜》中的张若虚。

他拼尽一生的力气，想要与美人好好地约会，倾诉衷肠，却始终隔了万水千山。

第一面，是不识之隔。他二十七岁，辛夷十六岁，郎才女貌，可惜相见不相识，只落得一个心猿意马，一个顾盼三眼。

第二面，是生死之隔。他二十七岁，辛夷二十六岁，少妇与魂魄，他看得见她，她看不见他，纵有欢肠已似冰。

第三面，是岁月之隔。他二十七岁，辛夷六十岁，红颜对白发，他满腹心事说不出，她不识对面是何人。

万水千山，千山万水，剧作者却始终没有拆掉这些屏障，而是将所有的阻隔化为张若虚诗歌创作的动力。

江天一色无纤尘，皎皎空中孤月轮。江畔何人初见月，江月何年初照人?人生代代无穷已，江月年年只相似。不知江月待何人，但见长江送流水。白云一片去悠悠，青枫浦上不胜愁……

品甜

你曾经最想要的那颗糖是什么滋味，我们可能早已忘记了。

春夏秋冬还在，有四季花开。月亮还是那个月亮。我们对于人生各种肯定的要求早已淡化了，正在日复一日，愈来愈接受那些不确定，那些阻隔，那些变化了的滋味。

看完《春江花月夜》，身边的小友留言说：真想再看五百回合！我不知道打动一颗年轻的心的究竟是什么。

罗周，三十五岁，单身。其实我真不觉得人心与年龄有怎样的正比。老灵魂真的是与生俱来的。

就像哈代《无名的裘德》里，那个“时光老人”才八岁……

然而与“时光老人”不一样的是，你看破了一切，依然生机勃勃地活着。

你没有吃到最想要的那颗糖，你依旧在抗争。你似乎该有更好的选择，你却始终坚持那份没有给你带来什么好运的爱……

感受美比得到美更重要。

你摘不到月亮，依旧沐浴在她的光辉里。

这就是这位虚构中的张若虚带给我的感动。

他们与昆曲共生

荣念曾：我们要做未来的“昆”

他是“香港文化教父”，他是实验剧团“进念·二十面体”的创办人，他是香港当代文化中心主席，他是足迹踏遍全球的新文化观念的“传道士”，他就是荣念曾。凤凰卫视著名主持人梁文道曾介绍：“他的影响范围大到一般圈里头的朋友想象不到的地步。在欧洲的文化高峰会上，香港去的局长坐在台下当听众，而荣念曾则在主席台上和其他各地的部长谈笑晏晏……”

这些年，荣念曾多次来到南京，有时参加“中日昆能未来合作计划论坛”，有时来到江苏省昆剧院为“朱鹮艺术节”排练。

此次较深入的交谈，缘起于他带来南京的两个项目：一是由京剧表演艺术家李雪梅对1921年梅兰芳赴美演出的剧目进行重新排练；二是他给了江苏省昆剧院梅花奖得主孔爱萍六个西方歌剧片段，比如普契尼的片段，让她尝试以昆曲的方式演绎。

荣念曾说，在比较的时候，人们会发现差异，有所启发。我们应当发扬“五四”时期的时代精神，不强调个人主义，而是重新了解文化，找出局限，奋力发展，寻找知识分子的共同责任。

他还说，程砚秋在上世纪五十年代到西方之后，就开始尝试对其他剧种进行研究，看别人的长处，有所吸收，做出了许多跨越。人在不断地开阔眼界之后会发现问题与不足，而寻找出新的方法。

关于昆曲在先锋戏剧方向的尝试，荣念曾说：“七八年前，对于这样一些尝试，有些老艺术家会骂，会批评，但现在不骂了。这就是进步。我们不要害怕失去，你天天练功，怎么会失去功夫呢？你保住已有的还不够，还要再去发展。有不少昆曲演员跟我说，他们在反串的时候好开心，既然开心为什么要压抑自己？你开心了，就会找到更大空间，从过去走向未来。”

第一次到南京
为寻找一个很棒的昆曲演员

荣先生告诉我，他第一次到南京，是因为他的好朋友、上海音乐学院的著名作曲家瞿小松激动地告诉他，在苏州首届昆曲艺术节见到了一个“最棒最棒的”昆曲演员。在瞿小松看来，见到也就见到了，到此为止。但荣先生说不行，见到了就一定要找到！“他听了我的劝就去找，找来找去找到了，她就在南京！叫石小梅。”

于是荣念曾就和瞿小松一起来到了南京，到江苏省昆剧院要求找石小梅谈谈。后来他们还顶住“保守派”的压力，和石小梅一起将传统折子戏中的《拾画》《叫画》，用弗洛伊德的观点去诠释，改编成实验昆剧《寻找中国情和事》。“当时我们看到两个年轻人在练功，一个是孔爱萍，一个是柯军。那是我第一次见到柯军。当时我就对柯军说，将来找个机会沟通，合作。柯军说好啊。”

在喜马拉雅山坡上
给大自然表演《夜奔》

于是，与江苏省昆剧院，与作为艺术家的柯军的合作就这样开始了。荣先生回忆道：“2001年，柯军和我一起到印度，在喜马拉雅山西北部的一个草坡上，和日本、印度的艺术家们一起讨论表演艺术。柯军就跟我商讨，怎样向他们介绍我们的传统戏剧。后来，柯军就在那个山坡上，从树林里走出来，清唱《夜奔》，最后，再走回到森林里去。那个体验很难得，在喜马拉雅山的雪山下面……柯军很感慨，说自己是演给大自然看的。后来我把他的话翻译给那些艺术家们，那些艺术家说：‘嗯，我们知道他不是表演给我们看的，不过，山林里还有神灵，除了大自然之外，他也表演给那些神灵看了。’这应该是柯军第一次海外戏剧表演体验。”

此后，又有了欧洲交流计划。荣先生的回忆在继续：“2004年，中挪建交五十周年，有场演出，我被安排导演最后的压轴戏。我觉得任务重大，把这个任务交给一个中国的香港导演……我还记得前面有女高音独唱《我爱你，中国》，还有那种女子乐坊，我觉得不能仅仅只有这些来代表中国文化。我和柯军做了一个四十分钟的《宝剑记·夜奔》，他是林冲，他也是李开先（《宝剑记》作者），他更是柯军。是离开体制？还是保住权位？演完后，那些挪威观众，包括各国外交官，都疯了，鼓掌十分钟。因为他们第一次看到这种触及当下的中国作品。我一直在强调，我们不能只做一些无伤大雅的事情。我们要知道‘大雅’是什么，我们才能去做未来的‘大雅’。”

我们要做未来的“昆”
而不只是今天的“昆”

荣先生说，自己对于传统戏剧的关注其实从上世纪九十年代就开始了。“那时候普遍有一种暴发户心态，艺术创作，什么都往里添加，越来越不简约，什么都搞得满满的。那时候我注意到传统戏剧的简约性：一张桌子，两张椅子。于是我找来很多人做‘一桌两椅’的实验戏剧，像关锦鹏、林兆华、孟京辉、杨德昌、蔡明亮，他们都不是做传统戏剧的，都是能接受夸张性实验的、胆子大的导演。我找他们来做一个‘一桌两椅’简约主义的作品，二十分钟，两个演员。那时候，我还找来上海戏曲演员做《荒山泪》。后来柯军找到我，说：‘老师你能不能也来帮帮我们啊？’我说，可以啊。他就派了两个年轻演员杨阳和小周来看我，一起来做工作坊。”

让荣先生感到意外的是，过了半年，这两个年轻人都不想干了。“我去找他们谈话，他们跟我算了一笔账。他们一个月一千五百块，去掉房租还有八百块，请女朋友喝一次星巴克咖啡三四十块，自己陪喝再去掉三四十块。一个月喝四次咖啡就去掉一小半，还剩下四五百块，拿什么去买房买车？他们看不到希望，我对此爱莫能助。后来那位小周就去当兵了，杨阳想去做电影导演。没想到后来柯军告诉我，说杨阳不走了。我也很意外，为什么呢？原来，柯军有一次演出时，演出本身很精彩，但他很悲情。观众问干吗那么悲情，柯军感慨后继无人，当即就有人（不是杨阳）冲上台去表示要做他的徒弟。而当天晚上，柯军也接到了短信，表示不走了，是杨阳的。”说到这里，荣先生再次强调：“我们必须给年轻人提供空间。我们要做未来的‘昆’，而不只是今天的‘昆’，未来的‘昆’是要给下一辈人看的。”

没有不可以合作的
知道框框是对话的开始

荣先生与江苏省昆剧院最大规模的一次合作，是在世博会的日本馆表演昆能合作的《朱鹮》。他坦率地说：“我对其他剧团也很熟悉，比较了解他们。而从石小梅到柯军，我和这个剧院合作了这么多次，他们的确很不简单，江苏省昆剧院的确不简单。”

关于那次合作，荣先生介绍说：“伊藤信（东京座·高圆寺剧场艺术总监）是个很好的导演，我们很早就开始合作了。那次世博会日本馆要搞一台戏剧，他找我商量，我发现他非常有市场策略，我就提要求，看他究竟能走到哪里。我提出全部用中国演员，他同意了。既然要用传统戏剧，我提出要昆能结合，他也同意了。我觉得有个历史问题必须打开心结，这样可以看远点，看宽点，有个新的开始。我提出要用南京的演员，江苏省昆剧院的，他还是同意了。”最终《朱鹮》的表演影响巨大，演出达六千余场次，观众达到四百万人次。

我最后问道：“您接触那么多剧团那么多人，有没有觉得有哪些人，他们的思想是过于禁锢的，是打不开的，是不能合作的？”荣先生还是温和地笑道：“我觉得没有不可以合作的，知道框框在哪里是对话的开始。如果我们彼此了解许久之后，你还坚持你的禁忌，OK，我知道了，那是你的选择。”

张继青与单雯：两代丽娘传雅韵

她被誉为“昆曲皇后”，也是世界一流女演员；她的表演是触发白先勇打造青春版《牡丹亭》的灵感之一；她在柏林海拉尔剧场谢幕多达十五次；她在华盛顿肯尼迪艺术中心获得“华人艺术家终身成就奖”；她的昆曲清音唱遍美国、德国、法国、意大利、西班牙、日本……

白先勇在《我的昆曲之旅》中写道：“试看看张继青表演《寻梦》一折中的《忒忒令》，一把扇子就扇活了满台的花花草草，这是象征艺术最高的境界，也是昆曲最厉害的地方。”

如此厉害的昆曲艺术大师现在八十了，已很少上台演出，主要致力于带学生。她在南京唯一收下的女徒弟，是十五岁就已担纲《1699·桃花扇》主演，并被称为“最美杜丽娘”的单雯。一次张继青老师指导单雯的时候，我有幸在场。大师难得兴致勃勃，言笑晏晏，谈到了徒弟们、白先勇先生以及自己的坚持。

关于徒弟

“我们昆曲这个剧种其实以前是不收徒弟的。我以前也跟了许多老师学，我也教了很多学生。2003年，在白先勇先生的坚持下，我才收了陶红珍、顾卫英、沈丰英当徒弟。2007年2月7日和2012年6月30日，我在江苏省文化厅和国家文化部的安排下，两次接受了沈丰英和单雯的拜师仪式。”

“我比较擅长的是闺门旦和正旦这两个行当。因为自身条件限制，自认为在正旦这个行当上更有成就，像《烂柯山·痴梦》中的崔氏，就是属于这个行当的。无论是沈丰英，还是单雯，她们暂时还是更适合闺门旦，等到一定的年龄，有了一定阅历，身材也富态起来之后，再来学正旦吧，要慢慢演，现在还有难度。”

从十五岁开始，单雯就得到张继青老师的指点，近年来，更是学会了张继青版《牡丹亭》整本的五个折子戏。一贯严格的张老师说：“现在看来，单雯还是不错的。嗓音不错，气息也比较纯正。”

关于代表作

“我最拿手的当然还是我的‘三梦’，《惊梦》《寻梦》《痴梦》。《长生殿》演得少，《芦林》《断桥》什么也都演过。”

“‘文革’期间，我生了孩子后身材也发胖了，参加样板戏演出改演老旦，像《平原作战》中的张大娘，我还演过阿庆嫂。”

“最近参加苏州昆剧节也看了不少戏，我发现凡是还可以看看的戏，都是对传统的东西有所保留的。有的新编剧目，完全没有底子，就不能看了，你说它是越剧也好，你说它是话剧也好，完全只为迎合观众，算不上是艺术了。”

关于后台

“我这个人比较笨，一辈子只做一件事，就是演戏。我先生姚老师一直说我：‘你就是太认真。’如果晚上七点半演出，我一定是四点半就到后台，早早化妆、包头。有的人到了后台话多，我是不讲话的，什么话都不说。我怕分心，要集中心思。化好妆包好头，我也一定提前一刻钟站到舞台边候场。无论是大演出还是小演出，我都不坐，因为好不容易熨好的衣服，坐了会起皱。有时候，贵宾会迟到。说好八点来，八点半才到，那你就得等，当演员要吃得起这个苦。”

“我最后一次彩唱大概是在2007年，文化部要录《认子》的教学视频，我自己看了录像后觉得不好，就坚决要求不要用了，录制费也不要了。我觉得不够好，达不到我自己的标准就不妥了。”

关于版本

诞生于1598年的《牡丹亭》自问世以来已经演了四百多年，近三十年来，由还活跃在舞台上的老中青三代演员推出了数十个版本。其中“张继青版”不仅被白先勇先生相中，成为引发昆曲复兴浪潮的青春版《牡丹亭》的指导版本，多年来也广受赞誉，堪称经典。但昆曲大师张继青年逾古稀，已极少上台，这个版本也濒临失传的危险。好在有张老师的悉心传授，她的嫡传弟子单雯也成长起来。

张老师介绍说：“1982年，省昆到北京演出，我演的正是《游园》《惊梦》《寻梦》。后来他们觉得好，就又‘捏’出了《写真》和《离魂》。这是姚传芗、范继信和负责剧本删节的胡忌与我一起整理摸索出来的两出戏。以《写真》为例，有人认为《写真》没内容，没什么好演的，我不这么认为。知道自己即将离世，要留下自己最后的美丽……这一段很有讲究。包括执笔的方式，画画的程序，一位女画家给我指点过，她说你要先画眼睛鼻子，然后再勾轮廓……这样就有了一个完整的版本。后来我到国外演出，外媒评价这是一场‘杜丽娘的独唱音乐会’。”

张老师如此评价自己的这个版本：“我觉得这个版本比较朴实，尊重传统，不花里胡哨。有的时候在传统戏里加了太多的东西，适得其反。演戏最后也看人品，过于卖弄，给了角色过于丰富的东西，最后角色也会变味。”

爱徒单雯说

父母都在江苏省昆剧院工作的单雯一直都在这个大院里长大。“很小，我刚开始学昆曲的时候，我妈妈就给了我一盘张继青老师的专辑，说：‘你听吧，这是最好的。’后来我在戏校学习，也一直看张老师的演出，听张老师的唱。2004年我十五岁，刚开始学《惊梦》就有幸得到了张老师的指点。” 她回忆说。

2007年2月，江苏省文化厅希望张老师在南京也选定一个学生，张老师想一想说：“那就单雯吧，这孩子不错。”就这样，十八岁的单雯成了张老师的关门弟子。

“你怕不怕张老师？”我问道。单雯看一眼张老师，小声说：“我也有点怕张老师的。”张老师问：“我对你们不是一直客客气气的？”单雯吐吐舌头：“主要是老师要求高。”我再次追问：“老师高兴不高兴，你能看得出来吗？”张老师笑着指向单雯说：“她是个小精灵。”

说到张继青版《牡丹亭》的难度，单雯说：“张老师的这个版本要一口气唱下来，很见功力。”

昆曲名丑李鸿良：戏票笔记，讲述演出幕后故事

李鸿良说："我从小就喜欢与长辈交朋友，也有不少忘年交。比如许倬云、董健、吴新雷老师，他们喜欢我的戏，进而与我交朋友，也把他们的许多看法、经验传授给我。像许先生就对我说，男人最重要的一件事就是积累。对于人生的历练，对于知识的储蓄，对于自己的专业等，都要靠积累。积累要靠点点滴滴，友情、爱情都要靠积累。比如你一个交了许多年的朋友，会不会因为你轻率的两句话就损伤了友情？"

于是，他搜集剪报，记录戏票背后的故事，每天记台历日记……通过这些看似琐碎的收集与记录，来修正自己，看似简单，却也不凡。关键是，有多少人能坚持用十年、二十年、三十年乃至一辈子来观照、完善自己？

江苏省昆剧院如今的当家人江苏省昆剧院院长、昆剧名丑李鸿良有三样宝贝，占据了书桌与书橱的许多地方：一是剪报，从1981年他搜集到

的第一份有关他的报道开始，已经持续了三十多年；二是戏票笔记，起于2004年，李鸿良担任省昆副院长之后，白纸上贴着一张或数张戏票，旁边则记载着围绕这场演出所发生的故事与感想；三是约莫半米长的大台历，每个日期的方格里密密麻麻记载着当天日记，蓝墨水记载的是工作的事，红笔记载的是工作感想，红色打底的文字是关于演出，黄色打底的则是记载重要的响排，这些记载在大台历上的日记也开始于2004年……

收集了三十多年的剪报

某报上的“每周一星”，一位剧评家写的剧评提到一句“十九岁的石道姑”（李鸿良饰）；长达整版、半版的昆曲报道，短至一两百字的“豆腐块”消息……李鸿良都把它们剪下来，贴到自己的蓝色讲义夹里。这样的大本子，共八十张，正反两面都用到，李鸿良已经用掉了好几本，柜子中有一格快摆满了。这件事一做就是三十多年。

乃至后来，不仅仅是涉及自己的昆曲报道，连朋友们为昆曲做了事情，被报道，他也会从报纸上剪下来，搜集进去。“为什么不存电子档？现在不是网络时代吗？”李鸿良笑言：“我还是喜欢这些纸张的收集，看得见，摸得着，有存在感。”

戏票内外的趣闻轶事

李鸿良还有另外一个“系统”的宝贝，那就是对他来说特别有意思的一些演出的戏票。将这些戏票在白纸上端正贴好之后，李鸿良还会在空白处记上发生在这场演出前前后后的有趣经历与感想。

“此场演出令人感动，东大陆挺弟的安排很好，有如此的朋友，真是福……本人演的《醉皂》效果不错。”

“经过一年半的努力，此戏今日首演，效果很好，很有感染力。此戏不是给一般人看的，看得懂那不是一般的人，看不懂那也在情理之中，无需指责……”

“这场演出是在比利时、法国演出回来后的首场演出，走台时赵坚先生的身体出现了病痛，疼痛难忍，送医院就医。老人家第二天坚持上台，可敬啊！当天的效果相当好……”

“这是一场不多见的演出。首先是剧目，没有这样的排法；其次是演员，没有敢这样唱的；再次是没有人敢如此点的……有意思，人不一样，气场真的不一样，场面是很好的，演出是成功的，于丹姐姐的演讲是精彩的……”

十几本台历日记

自己的演出与各类公务那么忙，哪里来的时间做这些细致而繁琐的记录？而且如何能一直坚持？

李鸿良说，这已经是他多年来的一个习惯了。无论多忙，每天睡前用半小时左右来整理。这个时候夜深人静，做这些事对他来说是一种休息，也是一种梳理。剪报收集、戏票笔记外，台历上的日记都记了十几年了，偶尔因为出差，比如去美国演出，耽误了二十二天，他就先用本子记着，回来再补上。

李鸿良记得那些重要的日子，比如2012年的6月15日，他在江苏省昆剧院的工作有了重要调整，那天，他怎么写的发言稿，怎么去开会；还有一些做人做事的感悟，比如，“这个星期五，多用用心，多做少说。真正记住要与人为善”……

肩挑羽毛亦要靠坚持

李鸿良自谦道：“我资质尚浅，属于笨鸟先飞型，只能做一些力所能及的事情。哪怕是肩膀上的一根羽毛，你能否担负一生？这并非每个人都能做到。我希望用一种简单的执着去坚持，专业也好，事业也好，生活也好，情感空间也好……虽然越来越忙，再忙也要抽出半小时，去记录生活、生命当中失去的、增加的，希望能通过这样一些记录来修正自己。”

“我师兄柯军对我说，鸿良啊，你的这些记录不能丢，将来要进你李鸿良的个人资料库的。”甚至有人建议，李鸿良的这些珍贵记录，尤其是戏票上的故事，简直可以办一场展览呢。

龚隐雷：等待二十年后的绽放

国家一级演员、现为昆山当代昆剧院艺术总监的苏州美女龚隐雷的父亲是个医生，母亲出身大家。“金家在苏州是个大家族。我外公也是会拍曲的。不过，我去考戏校的时候，他们都不知道。”十二岁开始学习昆曲以来，龚隐雷投身昆曲已经有四十多年了，然而真正得以在舞台上绽放，也就是这些年的事。这么多年来，她得过“兰花优秀表演奖”、全国首届“梨园杯”园丁一等奖、第二届“红梅杯”戏曲大赛金奖、十佳“优秀表演奖”。“不过，我一直有个遗憾，我们的机遇来晚了五年。”与笔者聊到这里，龚隐雷有几分惆怅。因为很多比赛、机会都有了年龄的限制。不过，这并不妨碍她继续投身昆曲事业，全力以赴，无怨无悔。

昆曲寥落时，她唱过民歌

龚隐雷在戏校是个深得老师喜爱的好学生，在要求相当严苛的江苏省戏剧学校，她从未挨过教棒，乃至训斥。但是“光是练慢慢蹲，慢慢起，就足以让你两条腿整天酸麻了”。她学的行当比较广，闺门旦、正旦、大六旦，武戏也学了一些。可是他们这批学生一毕业就遭遇了昆曲的清冷寂寞，1985年到1998年，一荒就是十三年。“那段时间你在干什么呢？”我问。龚隐雷还是带着淡淡的微笑说：“结婚生孩子呀。那时候我和柯军的工资一起加起来五百元……不，最艰难的时候一共才二百五十元，还带着个孩子，真的很艰难。那时候我就出去唱民歌。我民族歌曲唱得不错，嗓音算甜美的，唱的都是宋祖英她们唱的那种大歌。不过我一直觉得那段经历对我后来唱昆曲是有好处的，学点声乐，可以让昆曲唱腔更加收放自如。”的确，龚隐雷的唱腔细腻婉转，清亮与低回皆掌控自如，深得“樱桃”（她的粉丝的别称）们的推崇。

当老师七年，表演灵动含蓄

1998年到2004年，龚隐雷回到母校——江苏省戏剧学校当老师，认认真真带了一届学生，这批学生中有后来很出挑的单雯、徐思佳，“她们是我手把手教出来的”。

家学渊源与个人审美需求，构成她在表演与唱腔上特有的书卷气，她说：“我不太喜欢身段太张扬。”从深闺寻梦的杜丽娘，到《绿牡丹》中坚持个人追求的车静芳、《梁祝》中机智执着的祝英台，再到《活捉》中痴情幽怨的阎惜娇，龚隐雷都融入了自己的准确理解，在对角色的身份把握与情感分寸上拿捏得当。“要说到最难表演的老折子戏，当属《卖子投冤》《刺虎》，还有《活捉》，这些对各项基本功的要求特别高，经常是唱念加上表演杂糅在一起，不能有一点差池。”龚隐雷与李鸿良合作的一出《活捉》，人物情感的转换细腻，或飘逸或利索的身段与长水袖切换自如，一时间艺惊四座。

努力打捞老戏，重现昆曲林黛玉

2005年以来，龚隐雷与荒芜已久的昆曲一起，迎来了重生与发展的机遇。这些年来，她复习、表演、抢救出的戏有五十多出，还担纲主演了《绿牡丹》《梁祝》等大戏，她个人也推出了十多个专场，不断增添新剧目，比如《红楼梦·葬花》与《货郎担·女弹》。

“《红楼梦·葬花》是昆曲舞台上从来没有出现过的，我的服饰、头饰参考了梅兰芳的京剧林黛玉造型，古装头，有束腰，至于表演，要一点点自己琢磨。而《货郎担·女弹》中我要演一个女说书先生，有大段的唱，一转二转……一共就九转。本来这出戏只在两个老师身上，我说好要跟她们学习的，未料两位老师一位病逝，一位意外离世，现在我只好跟着录像学了。”

因为是打捞两出久久尘封的老戏，“‘樱桃’们特别期待，我压力也很大，这些天都睡不好”。压力大，排练密集，加上睡不好，龚隐雷居然病了，高烧不退，打了吊针后不久，她又带病坚持去排练了。在龚隐雷百度贴吧上，还能看见“樱桃”们焦急的留言：“想那林黛玉本来多病，龚老师可不能再病了，快点康复！樱桃们担心着呢！”

台上台下难见，相爱相信相守

“樱桃”们很可爱地称呼柯军——龚隐雷的先生为“大樱桃”，却不知此二人常常各自为昆曲忙碌到不打照面。

有一次柯军演实验版《夜奔》摔伤胯骨，卧病在床之后，才有时间看看妻子。龚隐雷笑道：“他那时候人不能动，特别无助，所以念叨还是家庭第一，妻儿第一。我叹口气说，你看，你病了才有机会看我一眼……”听上去有几分幽怨，可是龚隐雷对先生还是相当理解和赞赏的：“他是个有思想的人，即使是最困难的时候他也从未放弃过。不避讳地说，江苏省昆剧院走到今天，举办个人专场是个关键性举措，这就是他上任后提出来的。”

很少能在家看到先生，舞台上合作的机会也不多，曾有粉丝追问柯军：“您为何总把龚老师‘让’给钱振荣（龚的搭档）先生呢。”常演武戏的柯军回答很妙：“她如果和我配合，就只能打打杀杀，还是让她和钱老师一起‘风花雪月’吧。”

“柯军有那么多女粉丝，你不担心吗？”我半开玩笑。“不担心，我放心他。我也有男粉丝……我们都是彼此信任的。”龚隐雷笑容依旧。

王嘉明：《南柯梦》是一个男人的忏情录

他毕业于台湾大学地理系，后来又在台北艺术大学剧场艺术研究所学导演。现为“莎士比亚的妹妹们的剧团”团长，同时也在台北艺术大学兼任讲师。他持续十多年参与剧场创作与实验，被誉为：“始终站在传统与创新的边缘、大众与前卫的交界，作品不因通俗而失去批判力量，不因实验而变成标新立异，照顾普罗大众的同时，将文化美学向上提升。”他就是被称为“鬼才”导演的王嘉明。

这位备受台湾剧坛瞩目的年轻导演来执导昆剧《南柯梦》，他究竟给观众带来一部怎样的昆剧呢？是先锋前卫的实验剧吗？不是。是传统守旧的老一套吗？也不是。《南柯梦》既给我们带来原汁原味的昆曲之美，又提亮了昆曲中隐藏的“当代性”。这部被年轻观众认为“完全可以卖给好莱坞拍大片”的魔幻《南柯梦》，轰动台北，轰动南京，就这样在一位台湾现代剧场年轻导演的手中，在江苏省昆剧院几代演员的共同努力下“复活”了。

淳于棼需要学会自我管理

罗拉拉：给我们说说《南柯梦》是个什么样的戏吧。

王嘉明：大家知道这是汤显祖的本子。淳于棼是个落魄武生，他酒喝多了做了一个梦，进入了蚂蚁的王国“槐安国”。所谓南柯就是南面的树枝，所谓檀罗国，就是一棵香檀木，上面生活着的一群红蚂蚁成为它们的敌人。在其中，淳于棼成了驸马，经历了爱情、艳情，又遭遇了同事的嫉妒……后来什么都没有了，顿悟了，立地成佛。这个戏看上去没有多少戏剧张力，故事看似很无聊，其中有大量的宗教成分。你去讲佛很容易虚无缥缈……那么怎么处理呢？首先要删减，删减之后又要保持它的原旨。我还要强化它的戏剧节奏，哪些是热闹的动作戏，哪些是慢慢的情感戏，讲情的戏和讲权力的戏，人多的戏和人少的戏，我希望它们之间都有落差，形成节奏上的错落。

该对这部戏做出什么样的诠释？应当说跟生活中的欲望有关。人面对自己的事情延伸出那么多的行为，那都是一些正常的欲望：想过得更好。淳于棼要面对酒的问题、权力的问题、性的问题……他要面对学会自我管理的问题。比如面对妻子，他会有一种家庭的责任；面对情人呢，他就比较享乐派。琼英实际上是他的一个旧情人，他是因为琼英才来到蚁国的，不过去了一看，瑶芳更好……《南柯梦》实际上是一个男人的忏情录。这可能是最贴近汤显祖本人的一部戏，写出了平常人的七情六欲。淳于棼是个普通人，他容易随波逐流，甚至有点二。其中周弁醉酒误事，其实讲的也是淳于棼自己。

昆曲中有很鲜明的当代性

罗拉拉：《南柯梦》服装很美，介绍下其中的设计吧。

王嘉明：《南柯梦》服装的样式我们都是参照传统的款式，但是在图案上做了一些大胆的改变。比如在人间，基本是青花瓷图案。蚂蚁国的国王、王后，包括官员（右相、紫衣官），我们都找到了一个相应的山水系统。过去的官服下摆都绣着海水，而衣服本身是大地的颜色。像田子华这样的丑行，他的身上有一些花朵，又有蚱蜢。

罗拉拉：非常喜欢进、出蚂蚁国的两段戏，它们比较魔幻，又是整部戏的关键，说说你的处理。

王嘉明：本来在台北的剧院演出时，我们有二十根可以升降的立柱。但是当时装台就装了三天，还有测试的时间。这次在南京装台只有一天的时间，又没有测试的时间，太不保险，后来就简化了。包括灯光，我们也是简化的，不要让观众的注意力转移，让他们在简单的灯光照明中，认真看戏。

入梦的阶段比较神奇，我希望用简单的道具开启观众的想象力空间。这方面，东方西方是相通的，底蕴很接近。充分利用剧场，通过走位来制造最好的舞台效果。在这里，我只是注意把昆曲当中本来就有的当代性强调出来。在这里要说明的是，很多人认为昆曲属于传统艺术，就本能地排斥，不看。殊不知昆曲中早就隐藏着鲜明的当代性。

罗拉拉：非常认同你的这一说法——昆曲中本来就具有当代性。但不少人都以“不懂”为理由拒绝昆曲呢。

王嘉明：这大概是经济发展的结果，慢慢的时间、慢慢的活法被遗忘。大家都在追求成长，追求价值，如果你就是追求所谓的“意义”，凡事都只希望“有用”，你就喜欢这样过得无趣，那也没办法。

罗拉拉：琼英郡主、上真仙姑和灵芝夫人是《南柯梦》中的亮点，听说“灵芝夫人”选用男生演是你的主意？

王嘉明：其实这里本来是有个人员流动，重新调配的问题。后来觉得三个都用女生的话，色彩太单一。我的同事杨汗如就提出来，能否换男生演。这样不仅色彩有变化，而且有些台词由他来说也不那么尴尬，比如“我月信来了”什么的，说出来也就比较搞笑。这也是化危机为转机。

昆曲的每个字都是一个画面

罗拉拉：经常有人会执着于昆曲听得懂听不懂的问题，你怎么看？

王嘉明：其实昆曲唱腔发出的那种曲折的长音，每个字都是画面。这种风景与内心的风景相关，只要你也能放慢速度就能欣赏到这种美。不要总是去追问这个意义是什么，就像西画里一幅静物画，画的是水果，它的构图、触感都能让你感觉到美，你会去追问它有什么意义吗？无论是视觉还是听觉，你感觉到美就好了。

罗拉拉：你是搞现代剧场的，第一次排这么大型的昆剧，给昆曲也注入了新的活力。那么反过来，这次经历会不会也为你将来排现代剧提供营养？

王嘉明：这是一定的。其实我最初搞现代剧就是受了昆曲的启发。那时候我还在上大三，看了上昆的戏很震撼，比看那些现代大戏还要震撼。昆曲有很强的自己的东西，声音的处理上也很强，从表演上看，就是该用这些声音、动作加上导演和观众的想象力去创造出一个最好的效果。它也许没有很强的目的性，就是美的东西。现代人一味追求目的性真的很危险，也很笨，这是工业时代以来价值观的无序造成的，这会造成人性的萎缩。

昆曲小生的快门——

施夏明：后台影像川流不息，我只有怀揣相机紧紧相随

［题记］

幕开幕落。光亮处，他是柳梦梅，是侯方域，是淳于棼，是徐继祖，是贾宝玉……

而“在幕畔，我不是主角，是一个记录者”，施夏明如是说。

2007年，施夏明购入了第一台数码单反相机，也由此确定了摄影为终身爱好。他等待这一刻已太久：“再以前是胶片机，小时候爸爸也不给碰。”

“钿盒叙”“忆金陵”“雪忆金陵”，转眼间，施夏明已有三个系列的摄影作品陆续问世。女性首饰的华贵细致唯美，石、砖、瓷的冰冷坚硬，水、冰、花瓣、枝条的韶华易逝，它们形成安静的冲击与对照；而纱幔、光影、白雪，这些梦幻柔软的元素又与斑驳沧桑的亭榭、城砖、木门一起，构成金陵穿越古今的记忆定格。

与往日给我们带来的视觉体验完全不一样，施夏明这次的镜头照亮

的是舞台一侧的人们。“人物摄影与景物摄影不一样。景物我可以有意识地构图，人物的状态我只能跟随。”先抓拍，后甄选，再后期。这一回，貌似被动的施夏明更向内心开掘，寻找到了不少属于他的“决定性瞬间”（布列松语）。

大幕低垂，正在候台的杜丽娘背影有一种永恒的静谧；在台侧，老辣的“李贞丽”只是个母亲，正温柔地给儿子披上一件中衣；台上“跋扈”的花脸已年迈，下台小憩，正由扮演仆役的弟子帮忙拭汗；镜子里，贾宝玉在偷拍正在描口红的王熙凤；现实中的父女与舞台上的搭档，在同一空间各有朝向，整装待发……施夏明说：“人物关系，人物跟空间的关系，人物表情传达的信息，我之所以按下快门基本就看这几点。这应该是纪实摄影最难的地方，因为，一切转瞬即逝。”

昆曲的细腻，在于它不仅有爱恨情仇，还有伤春悲秋。“好伤感人也。”“则见风月暗消磨。”这是昆曲的高级之处。听得见时间，体会到忧伤。而这种惆怅如一声叹息，打动的不仅是剧中人，还有演员、观众，以及幕畔的记录者。

［对话］

摄影一开始对我意味着创造

罗拉拉：你是何时迷上摄影的？拍“幕畔”这类题材大概从何时开始？动因是什么？

施夏明：大概是2007年，家里购入第一台数码单反佳能400D，从拍摄朋友的一些首饰物件开始，我渐渐迷上了摄影。自那以后，静物与风景都是我拍摄的对象。后台纪实摄影并不是有意识开始的，事实上我并不擅长拍摄人物，可能因为个性比较内向，不好意思主动拍摄陌生人。但有一次在后台观摩老师演出，看到老师独自一人默戏，台上的强烈光线经过漫射柔和地洒进侧幕，勾勒出一个平静、专注的身影，我正好挂着相机，便定格下了这一幕。此后便开始有意收集此类画面，然后渐渐发现，台前幕后一样精彩。

罗拉拉：摄影对于你意味着什么？从在家里静态地拍钗饰，到出门拍大雪，拍城墙，再到在化妆间、幕后随时跟拍，这里面摄影素材的选择经历了怎样的变化？

施夏明：摄影一开始对于我意味着创造，自己认为的创造。从摆放首饰的地点，配以怎样的背景，到选择怎样的时间出门，去拍摄大雪弥漫中的明城墙，都觉得自己在创造，用看起来最舒服的构图去定格我觉得最美的景致。

后来到幕后拍照，我才意识到摄影并不是创造，而是跟随。后台的人员流动不像舞台之上那样都被规划好了线路、技巧，而是充满了随机、突发，我不知道下一秒推开门迎面而来的是谁，扮演什么角色，正在做什么事，经过我身边的是一个个已经扮上了戏却仍是自己的人，或颔首致意，或谈笑风生，或自顾复戏，我能做到的只是怀揣相机，紧紧跟随。

台上我“说”，幕侧我“听”

罗拉拉：从舞台上众人关注的主角，到幕侧的记录者、观察者，这种角度的变化让你发现了什么？镜头也就是你的眼睛，你在此时发现了什么？

施夏明：在台上，我是柳梦梅，是侯方域，是淳于棼，是贾宝玉……无论角色是谁，我负责“说”。在幕畔，杜丽娘、王熙凤、林冲、火德星君……一个个角色在我镜头前掠过，我负责“听”。在台上演《桃花扇》时，我的注意力全放在与我搭戏的对手身上，一步一拍，严丝合缝；在幕侧拍《桃花扇》时，我的镜头不仅仅只停留在主演身上，配角、靠将，甚至乐队，都让我一一在意。我不再是主角，而是一个记录者，后台摄影让我从另一个角度去观察舞台空间，以及这个空间里的人和事。镜头之中，每个人都有自己的故事，而我要做的就是把故事用合适的构图去记录下来。

罗拉拉：你的这批摄影作品，体现了很多不同的关系，人与大幕之间，同事搭档之间，不同行当之间，父女、母女之间，等等，形成某种故事的张力。同时，这些关系又不是剑拔弩张的，而有某种静态的疏离感、时间感、现代感。说说你按下快门的标准。

施夏明：可以说我是近水楼台先得月，要得到自然的纪实照片，首先要让对象放下警惕。与同事、老师们相处十几个年头了，面对我的镜头，他们展现的是最真实的一面，所有动作、情感都没有为了入镜而摆拍，但他们的一举一动又是我所不能预测的，每一个人做的事、流露的情感都让我感觉新鲜。而我就跟随在这些最熟悉的“陌生人”之后，在侧幕不同的光线明暗变化下记录他们的身影。空间关系是我取景最先考量的一个点，有这么一张照片：边幕下，斜射的灯光与从上至下的幕布将画面分割，搭档单雯静立幕畔。只有空间，台前台后的虚实和层次，让我肃然、落寞，驱使我按下了快门。人物情感是最打动人的，比如另一张：幕间，徐思佳抱起儿子果果坐在腿上，为他披上一件从服装老师那里拿的薄水衣，充满怜爱与关切。回想自己也经常因为演出工作把孩子带到后台，演出时压根管不上他，还叮嘱他，爸爸演戏时千万不能吵闹出声……想来总是愧疚。类似这样的跟随有很多，但按下快门并最终保留下来的镜头，或多或少都触动了我。

罗拉拉：候场的时候身着戏装，手拿相机或手机，随时咔嚓，这种“不务正业”有没有被批评过？

施夏明：在台上，我展现；在台下，我记录。这是两种身份，在行外人身上不能并存，恰恰我可以做一个“扮上”了的摄影师。为此也没少被老师说：戏比天大！可是也很难管住手，相机包和化妆包总还是搁一块儿，扮好了戏还是习惯性拿个相机在后台溜达。不过但凡我的戏稍重些，我还是会遵师命放下相机，好好默戏。

想去更多地方记录更多美好

罗拉拉：你重视摄影器材吗？你有多少种相机？摄影很烧钱吧？但据我所知，现在不少摄影家也开始选择更便捷的手机拍摄，你现在有没有这种简便化倾向?

施夏明:摄影迷通常最后都会进入烧器材这个无底深坑……从第一台佳能400D开始,我便开始了“单反穷三代”的器材折腾之旅,单反到胶片,胶片到微单,微单到宽幅胶片,再回到数码,当然已经升级为全画幅数码,然后又去折腾120胶片……买了卖,卖了买,也花了不少银子了。器材无止境,挑选自己顺手的就好,留下的大多小巧,因为人瘦嘛,出去背不动“傻大黑粗沉”。手机在光线好时已经足够强大,地铁里都有用“苹果6”拍摄的大幅海报,但手机弱光拍摄暂时还是比不上专业相机,而后台大多只有很微弱的光线,所以目前还是主要使用相机拍摄。

罗拉拉:你的作品如何对待后期制作?一般做些怎样的处理?你对自己作品的风格有怎样一种把握?

施夏明:这次“幕畔”主题的照片属于纪实性质,只有简单的调色过程,遇到色彩不利于表达主体的,通通拉成黑白处理。调色都在手机上完成,用的是两个主流APP:Snapseed和VSCO。风格上我会力求画面简洁,主题突出。主体以外以交代环境为主,但会避免杂乱,画面主要遵循三分法构图。

罗拉拉:你有没有自己特别喜爱的摄影大师,为什么?在摄影这条路上,你给自己确定了怎样的目标?接下来还有哪些摄影计划?

施夏明:郎静山、寇德卡、布列松,这些都是公认的摄影大师,从每一位大师作品中都能看到其审美倾向及个性。郎静山是中国“集锦摄影法”的开创者,影响了我最早期拍首饰、风景时的审美;寇德卡对于人物与空间关系的诠释让我开始喜欢上使用广角镜头；布列松的“决定性瞬间”影响了很多人，也包括我。情感转瞬即逝不可重现，决定性的一次快门可以帮助我们找到触动心灵的那个瞬间。此外，电影导演王家卫对色彩的运用也很让我着迷，他喜欢用色彩说故事，人物情感也用色彩来表达，感情浓烈，冷暖交织，很让人沉迷。

后台摄影我还会继续，但谈不上给自己设立目标，因为我只是一路跟随而已。摄影只是个爱好，随缘，拍得到当然好，拍不到也不会懊恼。想去更多地方，记录更多美好。世界那么大，我想去看看。

画境

画里画外之画室

画室杂议

赵孟頫的画斋叫“松雪斋”，位置就在现在的湖州，此名缘自他父亲遗下的两把古琴“大雅”与“松雪”，也隐喻了他当时的心志与理想。关于松雪斋，赵孟頫有自述：“既归竹窗下，则山妻稚子作笋蕨，供麦饭，欣然一饱。弄笔窗间，随大小作数十字，展所藏法帖、笔迹、画卷纵观之……”不过，这样朴素寡淡的生活赵孟頫没有坚持得下去。后来他选择入仕元朝，几番进退。松雪斋后来也变身鸥波亭，钱权相伴而求画者甚众，赵孟頫内心却常有纠结分裂。晚年他写下辞官诗：“齿豁头童六十三，一生事事总堪惭。惟余笔砚情犹在，留与人间作笑谈。”

文徵明的画室叫“悟言室”，这位早早识得官场残酷，回乡专事书画的高人，晚年曾在一幅书法作品《琴赋》上留下对自己画室的“白描”：“嘉靖二十二年岁在癸卯十月六日，时天气盛寒，积雪数尺，窗下漫书琴赋，余老眼昏蒙，无足观者，徵明时年七十又四。”

唐伯虎的故事总是有着传奇与野史特征。据说他在三十一岁的时候，忽然抛开一切开始千里壮游，历时十个月，饱览南方的名山大川。当他到了福建境内仙游县的九鲤湖畔，在九鲤祠借宿一晚。夜里，九鲤仙子给唐伯虎托梦，默默赠送给他宝墨万锭。此后唐伯虎画画写诗皆下笔如神，为纪念这个梦，他在后来建造的桃花庵别墅中专门造了一座梦墨亭。

画僧石涛想请人描绘他的画室大涤草堂，但他没有请诸如袁江这样的职业画师，他选择了自己的远亲八大山人。八大从未到过大涤堂，于是石涛简要介绍了一番："济欲求先生三尺高一尺阔小幅，平坡上老屋数椽，古木樗散数株，阁中一老叟，空诸所有，即大涤子大涤堂也。"这样的画室本来也不是注重雕梁画栋，而是只要精神气。

孔夫子的后代孔尚任奉命前往淮扬，协助疏浚黄河入海口，由此认识了不少扬州的书画家与鉴藏家。在1687年的一次雅集上，他也遇到了石涛、查士标等。虽然孔尚任很欣赏石涛的画，但与这位画僧交情尚浅。后来他亲自赴查府拜访，与查士标相见恨晚，并留下一首诗，描述查士标画室的场景：

高城辟巷接苍苔，冒暑停车待户开。疏散头毛冠懒整，萧森盆草手亲栽。
留僧不惜盘餐奉，索画需携襆被来。癫米迂倪今识得，斋中淹坐恋茶杯。

齐白石曾用教画所得薪金，在湖南茹家冲余霞峰麓购得旧宅一栋，水田二十亩，并于1907年1月4日，举家从梅公祠搬迁至此。旧宅翻修后，取名为“寄萍堂”，寓“世事如寄，人生如萍”之意。齐白石本人也取名“寄萍堂主人”“寄萍”“老萍”“萍翁”等。

寄萍堂是传统的湘中民房建筑，土砖青瓦，依山傍田。翻修时，曾将旧式窗户改成活叶木板，可自由地推动。室内室外均粉刷成蓝白色上下两层，四周花草四季繁茂。这里有齐白石远眺与思考的船形山，有观荷、画荷的寄萍堂，还有观察山水与鱼虾、蔬菜等动植物的西北小溪一带，宅后还有樟杉林、水井、大石磨盘等。对寄萍堂的喜爱，齐白石有诗为证：“小院无尘人迹静，一丛花旁碧泉井。鸡儿追逐却何因，满地斜阴蝴蝶影。”后来齐白石从湖南移居北京，晚年还一直沿用这个斋号。

“南北”二石的“南石”傅抱石，郭沫若曾给他题写了个斋名，就叫“南石斋”，而他最喜爱的楹联是清代“西泠八家”之一黄易手书的“左壁观图右壁观史，无酒学佛有酒学仙”。一个留存的旧茅台酒瓶子仿佛承载的是他“往往酒后”的醉话，但人们更感兴趣的恐怕是他的醉后之画。

镜头摇转，进入我们现在的画家画室。作为画家工作室的探访者，我一直在试图思考一个问题：画室对于画家究竟有多重要？

我思考的结果也许有点自相矛盾：非常重要。同时，也没那么重要。

刘庆和的画室越来越大，从三百多平方米，即将升级为一千多平方米。他的画也越来越大，三米多高的人物焦灼、茫然地瞪着你。刘庆和承认，画室变化某种程度上决定了画家坐标系的改变。然而归根到底，重要问题不在画的大小或题材，而是“气息很难复制”。

朱道平的画室植物丰茂，古琴闲逸，夫妻合作的漆画非常醒目。

常进的画室有大量的白色，枯山水由自己设计，常老师的声音不高，语速也不快，进入他的空间，时间也慢下来。

秦修平家居的家常环境与工作室的水泥墙面形成强烈反差，犹如生活与思考、具象与抽象、温暖与坚硬之间的分界线。那个著名的胖子绷着脚尖，翘着兰花指，就在这里忽然坠入失重之境。

罗荃木的画室台灯、风扇都很有现代感，莲蓬与窗外的荷塘却是东方的。气温很高，他画里的密林却寒气四溢。画里那些劳作的工人们依旧在旧时代集体忙碌着，又一个一个疏离着。

有的画室讲究，有的画室随意。有的特别大，大得像一个展馆；有的特别小，小到只有一面墙、一块毛毡……它们之间迥然有别，但这与画家作品的质量和作品的表达之间并没有什么必然的逻辑。

周京新的“画室”在办公室的墙上，斑驳的墨迹像蜗牛爬过的痕迹。吸引他的是窗外行走的干树叶，或是来到灯下与他玩耍的天牛。

黄丹的“画室”则在厨房旁边的地上：“毛毡铺到哪里，我的画室就在哪里……”无论是阿姨拎着菜篮，或者女儿提着裙子，都可以从画面间泰然走过。

空间，限制不了作品尺幅，也影响不到画面诉求。

画室如心房，心灵的弹性才是画室的真正体积。最终，灵魂的高度与宽度，才是决定艺术的最终力量。

画室是个特别的窗口，窥视与凝神之间，画外的一切经由心灵进入画面之中。

你好！画室。你好！画家。

周京新的高密度灵魂

周京新的办公室，办公桌背后的墙上绷着一块画毡，清爽妥帖，他的“画室”就安这儿了。

天擦黑了，在处理完各种公务之后，对话开始。没有疲惫与敷衍，状态真实、饱满。

交谈到最后，他们在找一只盘子，盘子上有积墨自然形成的一条鱼，肚皮上斑纹清晰，还看得出鱼眼睛。这是有一天周京新画画时忽然发现的。

终于找到了！他叮嘱道：“套在袋子里……当心啊，别给我弄坏掉了！”

18：00　薄暮　还能看见院子里的树

我晚上基本都在这个办公室

罗拉拉：很好奇，您小时候是什么样子的呢？

周京新：一个字，“皮”。

罗拉拉：怎么样的一个“皮”法？

周京新：坏。比如鸟是我从小喜欢的，养鸟、抓鸟、打鸟等等都干过。小时候用皮弹弓、气枪打过很多鸟，包括斑鸠，院子里有很多。斑鸠飞得比较高，而我个头还小，所以打起来很困难，有时用皮弹弓要连续打十几发，才能打下来。

罗拉拉：您后来画了那么多种类的鸟，是源自小时候的观察吗？打下来以后会仔细看吗？

周京新：不会。想想那时候也是比较恶劣的。打下来有时候就烤着吃了，或者丢掉了。后来我突然就不打了，也是因为受了刺激。

罗拉拉：您的休闲生活是怎样的？会特地空出一段时间去玩吗？

周京新：这一点的确不太好意思。我老婆和女儿都批评我，认为我不喜欢玩。是的，我可能出去玩的机会很少，不过，有些小事在我看来都是玩。有时候我一晚上就做一件事。比如飞进来一只天牛，我就一直盯着它拍照。最后它可能被拍烦了，趴在地上喘气，我就把它挑到外面去。第二天它又来了，我又拍，我还在网上发过这段视频。它在我的电脑上到处爬，我会一晚上都跟它玩，尽管玩得忘了画画，但是觉得这样也很好玩。我觉得这比到巴黎、伦敦更好玩。

我晚上基本都在这个办公室，深更半夜就一个人。偶尔外面会有动静，我会出去看看是不是有鬼什么的。以前传说这里晚上有女鬼在叹息。还曾经有保安说，看到过一个无头女鬼从我的办公室门口飘过，我是从来没见过。晚上除了一个保安在山下，上面只有我一个人。有人说我胆子大，有人说我阳气重，反正我不太害怕，还觉得蛮好。有一次听到“咔咔咔”的声音，而且是在走廊里移动的，我出去一看，发现是卷着的干树叶被风吹着发出的声音。

罗拉拉：原来是干树叶会走……

周京新：要是你们可能会很害怕。

罗拉拉：这是不是也说明您能在内外的世界里转换自如？

周京新：也可能是因为完整的时间不多，很怕专门花一段时间去玩。像我夫人、孩子经常用十来天出去玩，我从来没陪她们去过，但是我鼓励她们去。我在家正好一个人吃吃方便面，画点画，比较轻松，重新享受以前在饭桌上画画的感觉。我想是因为我小时候太贪玩了，把该玩的都玩完了。

罗拉拉：大概是份额用完了（笑）。

周京新：把份额都玩完了，把指标也都用完了。

当头儿，画画，做儿子，做爸爸，当老公，做朋友……在诸多方面似乎都没有短板的周京新，在各个状态之间切换得很快，通行无阻，几乎不需要过渡。乃至与你的对话，也没有混江湖的人惯有的那种套话与掩饰。有时候几乎是不假思索地说真话。那天看到一种描述，是关于“高密度的灵魂”，忽然意识到，周京新应该是为数不多的这些人当中的一员。

18：20　亮灯　院中有虫鸣

随遇而安，抬手就可以画

江苏省国画院（以下简称“画院”）院长周京新本来在画院会客室隔壁的一个很小的办公室办公。后来大家认为他的办公室太小，而且朝北，空调也不太好，轰隆轰隆响，冬天很冷，夏天很热，就让他换到现在的办公室。但是这个房子也有问题，比较潮湿。窗户和柱子的两条线不平行，窗子关得久了就打不开，得使劲拽。坡上的地基有些下沉，房子变形倾斜，差不多属于危房了，院里打算重修。

周京新对自己的工作环境不是特别讲究，他实在是太忙了。有许多工作上的事情不得不做，做完之后还得赶紧抽时间去搞自己的创作，写东西，看书，考虑自己的事情。

“时间这么紧，对其他东西的要求就会降低。以前曾经有段时间，只要有一点时间就想坐到画室里，哪怕是一个走廊式的地方，哪怕看书和画画的时间不够，能够坐一会儿思考一下就觉得很幸福了。应当说，我经历过创作条件比较困难的时期。”周京新说。

在很长一段时间内，周京新没有画室，想画画的话，就把吃饭的桌子铺开。有时候需要把桌子使劲擦一擦，擦不干净会有油污。“比较好的时候就是老婆带着孩子回娘家。我一个人可以下下面条，把吃饭桌子一直铺在那里，想画就画。桌子大概也就一平方米多一点点。那时候住的是筒子楼，每一家就一间房子，烧饭就在走廊，对面就是卫生间，很臭。我要经常关上门。”

就在这样一个地方，周京新一直住到二十世纪九十年代。从上学到读研究生，包括结婚生孩子。后来在那里又争取到了半间房子，就是一间房子中间隔一块板，一家用一半。另一家是保姆住在里面，放了很多盆盆罐罐。

回忆起这段经历，周京新倒有点怀念：“我就在那个半间里面画画。半间是什么概念呢？就是说里面放一张小桌子，坐下来后背就贴墙了。站起来想转身都需要吸一口气，尤其我是比较胖的，不吸气就卡在桌子和墙之间了。所以画画要么是靠在墙上，要么只能坐下来，很紧。但那时候我觉得很幸福了，那至少是我所认为的画室。尽管旁边摆了很多类似脸盆架的杂物，但我在那里画了不少的画。”

“后来搬到了南京艺术学院（以下简称“南艺”），集资房有一百多平方米，当时也是震惊了全国，一个画家能有一百多平方米的房子是很了不得的。我的画室大概十三平方米，也不大。我画三米多的画只能铺在桌子上，大部分的纸是卷着的，只能画铺开的那一块。桌子虽然有两米见方，但是还要摆放瓶瓶罐罐，能用来画画的地方只有一米见方。所以画完以后自己没有机会去完整地看它。在家里铺在地板上，挪开桌椅板凳，站在梯子上才能看得到，而且看着没什么感觉。最后在美术馆展出的时候看到，才会觉得：哦，原来我的画是这个样子的。”

对于周京新而言，外在条件似乎怎样都可以。现在这个办公室兼画室，他很喜欢。“我比较喜欢在办公室。我觉得有这么几个好处：第一，我可以在工作完成后，第一时间想到画画的事情，不需要在路上跑，开车过去，或者走过去换一个环境，然后再对周围的环境慢慢熟悉以后，才能进入画画的状态。在办公室画，可以迅速转换角色，在最短的时间内从工作状态进入创作状态。第二，这个院子非常好，礼拜天和节假日很安静，每天晚上也是。”

周京新并不排斥不久的将来有一个很大的，乃至有高科技手段辅助的画室。“那天从一个很大的商场出来的时候，我还跟我夫人讲，要是有这么大的一个工作室就好了。她说：‘你说什么？飞机能开进来，汽车能开进来？’我说：‘汽车能上二楼，这样子就可以画大画！’”如今想画大画，周京新得借助梯子爬上爬下。于是他向往着未来有一个那样的工作室。

“将来如果有一大面墙画大画，伸过来一个机械臂，里边一个斗，我人坐在里面，手上按按钮，呼呼升降，那不很好吗？我就可以一直这样画过去，甚至可以用电脑来控制，根据我的笔、我的视线来控制，这样多好。有时候现代文明的很多知识并不比传统的经典知识差，它们的有效性和可利用性对我们来说甚至更强。我从不喜欢把我自己装扮成一个散淡的文人，站在树林前面，举杯邀明月……我从来不说我是文人，我有文人情怀。我们如果和古人比就是不识字的，但是我会电脑啊！我要是和李白在一起，说不定他对我还挺服的呢，说不定还会害怕。”

19：00　身边有人走来走去　交谈者很专注

我特别想要去定格它

周京新祖籍南通，在南京出生，后来在连云港、徐州分别生活过一段时间。童年他喜欢打鸟，后来画过一组“掠影”，他说，很怀念那些逐渐消失的鸟类族群。年轻的时候，他也曾痛恨画画，但现在，“我觉得很好，也可以画。人是可以变的”。

在大学读书的时候，周京新不喜欢那样“染来染去”的画。“我同学当中有那种喜欢染的，我就取笑他，‘娘们儿才做这个事’，然后说他翘着兰花指在那里染半天。我现在画花，也被别人说很媚，虽然是用墨画出来的，但这种花或蝴蝶的题材，我年轻的时候是绝对不会画的，就像我年轻的时候不会戴围巾一样。”

周京新画了不少木芙蓉。“其实芙蓉花就是这种感觉。但是它不艳丽，比牡丹要文气一点。也是因为我在学校工作的时候，窗户下面有一排芙蓉花，有很多学生在那里写生什么的。以前我也想过，它就在窗户下面，哪天要画来试一试，后来也就画了。我想，选择画什么，可能与生活经历和兴趣变化有关，但是鸟是我从小喜欢的。”

从小关注鸟群的周京新，此时再看鸟类，显然有了新的思考：“‘掠影’系列实际上把鸟和古运河结合了起来，2009年前后在学校画的。那时候飞鸟，或者候鸟，在城市里、河滩上、湿地里经常能看到，比较普通的，包括鹭鸶、苍鹭等等。它们很有力量，也很是凶猛，但是面对人类控制的世界时很脆弱，它们的生活空间也越来越狭小。”

和他“掠影”系列的画面一样，周京新的讲述也是有故事的：“在我童年住在连云港的时候，家在半山腰，只有一排房子，再往上就是树和石头。那时候鸟很多，山上还有狐狸和老鹰。有时老鹰直接俯冲下来抓我们家的鸡，拎起来就飞到天上。我抓起皮弹弓和石头打这只老鹰，它把鸡吃了两口就扔下来了。鸡掉下来就没命了，肚子上的肉少了一块。当时每年都可以看到大雁飞过，但是现在我们基本上看不到，在画院只看到过一次。大雁飞得很高，我想它们本来是随时会掠过的，现在变得躲躲闪闪，从我们的视线里消失了，我们可能越来越难看到。天空频繁出现的是雾霾，而不是鸟儿这种羽毛展开、自由飞翔的状态。比如古运河航道两边的古镇，像乌镇，包括其他的一些老镇，它们虽然在旅游方面很火，但缺点是人太多。还有一个缺点就是越做越假，把好东西变成了坏东西，真的变成了假的，把原来长久的文化积淀变成了塑料的，贴着瓷砖的，被装饰起来的。我忽然悟到，它们的掠影，也许会从我们眼前突然消失。所以特别想要在一种感觉当中去定格它，让它停滞在那里。也是一种不舍的感觉吧，才会有这样一个系列。”

对于一个承担许多社会工作的人来说，保持独立的思考与表达，还是需要相当定力的。

周京新说：“区别在于，你珍惜的是什么？在工作的时候，对工作应该有的效果、原则和公正真的珍惜。就像我前面讲的，你珍惜的是什么，在于你真切的心理是否保持住了。区别就在这里，保持住它，东西都是真的。如果在你的感觉当中，始终都是有修饰的、隐藏的，甚至是装的，要化妆以后用一个假的东西给别人看，你就会养成习惯。你要真，而不要装。我觉得'真'很重要。另外，我觉得真的东西它起码有两个面。一个是善的，有仁爱之心的，这样的'真'才有价值和质量。另外一个是纯和朴实的。这个再加上'美'，所以我们说的真善美是有道理的，并不是一句大话。那么你就可以把你的状态保持住。"

周京新在南艺当副院长的时候，主要分管教学，他时刻提醒自己注意的是，不能将个人追求与好恶带到教学管理之中。"如果企图以一己之见去统领所有，这样肯定是有问题的。教学应该是多元的，更何况是艺术教育。"

那时候，周京新有一个五十平方米左右的办公室，但里面没有一张宣纸和毛笔，甚至没挂一张画。因为他从来不在办公室画画，八个小时里只有上班，不做别的事。但是如今作为画院的院长，他说："我可以画画。我告诉他们，这不仅是我的画室，也是我的办公室，因为这是我的工作。作为画院的院长，如果不画画，那不就是有问题了吗？"

周京新的语速中等，不快，也绝不慢。因为不假思索，反应快，所以他的"扫射"范围广而目标准。

何为实？何为虚？"年轻时候我就在想，我不想成为壁虎，我想成为龙。我认为，画得好是虚的，实的是要有贡献，我面对美术史，面对中国绘画史，面对中国水墨写意语言发展的历史，这么多大师林立的历史，我觉得我还是比较坦然、自信，还不是很惨。那个大厦盖在那里，其中有几块砖头是我的，我觉得这比在大厦之外树立什么派什么家，比打造这些牌子要有价值得多。”

关于打通。“还有很重要的一点就是，能不能把艺术感觉和艺术表达的通道打通，如果你有但是打不通，那就是憋在肚子里，烂在肚子里，像地下工作者那样永远不告诉别人，在你的画里面永远体现不出来，你永远是不露声色的。只要打通了就会自然流露，自然流露就行了。不需要再去给它做帽子，再去加标牌。实际上画不需要这样去解释，有就有，没有你说了也没用。所以我觉得我画什么无所谓，牡丹还是芙蓉，它们里面有什么，如果我去告诉你就没意思了。我去品读自己，但没有必要对别人解释。自己的解释肯定是有盲点的，肯定是有装腔作势的那一部分的。不需要。”

19：40　有人饿了　敦促去吃晚饭

生生不息的流畅感

周京新是艺术家中比较罕见的电脑高手，也是罕见的肯定微博、微信有“营养”的那一个。“微博、微信代表频率很快的一种信息。因为我觉得每个人胃口不一样，如果你是一个慢性子，就像乌龟慢慢爬才能上一个坡，这些就是太快了，但如果你是兔子就会很快闪过去。每个人消化和感悟的节奏不一样。如果你能够一点就透，那干吗还要去渐悟呢？能顿悟干吗要去渐悟呢？……何必要求每一个人安下心来，每年用一个月到两个月的时间去阅读，慢慢地读；又何必认为，快读都是错的。我觉得这些都是因人而异的。”

年轻的时候，他通读过不少传统名著，其中《水浒传》《三国演义》读得更细一点，还会做笔记，将人物分类，把每个人的性格、形象特征、籍贯以及对他们的描写都摘录下来，因为他要画他们。

高中和大学时代，他也读了《红与黑》《约翰·克利斯朵夫》这类西方名著。但后来，他发现自己对哈姆雷特、约翰·克利斯朵夫这类经典人物并不感兴趣。“我不喜欢，觉得没意思，干吗还要再去读它们呢？我就不读了。”出去写生的时候，学生还强迫他读了一本《笑傲江湖》，周京新在火车上就把它读完了。“我只读过这一部，金庸是了不起，但我觉得没必要去读那么多吧。”

大学时期，周京新还啃过黑格尔的美学、皮亚杰的心理学以及康德的书等等。“这些比较艰涩枯燥的哲学书我也看过。不过说实话，我往往看着看着脑子就跑到我自己的思路里面去了。有时候跑掉了，想着赶快抓回来，记不清是哪一段了，不知道看到哪去了，因为我有很多触景生情的东西。我有一段时间在怀疑我这种读书的习惯，是不是我有毛病，为什么不能坚持把人家的东西读好、读完呢？后来我觉得这样也可以啊。”

周京新一直记得一位“很了不起的前辈大画家”说过的一段话：“有些听来的、看来的东西，我这一生中要努力忘记它，而另一些我要永远地努力记住它，而且让它在我的运用当中灵活地变通。”

周京新称自己看书过目就忘。“我能把唐诗宋词背下来简直是奇迹，其他的我记不住，包括外语。但是我觉得，一个画家可能读到了一些别人的思想，或者主义，包括精神境界，并不代表你就有。真把《离骚》背下来，你就是屈原了？那是不可能的事情。也就是说，你的修养是一个综合的东西，知识只是一方面，还有艺术的感觉，还有你对生活敏感的程度，最终结合在一起，才是你要去表达出来的东西。”

周京新对于传统的唐诗宋词还有元令有兴趣。“从我读本科，一直到年轻时代做老师，都会悄悄地写一些古典诗词。你们从我画的《水浒》故事里面可以看到那些打油诗，实际上我的功底是唐诗宋词。”

他也做一些艺术笔记。以前是手写，现在是电脑写。有时候还发在微博、微信上，比如“墨要呼吸，水是墨的空气”，后来还被范迪安引用。

“我读大学的时候，我们那一届，期中期末两次全届语文考试我都是第一名。而且老师发的唐诗宋词油印教材，我也会带回去，全部能背下来。所以老师蛮喜欢我的。我觉得这些积累相当于在家里一下子藏了好几吨煤，这个煤不是让你一下子全部烧完的。就相当于一只小老鼠弄点粮食放在那里，它可以慢慢吃，一吃吃一年两年，甚至更长的时间。如果你今天（把煤）用没了，明天必须赶快去找，再去挖一点回来。”

周京新的女儿周尤曾经说，特别羡慕父亲在创作时的流畅状态。周京新也的确强调这种流畅感：“有时候画画跟积累体验一样，要有一个流畅感。我一直在搞水墨写意，我觉得流畅感实际上就跟时间一样。因为时间肯定是流畅的，不会停下来。时间感可能会根据人的情绪有起落，有时候你会感觉时间过得很快，烦的时候就会觉得时间太慢了。但是你左右不了时间的进程，春夏秋冬，树什么时候落叶，什么时候萌芽，这是不以人的意志为转移的，是自然之道中的一个节律。在画画的时候如果把握住了这种节律，领会透了，能够灵活地运用和变通，你的画当中的生命感就基本被你把握住了。也就是说，你的流畅感只要符合生生不息的自然之道，你就得道了。”

“我还是喜欢像打太极一样的流动感和流畅感。我觉得这个像时空运转一样，是一个最佳的节奏点。那种（画画）搓两笔，停一停，再搓两笔，中间有很多停顿，会突然感觉死了一下子，再起搏，再激活，再强行地去延续它，就会显得画面当中疙疙瘩瘩的，难免会这样。”

周京新近来画的一批全是戏曲人物，他透露：“我喜欢京剧，而且我还能够唱两句。”

刘庆和：在画中温和地策动一场反叛

“向阳花”不是普通的花，是生长于亢奋时代的国花，“向日”寓意了忠诚与希望。当光芒普照万物，我们都成了“向阳花”。

——刘庆和

那个上午途经798艺术区，在蜂巢美术馆看到一幅海报《向阳花》，推介的正是刘庆和的展览。阳光下的海报上，小女孩有点紧张与羞涩的笑脸和葵花相类似。想到下午就要采访他，就抬手拍了一张照片。下午与刘庆和谈起这个展，他果然有话说。

天津型男刘庆和说起话来竟温言细语：“我是二十世纪六十年代生人，这是个旧展。因为我小学的时候生活在向阳大院里嘛，就是社区里面有组织性活动的那种院子。我们都属于在阳光下茁壮成长的（笑）一代。”

这是一次心灵的回访

“这其实是一种心灵的回访（笑）。我画的时候就觉得，是我老了？将来的事懒得想，甚至也懒得想以前的事情。”

“但还是会向回看。回想起来觉得很飘，生活过得很飘，没有特别明确的追求，不痛苦。”

刘庆和生长在一个大家庭。爷爷有好几个夫人，家里有五十几间房子。但是到了爸爸这一代就没落了。老宅子还在。

刘庆和的大哥和嫂子比他父母还大，因为他们是大奶奶的孩子。童年时，因为人口众多，父母并不管他，于是和长辈一般年龄的堂哥带着弟弟妹妹们一起玩，得到的宽容度很大，这对他影响很大。“我是属于那种被放养的孩子，反而健康，不像现在的孩子，被过分关注容易‘缺钙’……”

另一方面，因为祖辈的成分等历史遗留问题，这个家庭也在经历种种压力。“与周围会有点格格不入。虽然我的心态是想和其他孩子一起玩，但还是有隔膜。”

有人说：“童年是一个人的内核。”刘庆和身上的某种沉静与温和的力量大概也是源自童年。“我觉得我这么多年没有特别地苦过，也不会特别地狂喜、狂热。不会忽然咸鱼翻身一样，然后特别贪婪地去想获取什么东西，无论什么来到身边都觉得很自然，不会承载不了。”

不过，这也并不意味着逆来顺受，随遇而安。

“我待人比较随和，但骨子里会有一种不一样的东西。我是觉得不高兴的事应该多表达，比如对于体制内的某种概念、一些本位主义思想觉得很烦。可是事实上会不吭声，懒得发言。”

“所以我想，可能对我来说，画画太适合了。只需要关在门里一个人矫情。”

说到绘画的起点，刘庆和的祖上并没有画画的。不过，他说：“我妈妈退休之后，七十岁了，突然跟我说，给我点纸和笔。她其实是做脑部手术的医生，因为她有写字的功底，退休以后去老年大学学画画。看了她的画之后，我吓坏了，花鸟居然画得那么好……她一点基础都没有，开始是临摹，后来就不愿意照着画了，自己来画。她好像对国画有种天然的领悟能力。所以我觉得我的艺术灵感可能来自老妈。后来，我曾经在我的画册里放过我妈妈的画。”

至于自己如何走上画画的道路，“主要是闲得没事干，无聊。爸妈工作忙没空管我们，我学习又不紧张。我曾经一边在美术组画画，一边在文艺组唱歌跳舞，总之业余时间很充实，一晃就过来了。混到中学毕业的时候，考了中专。大概在1978年的时候，才正式上中专，学了美术专业”。

如今，当年的那朵“向阳花”怎样了？

刘庆和说：“向日的心情虽在，却被阳光刺痛，呛出喷嚏。就像外表没有什么变化的‘向阳花’，却要依存于灯光的照射、营养液的输入。也许这‘向阳花’对最初认定的方向心存疑虑，担心名不符实，但好在阳光下总会滋生出适合生存的物种。”

工作室变，格局也在变

刘庆和的工作室，很符合我们对于艺术家工作室的想象。除阔大的面积之外，还有软件与硬件之间的呼应，艺术与工业之间的呼应，平面与立体之间的呼应，作品的气息与主人能力之间的呼应。

关于工作室，我们有段对话。

罗拉拉：听说你毕业之后分配到工厂里工作了两三年，那时做什么工作?

刘庆和：在洗衣机厂做技术人员，钳工。

罗拉拉：你的工作室给我感觉不是特别文艺和绵软的那种，好像有一种工业设计的成分。

刘庆和：是，你说得很准。到现在为止，我经常被定位为都市水墨艺术家，这点我不是很认可。但我对工业化的东西的确有一种亲近感。在研究生读书阶段我就觉得，如果还按照以往的标准关注传统水墨，离我们自己的生活很远。一味只是回避现在的生活来追逐以前的人，我觉得这已经很难表达我个人所处的情境。我生长在都市，从天津到北京，城市的进程对我有很大影响，其中包括了工业化，我在中专所学的就是工业产品设计。

罗拉拉：这个工作室是什么时候开始启用的?有多大面积?你经常在这里吗?

刘庆和：原来我在索家村也有一个类似的工作室，后来那边要拆迁就挪到这边来了，应该是在2006年。这是我夫人之前住的地方，目前我和夫人都在这里，一共是三百四十平方米。因为它比较高，感觉比较大。我在这里的时间比较多，因为这里离中央美术学院（以下简称“中央美院”）比较近，工作忙完了就来这里画画。我的工作包括教学，它不像坐班，时间比较灵活，所以我在这里的时间比较多。这个工作室的很多细节也是陆陆续续完成的。

罗拉拉：你觉得工作室的环境会对创作产生影响吗？环境的变化最后也会投射到作品里吗？

刘庆和：影响很大。在学校里，遇到的更多的是人和事，和人的关系，和学生的关系，和同事的关系。工作环境转移到这里之后，很明显地感觉到脑子里想人的事情少了，空间的感觉更多了，自我的感觉更强了。

这种变化和空间的变化是有关系的。如果在小的环境里，很滋润很干净，画画时会是另外一种心态吧。而空间很大，关注的东西自然就会放大。一些很具体的局部的东西，在大的空间里面一下子显得弱小，这样一来关注的点自然就变了，角度也会改变。

罗拉拉：这是不是好像你所处的坐标系突然不一样了呢？

刘庆和：对的，是这样的。我们的坐标一下子变了。之后所看的东西，自己的创作实践变了，心胸也会改变。这里也有一个相互的作用，因为空间的改变会使得创作有所改变，创作的改变也使得你有了对空间的新要求。所以我觉得空间对一个人来说还是很重要的。

其实，现在这个工作室也是临时的，因为我正在做一个新的空间，比这个要大几倍，是一千五百平方米的一个空间，是工作室和展馆在一起的一个地方。

罗拉拉：在更广阔的空间里，看个体的人的时候，你会看到一些什么样的变化？包括观察那些小的细节，会和原来在小空间里看到的有所区别吗？

刘庆和：格局会有变化。以前难免会关注一些具体的细节，因为所有的事还是由细节逐渐积累的。但是有的时候过于停在细节里面，目光容易变得短浅。新的工作室将包括展览场地和工作环境，我女儿是学习建筑设计的，正好把这项工作交给她，看她如何完成一件完整的作品。

罗拉拉：小时候画画，你有没有想过，有一天会有个大房子让自己专门来画画？

刘庆和：没有想过。我1992年去西班牙，在欧洲待了半年。走之前已经改革开放，人们已经可以搭出租车了。半年以后回来，在北京二环发现大量“面的”（现在已经被淘汰），有白的、黄的，大部分是黄的，偶尔有红的，满大街都是。突然觉得眼前的时代和我走的时候不同了。那时没想到后来我还有钱打车，再有钱买辆车，更没想到现在有大的工作空间，有价值体现，有回报，还能做自己喜欢做的事。和长辈、晚辈们比，我们的时代更特殊一点，我们占尽了优势。相对来说，我们所处的时代延展得比较长。在我们成长的时代，大部分环境与状况是不动的，时间也显得慢慢的，后来一下子变化了，所以感觉时间跨度会大一些。而对现在的年轻人来说，他们面临的时代更替可能快得多。

特别强烈地想反叛过去

印刷品与原作是两码事。现场面对刘庆和高达三米多的大画时，我被震撼了。当代人的焦灼、空洞、疑虑，乃至虚无感扑面而来，能感受到一种内心状态的传递。说到气息，刘庆和承认：“气息很难复制。”

刘庆和小时候就跟着一位段位很高的老师学国画，算是有童子功的。虽然后来他学的是工业产品设计，但最喜欢的还是画水墨画。“研究生毕业之后，尤其是近些年来，越来越想往回走，越来越觉得传统的东西——我们不屑、不在意，或者丢失的东西——值得我们反复回望。”

尽管也理解有些人一进入传统就很难自拔，但刘庆和坦白自己想“叛乱叛变”。“实在不想按照老路子来走。我觉得，这么多年一直在用很熟悉的，甚至有些麻木的方式表达自己已经盲目的感受，我心里是接受不了的，所以想去找一些新的东西。这些新的东西到底是什么？可能还是从骨子里面很在意自己的感受，反感别人强加给我，或者复制别人的东西。对我来说，寻找自己的感受和感觉很重要，所以特别强烈地想反叛过去。”

“画画的时间久了，我发觉自己以前强烈追求的东西，未必是现在需要的。比如追求绘画的语言、符号，这些我现在都觉得没有必要去强调。那种外化的表现会有一种急切的感觉。”

“所以我现在画面里会多一点润泽的东西，会有细节。因为我觉得利用好一种材料，需要了解这种材料是否适合个人的性情，该如何表达，这都是很重要的，而不仅仅是简单地，仅凭一种纸材，一种媒介。我们要强调个人的树立，这是很重要的事情。我觉得画画还是随性比较好。”

“的确，气息是很难复制的。这可能跟我从小的成长经历、血型有关，还有母亲给我带来的影响，可能还有脉息，等等，都有关系。比如我们的学生，年轻的艺术家，可能或多或少会受到我们的一些影响，但是最终他们也在不断地成长和完善。最终还是要建立自己的气息，而不是简单的、表面的、浮夸的东西。”

“有一段时间，大概在2000年以前，我喜欢画郊外、夜色下的人们，已经在水中和跳到水里的人们。之所以这样画，可能是由于那些天我经常出去郊游，被裹挟在都市的潮流里，时常想逃脱。在画面里也会时常出现铁链子或者网，这可能是反映出我对社会某种既定规则的厌恶，崇尚一种更自由的心态。”

“而后来的画面，很难说和生活有关，绘画如果过于对世界有所指，可能绘画的含义会有改变。因为水墨毕竟是从意象造型来解读的，更多通过意象来表达情怀，它和电影，或者摄影的记录可能还是不同。现在都在强调水墨热，‘新水墨’‘新工笔’，我觉得我要是再强调这个就有点矫情。我一直觉得‘新水墨’的说法不确切，因为我们讲新总要对比旧，新在什么地方？总是很模糊。改革开放之后，西方艺术思潮对我们产生影响，那是最敏感的冲击阶段，我们的学习正好赶上那个阶段。当时我们遇到的很大问题是，怎样面对中国和西方交融又对峙产生的矛盾，我们需要发现和跨越。我觉得这是一个解决问题的时期，这个时期今天看应该算是过去了。”

“但是现在的问题不比我们那时候小，更大的问题就是个人情怀的问题。所以今天我们强调的‘新水墨’，或者‘新工笔’，并不能简单地认为，我们步入了新时代，所有的东西也就自然变成了新的东西。新是不是能证明了有旧的东西？也未必。所以提出‘新水墨’，我不是太在意，也不想多讨论，觉得不太贴切。”

我就是个关上门矫情地画画的人

刘庆和是巨蟹座，A型血，身量高大，但心思细腻。

人们一般会认为北方人豪放，南方人细腻，而北方人刘庆和有些像南方人。“我遇上很多事都会在心里揣摩，有敏感和脆弱的东西，说不上是缺点还是优点，但是后来一琢磨，这种状况好像对画画蛮有利，所以也不想改，当然也改不了，秉性是很难一下子改掉的。”

小时候当班长，中学当学生干部，刘庆和走到今天并未走到官方体系中去，他有自己的思考。

“可能骨子里面还是厌恶一些人和事的。对那些过分掩饰的，特别装的东西，我很反感，不屑。人一旦爱上这些东西，就很难在艺术创作方面有所施展，包括时间的安排等各方面都很难做到。”

在某种被动与无奈之中，刘庆和意识到，“自己也就是一个把门关上矫情地一个人在屋里画画的人”。“如果我们对自己要做的事样样都有责任感，什么事都要有担当的话，那么很多事可能都做不好。对我来说，我能支配和做到的就是不支配别人，只支配我自己。我渐渐意识到，你爱的东西不一定别人也得爱。可以让自己往后退，过得更顺畅一些。对于所爱，不要过分追求会好很多，幸福感也会多很多。”

“我可能会给人感觉特别通情达理，实际上是很难听劝。如果我认定一件事，那么想改变就很难。即使我自己也觉得不应该如何如何，但是又觉得没必要做改动。这也是局限。”

“都五十好几的人了，听劝显得过于虚伪。但是尽量想抱着一颗宽容的心，看待自己不了解甚至逆反的东西。我很有感触的地方是，最好不要规定和约束他人。因为每个人的境界有限，不该用自己的局限来影响别人。在我们的生活当中，有话语权的人很多。在艺术创作这一块，过于强调个人的感受，来打压别人，打压后辈，我觉得这是很局限的，也是狭隘的。我尽量不以个人的情怀来衡量所有。……但是在进行个人艺术实践的时候，也没什么好谦虚的。换句话说，自己能认同的东西，包括绘画，不是很多；能够打动我的，让我有共鸣的，也不是很多。”

刘庆和认为，从事水墨画创作需要时间，像文火慢慢炖，汤汁才能浓。“我们很急切地把从事的艺术实践当作能立竿见影产生价值的事，难免会急迫。这样的事情多了，我们的时代就少了些能沉下来的东西，全部在上面漂浮。”

在学校里工作很稳定，作品的市场也很不错，这样的情况下，刘庆和怎么才能保持一种警觉，和成功的、喧嚣的东西拉开距离呢？“能有这样一个时代，跟每个人的贡献都有关。我们很难让自己清白得不得了，很难撇干净。在体制之中，生活和工作稳定，还有价值回馈，还被很多人认同和了解，我也在想自己何德何能可以这样，这是对自己感觉蛮骄傲的地方。”

刘庆和的童年像他的画一样，是“向阳花”遍地的年代。“我们从小被教导要励志，没有追求就会浑浑噩噩地、散乱地度过人生。但是还有个问题，追求的东西万一得到了怎么办？”

刘庆和甚至希望自己能有这样一种感觉，就是目标离他不远了，但始终没有抓到。“这种状态对我可能是最好的。所以我会给自己这样一个提醒，现在得到的不是真正想要的，真正想要的还没有拿到。这样的心态会让我始终在路程当中，我觉得这样才有意思。别人会觉得我什么都不缺了，那我会找一个理由说我还缺一个最重要的东西，但是很难用语言描述那到底是什么。”

刘庆和说，自己很难做到的是丢掉所有外在的东西去追求最大的自由。“我舍不得抛掉我现在的东西，努力换来的东西怎么能轻易丢弃？”

但是，温和的刘庆和早已在画中悄悄策动了一场反叛。

常进：峰峦坡岗不会无故起伏

去常进家时有段迷途，在邮局路前面走了两个来回。因为道路两边的绿林深不可测，更有藤蔓顺着高树曼妙地攀爬，让迷失竟有几分惘然的美好，几乎令人流连。

想起常进《远庐笔记》里的那段话："峰峦坡岗不会平白无故地起伏，汀渚柳岸不会无缘由地弯曲……"大概一个人在拜访途中也不会莫名其妙地迷路，仿佛在提醒你的谈话对象与自然之间某种神秘的勾连，所谓："此中有真意，欲辨已忘言。"

东郊的常进家清幽洁净，如同主人身上那件白色麻布衬衫。其实那天只是落了几滴雨，却一直记得是个雨天。院子里，青梅初结实，枯山水尚未完成，摄影师忙着拍照，安静的常进老师慢吞吞地说："这个枯山水是我自己做的，忙了半天，第一张照片让你们给拍了（笑）。石头是去三一二国道买的，还没做完，要等青苔长活之后，把白石子铺上去。松竹也有的，跟外面借个景，加上青梅，松竹梅，都齐了。两个坑是下水道，我要用花盆或者缸什么的挡一挡……”

后来听谈话录音，发现常老师是男低音。与不太爱说话的他交谈，中间时有大量断片似的空白，好像胶片时代的花擦擦，或者是现在图片表情中的一团黑线。一些没有形成话语的思考瞬间，那些静默，比话语本身更有分量。

一个人待着多点儿

常老师早早取出玻璃杯，在桌上泡了四杯红茶。到了他家，一切都不慌不忙的。

他告诉我，一般是上午早饭之后画画。“如果今天画过了，其他事情都好办。做完了今天的功课，心情就比较愉快。这已经是常年养成的生活习惯。如果今天有什么事，没有坐下来画画，我就会觉得不舒服。如果一大早就被打扰了，情绪就会受影响。”

那么，对天气啊，安静与否会有要求吗?

“环境啊，天气啊，对我没影响，但在不在家里画对我有影响。离开自己的画室好像就不太行，除了在外面画点写生什么的可以。要真正搞创作一定要在自己的画室。”

听说常老师的画总在思考中变革，问及他的短期与长期计划，常老师想一想说：“画画好像不太好定目标，只是在大的方向上有时会做调整。

有时候现代性探索的东西画多了，就会调整一下，回到传统上来。有时候山水画多了，也会画画其他的花卉调剂一下。”

传说中，年轻时代的常进经常独对太湖、南京东郊，或者其他自然景色，与山水对话。对此，常老师笑言：“如果从普通人的观点看，我年轻时候的这种状态属于不太好的性格。”

而正是在这样一些静默的时刻，常进有着自己严肃的思考：

> 在中国人眼中，峰峦坡岗不会平白无故地起伏，汀渚柳岸不会无缘由地弯曲，总是有历史的积淀、时空的延续、人文的意义。从两宋至今的中国山水画，不仅表现了宇宙天地气象，更表现人的精神情感、生命律动，承载了深厚的文化内涵和传统意蕴。它是视觉、心理与笔感合而为一的艺术。
>
> 古人与自然接近，出门远行，无论马车、舟楫或步行，时间往往很长，真正是朝夕相处、天人合一，甚至很多人就死在旅途中，人生的苍凉和寂寞，在旅途中体会最深。唐代的诗，宋代的画，最让人体验到旅人的情感与自然的气象，所以有人说：艺术，一半是生命，一半是美。
>
> ——常进《远庐笔记》

老师、同事、朋友、评论家，喜欢用这样几个词来描述常进的个性：忧郁、不善言辞、孤僻、疏离……感觉上，常进老师会是一个喜欢独处的人，会拒绝很多事。

常老师却说："其实我没有什么准则什么事坚决不做，但是的确内心也不太愿意。你不能什么都不做，适当的时候也得做，虽然做起来还是有点吃力。"

他承认，自己不会主动去交往。他笑眯眯地说："相比起来，我还是一个人待着多一点，但是也不能一直一个人。"

问及平时画画以外的娱乐，常老师又想了一会儿，答曰，除了到风景好的地方游山玩水，其他好像没什么兴趣。"比起人群更喜欢自然，从小就是这样。"

学会自学受惠一生

常进插队后回城，二十四岁才开始学画。他的第一位老师——无锡的尹光华先生曾列出影响常进的画家：倪云林、八大、渐江、龚贤、金冬心（金农）、林风眠，还有后来江苏省国画院的老师亚明、宋文治。

常进回忆，最早接触古画的确是在无锡的尹光华老师那里。尹老师手上有一些古代书画真迹，也有一些珂罗版印刷的古代书画，他自己也常示范画给学生看。常进感慨："中国画最初的用笔是怎样的，由好的老师教授还是很重要的。"

后来到江苏省国画院学习，这里有资料室，保存比较丰富，当然真迹之外，图册更多。"最早令我折服的古代画家是龚贤，白龚、黑龚都喜欢，当然，黑龚看得更多，白龚也能看到。当时我们整个国画院的氛围是新金陵画派，我们的老师是‘钱亚宋魏’。我在进画院之前是先跟亚明和宋文治学的，然后才进的画院。不过当时我们做学生的不仅仅满足于国画院的老师，还看西方的，看中国古代的。传统的中国画还是注重用笔的，但‘新中国画’更注重题材、对象。年轻的时候并不知道古人的好，画到一定阶段才理解中国画的深邃。”他说。

常进也喜欢渐江的冷，还有他的结构。“他总是用方的结构，方形。那是我喜欢的。”常进说，“中国画到明清以后，民国开始，有个最大的问题，就是有点眉毛胡子一把抓，不讲究形，其实古代不是这样的。”

江苏省国画院那个班被称为“黄埔二期”，后来诞生的画家有徐乐乐、喻慧、胡宁娜、刘丹等，当然，还有常进。“当时有很多人去过我们班，也给了我们很大影响。比如陆俨少就去过，我也比较喜欢陆俨少，他有很好的功底。”

除了绘画学习之外，画院也会请老师来讲一点古文。常进说：“在画院的学习主要是自学。这一开始似乎比较散漫，一旦掌握了如何自学，对一生都有好处。”

喻慧曾经感慨，在画院这段时间的学习，给了她完整的时间与安全感。常进表示赞同：“完整的时间的确很要紧。为什么说中国画要大器晚成，是‘老年的艺术’，就是这样一个原因。如果你很努力，而且天分等其他因素都和别人一样，就要看你一生中画了多长时间。画了多长时间很重要，如果你一生中都在做其他事，就很难把画画这件事情做好。”

“我以前的时间一直相对完整，从来没做过其他事。现在退休了，时间更完整了。当然，现在精力啊，视力啊，要比以前差一点。所以还是要抓紧。”

写意画是中国画的精髓

以前在一些画展上看到常进的画，对于他气息冷寂而气象阔大的山水写意总是印象深刻。最近读了一本《悟性/物性——常进的书写与观看》，特别震撼的是他作品面貌的多样性。感觉如同他的名字一样，他的画一直在常进、常思、常变。

常老师解释道：“那本书因为收入了我从1984年到2014年三十年的作品，所以会感觉面貌特别多样。其中，山水画我希望走得深一点，一直想着以自己的眼光、新的视角诠释传统。从最初学中国画，我一直强调的是笔墨，几十年来一直如此。”

圈外的书画消费群体，往往对画工更为细腻也更为形似的工笔画更加关注。但也有人认为写意高于工笔，对此常老师表示：“写意画一直是中国画的精髓，因为从宋元一路下来，到后来水墨画与书法结合在一起，这应当是中国画独立于世界其他艺术的一个主要的标志。”

徐乐乐曾经对常进的画做过分类，有传统山水画系列、屏风人物系列、瓶插系列、亦中亦西的风景画系列，还特别提到一种“机械图纸”系列。常进说：“西方绘画中有一种图稿，像草稿、素描、图纸什么的，半完成或未完成的作品，我比较喜欢。对于西方绘画，我是从后印象派开始喜欢的，像塞尚啊，毕加索啊，塞尚以后的艺术作品，这些画家我有一段时间比较喜欢。至于西方其他的绘画，比如宗教的，写实的，我不是太喜欢。”

“在国外看到那些景色的时候，只是有所触动，有某种灵感。真正画的时候，还是要考虑绘画语言。我的这批画，大部分用的是直线条。中国画中直线条比较少，像界画里的直线又太规矩，我把它改放松、写意一点。一般中国画的线条是弧线，稍微柔软一点的弧线。我这批画画建筑比较多，正好也可以用到直线，也是一种尝试吧。因为到国外有半年假，时间跨度也比较长，正好可以熟练了。有粗线，有细线，我渐渐觉得这种画法比较好，因为前人没有尝试过。”常进补充道，“不过我画这些画时素材是有选择的，大部分画的是那些比较刚直的物体，没有去画树啊什么的。稍微有点半抽象的意味。”

常进犹如一个矛盾综合体，一方面他守护着传统的中国写意画精髓，不断精进；另一方面他又在大胆进行着中西绘画方法的融合实验。他的画有时甚至很难界定是国画还是西画，难怪徐乐乐将之命名为“亦中亦西风景画”。

视觉、心理与笔感合一

“家园”“花园”系列的沉郁寂寞、充满感情，小花卉、瓶插系列的清雅重趣，机械图纸系列的智力测量，屏风人物的冷幽，山水系列的清逸、疏离、狂放，国外风景画的中西互通……从常进的绘画中，似乎可以充分感知到，技巧是为内心服务的，永远只是手段而不是目的。

张大千等人晚年都进行过彩色泼墨的尝试，我注意到常进的《山谷秋色》《夕晖》，尤其是《螺蛳湾风光》也有这种色彩的探索，却非常节制、清淡、细腻。常进将我们带到他的两幅新作面前边看边讲，也正是这类尝试。

他说："中国画对于颜色的探索，很多人都尝试过。你说的张大千、赵无极、朱德群……用颜色画空间，画山水。我对山水色彩的尝试是从一批皖南写生系列开始的，比2006年、2007年创作《螺蛳湾风光》《夕晖》《山谷秋色》这批画更早，我开始这方面的探索也有十几年了。笔墨与色彩的探索，对我来说是两条路并行的。其实这应该不属于泼墨，还是先勾勒，然后一遍一遍用色彩画上去的。这几年我对颜色的探索又做了点减法，向中国画传统回归了点。你仔细看那时候的《螺蛳湾风光》，里面还有一些彩色铅笔，所以是中西方元素都有的。这两三年，我集中在传统的笔墨、水墨方面的尝试比较多。"

常进小时候在无锡的家有个很好的院子，有着传统的结构与花鸟虫鱼。可是在那个特殊的年代，有一天，他回到家中，惊诧地发现树木被毁，葡萄架被拆，鱼池也毁了……此后对于家园，对于院子，常进总有着超乎寻常的情感。

"我对于从小生活过的院子的确印象特别深。你提到那幅《家园》给你印象深，可能是因为有现场感、写生感。那画的是皖南的一个院子。我除了在无锡生活过的家有个院子，在南京颐和路边上的珞珈路、西康路也生活过，现在又搬到东郊来。在这方面我比较幸运，我生活过的大部分地方都有很好的景色。一个不善于跟人打交道的人能够拥有这么好的房子应该说很幸运。”

小时候，常进和同学们一起春游到过灵谷寺，当时就挺喜欢这里。后来到无锡，再插队到盐城的滨海，再回到南京，转了那么一大圈，最后竟然就住在灵谷寺附近，让他深感缘分的奇妙。

大部分山水画得太多太繁

看到常进2007年画的一幅《苗家场子》，了解到他其实有很强的场景复原能力，但在他大部分的山水画中，他抒发胸臆、书写内心的笔墨更多，在写实与创作之间，会有怎样的“转译”呢？

常老师缓缓地说：“其实我一直不是太喜欢写实，当然也不是一开始，也不记得从什么时候开始，渐渐地就对这种很写实的东西不是很喜欢。那个《苗家场子》是我画得最细致的一张画，几乎是我唯一一张比较写实的画，因为那个场子特别好看，看到那些有年头的石头，想要复原。但其实那幅画只是记忆中的，跟真实场景也有出入，变化过了。”

常进认为：“一般来说，艺术在初始阶段，都是比较简约、大气磅礴的。但是随着年代越来越长，会有越来越精细化的倾向。慢慢的，相对而言水准就比较低了。”他一直在警惕着这种跌落。

我问：“笔墨简约而细腻，应该跟个人的性情有关吧？”常老师笑道：“我自己也不知道。要做到善于抒发内心，要努力，也要有天分。再有天分，你不努力肯定也不行。但是做任何事情，也需要有天分。当然也有很多其他因素，比如记忆力啊，等等。”

常进也画一些花卉作品，与山水的清寂相比，别有一番清雅。他说：“花卉我的确也画了一些，有时候画画停停。小花卉又是另外一种画法，和那种大的山水比起来还是相对好画，画画停停是因为我担心画多了就把整个气息画小了。应该说我比较喜欢的还是场景辽阔的，画多了就比较简约，这不是技巧的问题，画外的东西你如果得到了就会比较简约。我觉得大部分的山水画得太过了，太繁了。”

常进也看夏凡纳、雷诺阿、马蒂斯的作品，他用了这样几个词：轻、薄、平稳、小心，甚至有点腻。对此常进解释道：“其实他们的画有各种各样的表现，我只是把你有可能会喜欢的、接近中国画的特点找出来。”

我只是一个艺术家

在英国的一个小镇墓地，徐乐乐正与胡宁娜说笑，寻找《呼啸山庄》的感觉，常进却在此时想起李商隐的诗《重过圣女祠》，并凭记忆默出半首：“白石岩扉碧藓滋，上清沦谪得归迟。一春梦雨常飘瓦，尽日灵风不满旗。”听说，常进最爱的两位诗人就是李贺与李商隐。

常老师说："年轻的时候比较喜欢这种精微、细致、感伤的意境，到一定年龄会喜欢有气势、厚重一点的。比如说杜甫，年轻的时候不喜欢，现在就喜欢。"

他自谦看书不多，平时拿到什么就看什么，写东西也不多。其实，我还读到过常进写的现代诗。他自述什么都在做减法："我们这一代人与民国时期的书画家相比，动笔这方面要弱一点，写东西对我来说很难，除非逼得没办法。画家感受性比较强，一般写东西不会从文字到文字，总是要有自己的感觉。……写诗，那时瞎写写的，没有这方面的基础。那个时代年轻人都会接触一些西方的文学作品，魏尔伦什么的，外国诗歌也喜欢，但最后还是回到我们自己的诗歌传统上。"

常进在滨海农村插队待了六七年，自陈那是他最灰暗的一段时期，都不怎么愿意去回忆。插队那段时间，他还没有开始画画。后来回到城里，差不多二十四岁了，才开始学画画。"我们那个年代跟现在相比，没有什么其他想头，就是认认真真去画画。画画之后，其他事情都放弃了，什么学历啊，出国啊。社会上一般每过几年就有一个诱惑，或者一个新的东西，我从来没有参与过。"就这样一门心思走到了现在。

说来也奇怪，常进的祖上没有搞美术的，但他们弟兄几个都有这个倾向。弟弟是搞摄影的，哥哥做其他工作，但业余时间也喜欢画画。"这也蛮奇怪的，又没人逼他画。他画比较现代的水彩。"不爱交际的常进除了偶尔与徐乐乐谈谈画，也会和自己的哥哥谈画画的事。"你别看他是个业余画家，有时候他还能谈出一些东西。"

常进的画深受文人、知识分子喜爱，他也常被称为“文人画家”。常进却说：“我认为现在没有什么真正的‘文人画家’。如果让我自己定义，我更喜欢自己就是一个艺术家。我觉得对于艺术家的定义还是要小一点，不要弄得那么大。过去传统的手工艺人，也是很好的艺术家。他们不一定懂什么哲学，就一辈子把他做的这些事情慢慢地做好，但也保存了文化。”

谈到作品与他人的交流，会不会有被误读的成分，常进坦然道：“作品的确应该由别人来读。不管是现在的还是将来的，都不能由作者本人来解释。不同的时代对于同一个作品也会有不同的看法，不同的见解。”

内敛、沉稳、静寂的常进也从无与别人比拼的想法，他坦言：“我从来都是自己慢慢做，我大部分画都是为自己画的。我确实不喜欢画订件作品，但是有的时候，比如画院组织大家一起出去写生，合作某件作品，这对自己的创作还是很有帮助的。有时候你被逼一逼，还是能逼出些东西来。”

朱道平：信步而行，一路道平

一走进朱道平先生在东郊的工作室，满眼琳琅绿色。萱草、栀子花，乃至石榴树、柿子树、草莓、梨树……听说，一共有二十几种植物。还有桌上的盆栽，他也叫不出名字，却长得曲折有致。他说，漂亮又好种的，自己就多种些。

而客厅里，画上的树是橘红色的，像天冷之后的树，斑斓，静美。凑近一看，却是满树的小鸟蓄势待发。

朱道平早年在农村插队的时候，到了冬天，经常有满树的小鸟，像树叶一样待在树上。等到人走近的时候，哗啦一声，小鸟全部飞走。刚住到紫金山的时候，他再次遇到这样的场景，所以这幅画是为工作室量身定做的。夫人苏凌插话说，这里环境好，从鸟叫声都能听出它们很快活，所以这幅画就叫“快活林”。感觉上，那些小鸟随时会飞出来，而且好似能听到叽叽喳喳的鸟叫声一般。

种树与画树：江南之深爱

住到东郊来之前，朱道平夫妇给旧家楼顶上的树浇足了水。住进来的第一夜，夫妇俩怎么也睡不着。苏老师笑眯眯地说：“这里空气太好了，我们醉氧了。难怪小鸟也有那么多。”是啊，东郊本来就氧气充足，小区内，院子里，又有那么多绿树。

“种树是否已经成为一种习惯？”我问。朱道平笑言：“这不是我的习惯，喜欢绿色是人类的习惯。不过有的人只是想一想，我比他们要积极一点，也更爱绿色一些。”

朱道平的父亲朱有玠是全国著名的园林设计师，父亲的言传身教是否给他带来深远的影响呢？

提到父亲，朱道平缓缓的叙述里有着深深的怀念：“我还很小的时候，父亲的愿望是到自己退休的时候，买一间小屋子，前后有小院子，能自己种点果树，种点花，但他始终住在高楼上。在他退休之后，我在南山搞了个小院子，种了很多树，每个礼拜尽量带我父亲去。他也很喜欢去那里，但是走路已经不太方便了，要人扶着他。我在他经过的所有路上都装了栏杆，他扶着能看一看。但是建设的速度还是赶不上他精力衰退的速度，他已经不太能动了。”

朱道平说，那边家里藏有父亲的几张画，有一张色粉画的是妈妈和姐姐，她们在中山陵附近的水边坐着。“画得挺像的。”父亲有时会带着孩子们一起去画画，他画他的，孩子们画自己的，想画什么就画什么。他若有所思："现在回想起来，如果爸爸强迫我们一定要画画，也许我们会反感，会远远地躲开。"

朱有玠先生颇爱养茶花，兰花也养得非常好。

到了朱道平，他什么都喜欢种，又漂亮又好养的植物就会多养些。因此，他们吃的水果用不着全部出去买，因为有自己的"收成"作为辅助。"比如草莓，每天一小碗，吃个几天。杏子熟了吃两天，梨子熟了吃个十几天，番茄熟了可以吃上几个月……"

有树陪伴的日子安静又安心，画树的时候笔墨上也有所依傍吧。

但是朱道平说："我画的树多，并不是跟我家有关，而是与我居住的城市有关。最爱江南风物，比如玄武湖边的老柳树，还有中山陵的那些树，夏天看不出来什么，到了秋冬，枝条都露出来，横竖纷披，非常美。我小时候就喜欢画树，后来大了成了画家，全国各地，乃至全世界跑，画很多树。"

师承与变法：见识与水平的冲突

朱道平是全国颇具影响力的山水画家，他的画被誉为"清逸幽邃"。而说到自己的师承与受到的影响，他丝毫不讳言："那可多呢！"比如范宽、董源、渐江、梅清、黄公望、王履、石涛、黄宾虹、林散之、魏紫熙等等，还有祖父、父亲乃至岳父的影响，甚至还有人说看他的画会想起吴冠中……

“我一开始其实是学石涛的，没学像，加上自己的性格特点和他不一样。后来有人说，你的画有点梅清的味道。我之前并没看过他的画，别人说了之后我一看，梅清确实画得很好。梅清用很长时间观察黄山，他的画细、秀。石涛一开始也是学梅清画黄山，但慢慢形成了自己的味道。而石涛的画比较活泼自由，题材也更广。”

慢慢地，研究梅清久了，朱道平的画果真与梅清也有了一点关系，逐渐地他也经常到黄山去，去感受梅清的味道。他还出过一本书，就叫《朱道平解析梅清》。他说：“应当讲，我不仅仅是属于新金陵画派的，我也是黄山画派的传人。”

朱道平承认，岳父苏天赐无疑也是对自己有影响的人，但和父亲一样，“他对我的影响是潜移默化的，他想要你怎么做、成为怎样的人，他从来都不说，他很怕我受他的主观影响。他的画色彩与构图对我其实影响比较大，但具体影响到什么地方也很难讲”。在朱道平印象中，苏天赐先生是个非常随和的人，悟性也很高，从来不把自己的意志强加于人。“我岳父也是比较喜欢中国画的写意精神的，他的老师是林风眠。岳父中国画也画，西画也画，把中国画的写意精神也融入了油画。他的画是表意的。”

朱道平在南艺学的是装饰专业，白描、人像都要画。学这个专业要画黑白稿，那时候，如果他左边的线与右边的线画得相差一毫米都要返工，必须很准。朱道平感慨道：“一个艺术家的创作最后其实是你的个性与社会制约、培养条件相互适应的过程。那时候如果我留校当老师，可能也就不是国画老师，到现在还在教装饰绘画呢。”

朱道平也由此感悟到，人很难超脱于社会，人的意识都与自然环境、人文环境有关联。“人的认识是有局限的，不可能全知全能。一旦到他想要转型的时候，也就是他的见识与他当时的创作水平发生了冲突的时候。”

朱道平毕业后先是分配到镇江地区的工艺公司，为紫砂厂、象牙厂、玉雕厂的技术人员上艺术培训课，做着美术普及工作。但是到了专业画院以后，工作的性质就变了。他说：“此时你必须在某个专业上跳出来。虽然以前参加全国美展拿过奖，但在专家看来这不算什么。如果你不能脱颖而出，你的专业没有特殊之处，没有鲜明的个性，很快就会被淹没。”

当时，朱道平的创作技法基本上是属于新金陵画派的。因为他小时候跟魏紫熙老师学过画，“文革”期间也曾拜亚明为师，后来在学校里又接触了陈大羽、冯健亲等一批南艺的老教师，相对而言眼光也一直在前进。那么，怎样让自己在专业上再提高一个档次呢？

当时的社会潮流也是一方面向传统学习，另一方面面向世界美术观察与反省。朱道平自觉做不到像“星星画会”那群人一样全盘接受西方的绘画理念。“作为中国画院的一个山水画家，完全地反叛，这不太现实，在感情上也不可能。”

“文革”期间，很多正宗的传统作品，当时的年轻人也很难接触到。但后来解禁了，比如上海博物院推出四僧画展。朱道平说：“第一次接触石涛、石溪、八大、渐江，看了原作之后，震撼是很大的。”但此时他慢慢已经悟出："每个人生活、学习的经历都不一样。一个画家师从另一个画家，是吸收老师作品中优秀的东西，并在实践中观察与研究，慢慢用到自己的绘画创作中，目的不是学得像，而是看你能否在研究老师的基础上有所超越，最后还是要走自己的路子。"

朱道平还特别提到了黄宾虹。有一次，他在浙江博物馆看到了黄宾虹的大展，从年轻时代到年老之后的作品都有，对他的震动相当大。

说起来，黄宾虹的画在他去世后被捐给某博物馆时，馆方并没有意识到其价值。"因为有大量的手稿、未完成稿、成稿，很多东西都没打开，有的卷着，有的没有落款，有的没有画完。一开始博物馆是拒收的。"在黄宾虹家属的争取下，这家博物馆才收下来，卷卷放在库房里。"近十几年来，黄宾虹作品的价值慢慢被发掘，这些作品才被拿去好好地研究、整理。"

"黄宾虹用笔的厚度与随意性给我很大启发。他的画与当代艺术无缝对接，与国外的一些现代艺术理念也达到默契，几乎同步。包括到国外去看梵高的作品也是如此，你会发现他们画画就是那种信步而行，潇洒随意，但把他们对世界理解的一切都表现出来了。"

有人认为，朱道平的画里有很深的中国哲学思想。朱道平说，对于哲学，自己的态度是"拿来主义"，儒、释、道觉得有道理的都可以接受，不排斥。

还有人认为朱道平的画里有一种太极精神。朱道平笑言太极拳没有学过，小时候倒是学过少林拳。"太极拳刚柔并济、绵里藏针的味道我是比较欣赏的。向前进得多了就往回缩点，藏而不露，含蓄，这些和中国画的绘画原理都很接近。事实上，宽容一点人也自由，可以使万物为我所用。”

一度的满意，随着眼光的逐步提高，开始对自己的作品变得不满意，感到困惑，甚至痛苦，想要推翻原有的，此时作者的转型变革期也就来了。

两种成熟度：精细的与创新的

淡泊天真而又深厚隽永的江南文化审美特征——评论家马鸿增认为这是朱道平创作进入第三阶段的典型风格。那么如今，朱道平的创作又到了哪一阶段呢？

对此，朱道平没有正面回答。他说：“我觉得艺术作品有两种标准的成熟度。比如西方绘画，有的优秀艺术家在年轻时代就达到了最高峰。比如我岳父的代表作——上世纪四十年代末画的《黑衣女像》，拿出来作为他的终身代表作也是可以的。虽然后来他也画了很多作品，但是这张作品放在所有作品当中还是有地位。实际上，他画这张作品时才三十多岁。还有像傅抱石，金刚坡时期他也才三十多岁，但他的‘潇湘’系列，我跟二石就说过，这就是他父亲艺术创作的最高峰。当然后来他也画了不少作品，像‘毛主席诗词’系列等，开辟了很大的领域，他把他的艺术面开拓了。但是若论一个艺术家的最高峰，他在金刚坡时期已经达到了。”

朱道平表示，艺术高峰有两种，不是按年龄算的，而是要看作品。对于大部分西画家来说，往往都是在精力和灵感还比较旺盛的青年时期，他的作品就能达到最高峰。但是还有一种成熟。“以黄宾虹来说，在他七十多岁之前，可以说画的水平大家觉得没什么了不起。但是到了七八十岁，他突然一下子亮出来了。那时他的眼睛不好了，白内障之后，似乎反而促使他向另一方向发展，同时抛开了某些细节，去追求比较精华的部分，他的画开始有了与一般的中国画不一样的地方。”因为中国画并不是完全追求细腻，“我相信对一些工笔画家来说，最高峰就是在四五十岁。因为到老了之后，眼睛花了，比例也不准了，他不可能画到那么精致。除非走到另外一条路子上，比如走潘天寿的路子，那是可以的。有些画家随着年龄的增长，不是去追求细节了，而是追求中国画一种苍老的味道，哲学的味道。那他到老年可能会忽然迸发出来，走出另外一条路子”。

朱道平视野开阔，他的话题并不仅仅局限于中国，局限于东方。他说：“像毕加索就很聪明，年轻时代画最有特点的作品，到了老年还不断地变化，寻找另外一种东西。一个人不能抱着一种画法画一辈子。”

在去国外写生的途中，朱道平也画了不少国外的风景，并形成自己新的绘画语言。“中国的水墨画会让人产生很多联想，一个墨点下去，文学的意义、哲学的意义都有。一笔下去一拖再加个尾巴，就是一条鱼。但外国人未必会如此联想。画国外的风景，如果一味学习西方的画法，人家已经是爷爷辈的水平了，你连孙子辈还不到。但单纯用中国画的技法画西方的风景也不对，有点不伦不类。其实最后的作品既要有东方的感受，又要有西方的认识。”比如画西班牙的风景，朱道平首先要考虑的是他们房子的结构和我们的不同，但作为中国画家，要有自己的视角、技法与观察理解。

朱道平认为，画国外风景能给自己新鲜感，促使自己去比较研究，丰富画的内容，拓展视野与创作面。“像傅抱石、李可染、亚明都画过许多西方的风景，在其本人来说，也许只是一种尝试，放在他们全部的艺术创作当中去看，却占据了相当重要的分量。”

对于未来，朱道平的认识自觉又清醒：“如果一个画家希望路走得长，应该跟随中国画写意的那条路子走，要符合那种写意的规律，那么你就能寻找到一种发展的路子，会在老年更上一层楼。我也不敢说自己一定能找到这样的路，但是我尽量去寻找。年轻时遵循年轻时代的规律，年纪大了遵循老年人的规律。到一定年龄之后，如果你还追求笔法的细腻、情感的细腻，肯定不会超过现在这个时期。”

遇到问题：搁一搁再继续走

“文革”时期，朱道平和另外几个知青王孟奇、沈启鹏等人的画被选送参展，《新华日报》还对他们做了专访。1981年，朱道平的作品参加第二届青年美展拿了奖。

年轻时代的朱道平对于黑暗中的光特别敏感，那幅获奖作品画的也正是乡村的夜晚。“那时候我插队在高淳，高淳当时还不属于南京，而是镇江地区的，位于安徽、江苏的交界地，属于边远地区，麻风病院、劳改农场都放在那里。农村的晚上漆黑一片，只能远远地看到几公里之外的劳改农场还亮着灯。我从南京去高淳要走一天，沙子马路上除了车辙碾过的地方没有草，其他地方都长满了草。在那样的地方，光是一种希望。没有想到后来有一天，高淳会变成南京的后花园。”

与不少艺术家的坎坷经历相比，云淡风轻而内力强大的朱道平，履历显得相对平顺。他说：“是的，我的履历的确不复杂，比较平静，除了当知青那一段。有人说我名字取得好，一路道平，跟我出去写生也一路平安。（笑）”

他还说：“一个人想要画出理想的作品，总会有矛盾纠结的地方，但纠结不能解决问题，要把心态放平和一点，可以从中国道家、儒家的思想里去领会。太纠结不好，有的艺术家就是太纠结，结果把自己纠结进去了。一张作品如果画不下去了，有可能是你功利心太强，也有可能是你技术达不到，或者是解决问题的能力不够。这时候你可以放一放，缓一缓，过了几年、十几年，乃至几十年，也许你忽然会找到方法。像我家墙上这一幅山水，我过段时间就会把它取出来，再添几笔。甚至过几年，改得面目全非也有可能。一幅画画二十年也是有的。”

朱道平的北京个展上还有一幅画，画的是黄山。这幅画最早还是二十年前画的，当时画不下去了，他就收起来。二十年后，他又把它拿出来，花了大半年的时间画完了。后来这幅画被中国美术馆收藏了。

创作之中，朱道平也并不贪恋尺幅的宏大。“我一年最多画四五张大画。一般是有个展览要求有一张大画才画；或者是自己有想法，有一种创作的欲望，胸有成竹，会去画一两张大画。画大画也很累的，不是随时能坚持十几个小时一气呵成。”

至于今后的发展目标，他缓缓地说：“以前我有很多目标，现在慢慢地看淡了。对人生、对自己，也不是完全地放任自流，而是信步而行，按照自己的能力追求研究的方向，不放弃努力，也不做非分之想。实际上，一个人、一个画家慢下来，放松下来，可以让视野更开阔，感觉更敏锐，想法更聪慧。有时候一个人没有太大压力，反而有更大收获。”

艺术与生活：功夫在画外

朱道平家的墙上有一幅好看的漆画，材质有贝壳，也有蛋壳，是夫妇俩1991年合作的作品。他俩还一起得过一个全国的金奖。

墙上还挂着一张古琴，是蕉叶式的，由南艺的老师毛毅制作。朱道平说：“这张古琴的特点是音色好，但音量不大。”

朱道平也能弹几曲古琴，比如《平沙落雁》《忆故人》《酒狂》，还有一些练习曲。他说：“古琴是这几年才学的，弹古琴可以舒缓心情。画画主要用眼睛，弹琴主要用手。古琴跟中国绘画很相似，很简单的几个音，但有激烈的，有舒缓的，有柔和的，也有刚毅的。我和夫人一起开始学的，但她比我学得好点。后来她还跟毛毅学，一个月去一次。我除了之前和梅世军学过，之后就跟我夫人学。”

朱道平与夫人苏凌先后给我们弹了一曲。夫人弹的时候，朱老师注意听。朱老师弹的时候，仿佛总在微笑的夫人也在安静聆听，并相互给些评点。这就是真正的“琴瑟和谐”吧。

朱道平的书架上满满的，除了与美术相关的专业书籍，也有《莎士比亚全集》什么的。他笑道：“我也读小说，武侠小说，主要读金庸的。还有文学诗词、书法绘画、纪实作品、政论等等。现在主要看看微信，微信上谈论政局的比较多。”

他的画室在底层，那里有阳光透进来，有一张一米六乘三米的大画桌。朱道平非常擅长运用墨点，他的毛毡上也都是墨点。各种架子上放了形态各异的紫砂壶。“这些都是我刻的。我现在收藏的自己的茶壶有一百多把。”茶壶上有兰花，有荷花，还有一把茶壶上有“一路道平”四个字。朱道平说：“一个人一生中想一直道路平坦也很难。”

他还说：“所谓功夫在诗外、画外，我的理解就是，把生活变成艺术，把艺术变成生活，全方位地进行视野开拓。”

曾任南京市书画院院长的他，爱惜人才的故事鲜为人知。一贯低调的他一再被追问，才说了几句。

新文人画的代表人物朱新建所画的“小脚女人”至今仍有争议，最初更是被议论纷纷，朱道平却把他调到了书画院。对此朱道平坦然道：“朱新建是我的发小。他的人品我了解，不会坏到哪里去。他也是个很聪明的人，从不会故意在节骨眼上为难你。作为南京市的书画院，我们不能只寻找达到市里或省里水平的画家，还得找到符合国家水平的画家，我觉得朱新建就是达到了这个标准。”

画家高德星原先是个工人，朱道平最早发现他时，没办法做到跨行业调动。当时扬州书画院的院长级别比较高，朱道平就把高德星推荐给了他，他也果然调动成了。后来成立南京书画院，朱道平又把高德星从扬州调过来。“扬州的那位院长为此一直埋怨我，说我把人才推荐给他了，又自己挖走了。”

国家画院来人想调崔进，去找朱道平了解情况。结果他推荐说，不仅仅是崔进，他夫人雷苗的画也很有特色。当时他那里正好有几幅雷苗的画，就翻找出来拿给人家看，人家一看觉得果然不错。后来他们去找领导，说要调就调两个，就这样，崔进、雷苗夫妇一起进了国家画院。

为艺术的人生，不断汲取营养又开拓创新，心胸开阔，自由宽容，信步前行，一路道平并非运气使然。

对话罗荃木：在不确定中寻找可能性

七月末，暑浪翻滚。

在河西某竹林阴翳处停车，拐弯下台阶后，有一条L型回廊通向罗荃木的工作室。沿途，有着类似传统文人归隐后的田园风景。荷塘满眼绿叶粉荷，野逸、散漫，竟无端生出几分阴凉来。

迎面而来的罗荃木行色匆匆，利索干练。进入他的工作室，又仿佛进入热气腾腾的车间。虽有黑色电风扇安然摇曳，白色台灯安静明亮，架上几枝枯荷，但也未带来一丝清凉，除了他巨幅画作里的森林秘地寒气四溢。

这里没有装空调，他本人也没有我们怕热，安之若素地谈话，被拍。

家庭影响

通剧原为僮子戏，作为地方戏，在南通很受欢迎。就在通剧舞台上，罗荃木的父母相识相遇了。小时候的罗荃木常常看戏听戏，也会唱上几句。但时隔多年，通剧是怎样的腔调，他已经忘了，只觉得像喊号子，又像“以舞降神”的巫术说唱。童年给他最深的印象，还是挂在家里的一张蓝色颜料显影的肖像照片，既梦幻又真切，他觉得这个很吸引自己。

罗荃木父母的确是在南通通剧团认识的，而且他俩就是舞台上的演员。通剧是南通当地戏。在罗荃木的印象中，通剧的唱腔“类似喊号子，又像‘以舞降神’的巫术说唱。在我看来没有多少审美性，但它纯朴得几乎简陋、粗糙得近乎原始的风格给我留下了深刻的印象”。

通剧团后来解散了，罗荃木的父母就被分到了商店，而唱戏也成了“牛鬼蛇神”的一部分。“为了过戏瘾，父母亲与以前的剧团同事常常约在某处，把窗户、门都关上，带上乐器悄悄地自己唱着玩。每次聚会的地方都不一样，像是在做地下工作。一旦有邻居回来，他们就立马改唱样板戏。大部分传统戏我都是在这种情境中听到的，所有的声调都降了一大半，听起来也悦耳多了。这样看来，那时我或多或少还真是受了点文艺熏陶的，但感受更多的是压抑与不自由。”

“虽然他们后来的工作很普通，跟艺术没有一点点关系。”

罗荃木父亲从小就爱画画，画得很好，唱歌也不错，但是因为在那个年代，家庭成分“不好”让父亲没有考上什么艺术院校。

罗荃木回忆说：“家里时常挂着画，我父亲画的水彩画，还有一种蓝色的颜料显影的肖像照片，用现在的话来讲可以称为使用了‘综合材料’。虽然那时我也看不懂，但模模糊糊地觉得这个很吸引我。”

工厂生涯

震耳欲聋的机器声，蒸人的散热片。在这样的环境中，十六岁的罗荃木要持续地将一条毛巾从运动中的机械里搬到杆子上，动作渐渐熟练之后，感觉自身也成为机械的一部分。在这里，他待了四年。最好的青春年华，半梦半醒之间，他一边干活，一边做着“白日梦”。

“巨大的厂房，几百台机器同时开动，声音震耳欲聋。虽然那是份很辛苦的工作，经常加班，连续工作十六个小时，但现在看这些机器依然很酷，很迷人。”

十六岁到二十岁，初中毕业后，罗荃木来到了毛巾厂当工人，一共做了四年。他当过机修工、纺织工，在半自动流水线上拎毛巾，再送到烘房，把印好的毛巾放到一个巨大的空间里，里面都是散热片。

说到这里，罗荃木解释了自己为什么不怕热：“我是练出来的，最热的夏天，从那里面出来，都会觉得外面凉快极了。你可以想象那里面的温度，估计有四十几度。还有烘毛巾的烘房，那里面有多少度就不得而知了，相当热。”

这段最“青春难忘”的岁月，罗荃木承认对自己影响很大，包括创作。“因为那也是我们接触绘画、接受一切与绘画有关的信息最敏感、最强烈的一个阶段。除了上班，我们也一直在画画。”

当时也巧，正好有四五个想考美术专业的男孩在同一个车间里。有了志同道合的同伴，在罗荃木看来：“这样就感觉这里不仅是车间，还有自己的某些想法在里面……”半大小子们一边工作一边也在聊天，聊看过的书，聊绘画。“虽然后来因为每个人生活的轨迹不一样，这些朋友来往得渐渐少了，但是对那个时期的印象还是很深的。”

那个时候上班是三班倒，还经常加班，因此上夜班的时候，罗荃木非常困倦。而很困的时候，正好用来做“白日梦”。

“因为工作本身是非常无聊的，要把一条毛巾从运动中的机械里搬到杆子上，这个动作做到最后就极其熟练了，做到最后你本身也成了机械的一部分。在半梦半醒之间，一边干活一边想事情，想的可能跟手中做的一点关系都没有，可能是在想一些非常遥远的事情，比如当时在谈论的诗歌、绘画，也会谈论最初接触到的哲学，像尼采啊，叔本华啊。当时这类哲学书不是太多，我们也不一定看得懂，甚至都没看完。但这成了我们认识世界最初的全新的起点。”为了考中央美院，罗荃木他们也会去背一些文化课的知识点。

工厂生涯就这样潜伏在罗荃木的记忆深处，在日后给予他意想不到的养分。

学画经历

南通十四中的一个美术班，这里走出了张明、徐累、黄峻、奚建军、张雷、冷冰川，罗荃木亦在其中。艺术生们爱看电影，老师冯则义就引导他们画起了火柴盒大小的分镜头，把喜欢的画面默写出来。那么小的平面里，有故事，有细节，罗荃木爱上了这种特别的作业。

“一个人画画多多少少都是因为天生的喜欢，但这些还不够，一定是后来的环境让这个喜欢生长起来。”罗荃木如是说。

除了经常看到父亲画画，罗荃木的一个邻居正好也喜欢画画。有时候，他会和邻居一起出去写生。再后来，罗荃木来到了南通十四中学习，这里有个著名的美术班，而且不用额外付学费。“后来很多人从这个班出来，比如张明、徐累、黄峻、奚建军、张雷、冷冰川等等。这个班其实对我影响蛮大的，很多人当时画得真是很好。”看来，有才华的人必须扎堆。

有位老师叫冯则义，那时候他既让学生们画素描，出去写生，也要求他们完成一项特别的作业。“他让我们看完电影之后，画一种小构图，火柴盒这么小的画面，默写电影场景。就像分镜头，把自己喜欢的画面回忆出来。”

罗荃木说：“那时候会画画的人很多，我在当中是画得不好的，只是我坚信必须把画画好。”

除此之外，罗荃木还跟一位叫徐培建的老师学过画。徐培建本人多才多艺，他的画，尤其是素描，风格很特别。徐老师家是书香世家，住在老房子里，典型江南风格的明清建筑，青瓦白墙，还有些雕刻，到那里要穿过很多小巷子。屋子有个天窗，光洒在四周用深色木板贴的墙面上，透着古意和书卷气。“因此，在那里画的东西和平常也会有点不一样。”

罗荃木回忆道：“1985年我到南京来学画，有人给我拿来一张画，画画的人在中央美院待了一年，他说你要画成这个风格才能考上。我觉得我是无论如何画不了那么像的。”罗荃木慢慢明白了，无论你在哪个学校学习，自我学习才是最重要的，这应当是一种持续的状态。

虽然周围也有一些老师画得很好，但所有人都去学同一种风格，罗荃木就觉得没意思：“我不想画成和别人一样的画。”

大学毕业后，罗荃木先回到老家南通，在中学教了一段时间美术。1993年，还在想考研究生的罗荃木遇到同学问他：“你想不想到南京去？我可以和你对调工作。”“结果我立即把英语书扔掉了。”罗荃木就这样又回到了南京。

2000年左右，罗荃木的作品在南京参加了一个国际美术交流展。也正是从那时候开始，罗荃木的作品开始引起关注，并被收藏。

被关注固然热闹，但有时候“无人喝彩”也是艺术家必须面对的。对此，如今已广受关注的罗荃木看得淡然：“不管什么情况下，你要坚持为自己画，这是一定的，毫无疑问的。不过，就像一个人唱戏要有人喝彩、捧场，有人吆喝是很过瘾的。但是假设没有人捧场也是一种状态，我大概有很长一段时间就是这样的状态。”

创作阶段

新联机械厂，高大的厂房，二十世纪五十年代种下的梧桐树恣意生长，墙上的斑点。视觉的肌理都是陈旧的，有时间感的。罗荃木在这里的工作室找到了创作的激情。有时候，他的几张大画同时进行。有时候，他盯着一面墙发呆。在这里，他第一个进来，最后一个离开，从2006年一直到2013年。

与人交谈时，罗荃木显得很随和，有问必答。但是你还是能感觉到他的某种内向与游离。罗荃木也坦陈："我接触的人其实不少。但有时候也会待在一个地方不出来。最长的一次有十几天，除了吃饭、买香烟出来说几句话，其他时间就一个人待着画画。"

最早到南京时，罗荃木租了农民的房子画画，大约有二十平方米。"平时还好，正常，因为要上课。一旦放假了，比如暑假，就会发现，我有时十几天都没有和其他人打交道。"

上学的时候，一直都想找到最适合自己的绘画语言，自己独特的表达方式，反反复复，很多很多年。有一天罗荃木忽然看到一幅画："米罗还是谁的一张风景素描，就那么几笔，极其简单的，像一道光一下照亮打动了我。回头我就画了一批简单的小作品，这样持续了四五年。"

这也是他毁掉之前作品的缘由。"因为那时候一幅画改动太多了，反反复复地否定。你有了那么长时间的否定，就一定期待一个特别肯定的状态，让自己舒服一点。”对于不满意的作品也就此下了狠手。

接下来，罗荃木来到了新联机械厂，也进入自己创作中的一个关键时期。

机械厂在幕府山旁边，是一个老的军工厂，有高大空荡的厂房，还有很多斑驳的墙，里面的梧桐树是上世纪五十年代种的，但没有经过修整。总之在罗荃木看来，这里有着“非常丰富的画面”。

“我是第一个进驻，最后一个走的。从2006年到2013年，我待了六七年。后来宣布要拆，从2010年开始许多人都搬走了，就我一个人待在里面。反正我的想法是，等推土机来了我再走。我也特别喜欢那个工作室，一个人在那里挺开心的。后来实在没办法了，不让待了，我才走。”

而他也一定是一位自我对话能力很强的画家，否则难以想象，他一个人待在那样一个空荡荡的厂房里是怎么坚持的。只有真的喜欢，才不用“坚持”。他说：“每个画画的人都需要不断地完成自我对话。”

在新联机械厂，罗荃木完成了“养蜂人”与“工厂”系列。而“静物”与“标本”系列是之前的。说起“新联”时期，罗荃木若有所思：“其实这种环境的影响当时不觉得，过后才会意识到。因为在旧厂房里，接触到的视觉的肌理都是有时间感的，陈旧的，包括我经常去看的很斑驳的一面墙。经常有人说我受了这里的影响，我去的时候就会常常看着这样一面墙思考，是不是如此？有时候觉得，画着画着真的就画成了这个样子。”

从二十平方米到两百平方米，从农民家到历史感很强的新联机械厂，罗荃木感觉自己的确得到了解放。“我到了那里的第一件事就是画一张大画，两米七乘一米八。后来几张大画同时开始。这种空间就是我一直想拥有的空间，很享受，很让人兴奋。”

在“生产者”个展之后，罗荃木想抛开一些明确的主题，画一些非常简单的对象，自然啊，人物啊，一直延续到现在。问他最近有啥新想法，他回答说：“现在也有延续与变化，但要说完全不一样的题材，并没有那么多。有时候也不需要新篇，把老篇做得更好也很不错了。”

绘画理念

> 做工人的时候，罗荃木有时候去逛商城，如果恰好看到自己印的毛巾，特别是看到一件次品，他会感到很有意思。他觉得，城市的表面繁华背后是完全不一样的生活，这里面有距离，有张力。让他旁观，也令他思考。

“素材搜集可能来自一些图片，也可能是一小张默写。”有段时间，罗荃木工作室旁边有一群养蜂人，他就远远地观察着，一直和他们隔着一段距离。“一方面我觉得这些人很奇怪，非常吸引我，想看个究竟，好知道其中看似隐藏的秘密；另外一方面又不想打扰他们工作。所以始终也没走太近去观察，本能地觉着要是全弄清楚会失去兴趣。……也许恰恰是在这种不确定性中存在的可能性，到后来反而成为自己所依赖的。我希望创造一种能产生怀疑的东西，用语言无法表述的那一部分。”

罗荃木的不少画面灵感来自国外图片，而他所展现的却又分明与你记忆中的中国有着千丝万缕的联系。

“你的灵感如果仅仅来源于一张图片，你一定没有那么多耐心深入下去，它一定与你的经历和现实有关。图片只是一个引子，带你进入你想呈现的世界，表现发自内心的体验。”他说。

究竟什么样的细节与画面才会引起罗荃木的创作兴趣呢？对此，罗荃木没有回答。

“古典艺术到当代艺术似乎把该建立的形式都建立了，艺术的无数面貌都呈现在我们面前，最核心的部分却始终没变。我们恰恰要在这些已经建立的基础上探究一些可能性，表达自己对世界的观照、理解。很多时候你不想说得太清楚，但又必须对所有的一切非常了解。”

除了“不确定性”，引发罗荃木兴趣的还有反差与距离的张力，比如单调工厂与时尚都市的对应。“其实我画‘生产者’‘工厂’系列的时候就有这种意识，对于都市化、时尚感的东西既有兴趣又充满质疑。”

“我做工人的时候有时逛商场，看到有毛巾是自己印的，或者碰巧遇到一件次品，依据某些瑕疵，会确定这正好是一条经我印制的毛巾，就会觉得更有意思。别人并不知道这条毛巾如何诞生，而我看到它立刻会想到昏暗的、到处溅满了印花涂料的墙面，还有那个漫长得似乎没有尽头的夜班。你说到大城市光鲜亮丽、光怪陆离，或者很牛气的样子，尽管我不太认同这些词，但城市确实为人们建构了一个繁荣的表象，可是它背后恰恰是不一样的东西。这样的经历，让我体会到既是参与者又是旁观者的小小乐趣。”

“做当代艺术，当然要有自己的声音。”对此罗荃木确信无疑。而今，他的画如同新联机械厂那些斑驳的、陈旧的、有时间感的墙一样，有着很强的辨识度，如同一种独特的“噪音”。

B型血的罗荃木有着多面性，他的表达如同他的画一样，既有直接的冲击力，亦耐追究。

画里画外

> 1985年，罗荃木穿着一条橘黄色有花纹的喇叭裤走到了大街上。很跳，很摆，也很紧身。有人忍不住问他：你从哪边来的？这种超出地域性与时代审美习惯的装束，以及带有挑战式的哗众取宠，让罗荃木有点得意。而做到这点，他仅仅采用了一块印染厂的次品花布。

生活中的罗荃木喜欢所有新鲜、时尚的东西。他居然是南通最早穿牛仔裤的人。“反正之前只在电视广告里见过，穿出来回头率百分之百。”

1985年，罗荃木还用一块印染厂的次品花布——一种橘黄底色且重复印染了很多花纹的布料，做了一条很紧身的喇叭裤。穿了去上街，很多人会问，你是从哪边来的？“确实那条裤子的颜色和造型也几乎超出了我自己的心理承受极限。”罗荃木笑言，“我后来再也没有比那个更显摆、更刺激的着装了。”

乐于尝试的罗荃木还做过一些装置作品。比如一辆“马自达”（一种改装过的劣质电动三轮车，南京人称之为“马自达”）外面刷满了LV的LOGO，参展主题为“白日梦”。“因为我曾经和一位朋友一起，天天坐一辆‘马自达’，他就常说：‘什么时候我们能天天打车就好了……’”“那时候奢侈品正成为人们膜拜的东西，经常帮我们开车的司机就背着一款大牌包包，当然是劣质仿冒的。这两者联系在一起很有意思，所以我就做了这件作品。”

他还有一件装置作品叫《小药丸》，用木头做的，在表面刷上颜色，再用转印的方法印上文字，看上去就像真的药丸。但所有的文字都和真正的药无关。上面的文字都是从字典上随机选择，再随意组合起来，比如“惩罚措施”“权力看看”“秘密可靠”“后来坏了”“费用性感”“女神要不”“浏览连拍”等等，像是痴人说梦。难怪罗荃木喜欢看“看不懂”的书，他说：“有些词语，或者语言的方式也许会吸引我，一目了然的东西还真吸引不了我。也许不是我喜欢看‘看不懂’的书，是有很多书我真的不懂。”

罗荃木喜欢和太太一起去买书。“因为她看的书比我多，而且一目十行，看得很快，正好我自己在这方面有点障碍，看一页书、写几行字通常要好几天。”

果然，罗荃木的工作室桌上摆放着这样几本书：卡夫卡的《城堡》、乔伊斯的《尤利西斯》，以及印度精神哲学家室利·阿罗频多的《神圣人生论》。

墨小鹄你又是为何
要冲一块斑驳的墙壁大笑。。。
L.L.L 2012.5.16.

情感一旦被丈量被
衡量，就会变得可笑。
L. L. L. 2012. 5. 12.

曾敏速写
二〇二二年三月

则见风月暗消磨
壬辰年暮春

女人的思想
同男人的姿色
一样是致命伤。
L.L.L.
2004.2.

三个女人一台戏

12/94.7

有的时候
得假装是条
鱼，完全看不见
自己的另一面。

L.L.L. 2012.5.16.

花裙子从箱子底翻出来，发现已经过时了。

温文尔雅的女主人，精怪
凶猛的猫，事物总是之相
得益彰

秦修平：失重状态下的纠结之舞

“日本的枯山水是我喜欢的。中国的野逸风格我也很喜欢。大概因为我骨子里还是个农民吧，家里几代都是农民，见到泥土就会特别踏实。”

听说秦修平在楼顶上整了一块菜地，我强烈要求去看一看。雨后，水泥铺设的楼顶上能俯瞰街景，一片柔软的泥土意外地出现，蔬菜看上去有点稀疏与东倒西歪，但几株油菜花比较显眼，在风中摇曳着活力。

这个镜头里，秦修平的解说像画外音：“香菜疯长得很高了，已经吃了几次；菠菜已经吃完了；韭菜去年任凭它长了一年，今年收获了一次，现在又长起来了。种菜并不是为了吃，也不是刻意要顶着烈日劳作，只是简单地弄弄，看看，找到隐居在都市的感觉。其实如果给你几块地，你倒未必真的会去管它。只是想亲近绿色的东西，亲近土地，这是最主要的。”

初到秦修平家，感觉是个寻常的中年之家，在琐屑中透着世俗生活的温度，甚至完全看不出家里有个搞艺术的。只是在洗手间看到一本夏目漱石的《我是猫》，心中一动，这会是男主人的厕所读物吗？

画室在楼上，走进去别有洞天。

水泥墙，原色木板，白色冰箱上浮动着彩色的云朵，秦修平说："当时买冰箱感觉那些都太花哨了，就干脆买了一台白色的，自己回来画。"而在墙面上，柱子上，大大小小的胖子舒适地坠落着，同时不安地绷着脚尖，或翘起兰花指。安静地待在书架上的旧书，有着深色茶渍的茶具，显示着主人在这里待的时间。

秦修平说，这画室大概是2009年装修的，之前他住在同一小区一期的房子里，也在那边画画。后来因为要画大画，就在这边房子的墙上创作，小画还是在原来的家里画。

在此之前，秦修平都在家里的客厅里画，生活跟画画混在一起。"买了房之后，想养家糊口就要靠画画嘛，那就把家里最好的位置留给画画。很大的客厅让我做了画室，然后把餐厅当成客厅。家里没有餐厅，吃饭就在茶几上。从2007年到2011年都是这样的。"

画中国画的秦修平，他的画室跟传统的画室却不太一样。

"我当初就不太想把它装修成那种特功成名就的，地位显赫的，有着红木家具、各种收藏品，像那种特别成功的画家一样。我更愿意把它装成油画工作室那样的，因为那样会让你一直处于一种探索的状态，有一种不太确定的感觉。"

"如果在大的红木家具面前那么一坐，用的东西又都很高价的话，可能还是习惯不了。我比较喜欢工作室的感觉。周围这些水泥墙，都是我后来做的，连画架都是我找人焊接的，我想要的就是包豪斯的那种感觉。因为水墨比较软，如果再与之协调一点，整个氛围就太阴柔了。我在水墨中想追求的关系就不是那种很协调的关系，所以就想用这种比较冷的、硬的东西跟它形成反差。另外，钢筋混凝土会给我带来一些焦虑感，这也是现代都市给我的冰冷感觉。”

秦修平只要没事就待在画室里，不一定画画，有时候看书，有时候捣腾。“阳台上这一片植物都是我自己种的。竹子是首选，然后是芭蕉，至于其他，有点什么就陆陆续续种些什么。”

已经有了蛮不错的挥洒空间，秦修平却并未放弃对更大画室的企求。

“绘画，其实就是对平面空间的一种侵略，雕塑是对立体空间的侵略，而画家呢，希望对平面、立体都侵略。所以说，画室是越大越好。大的画室会给你不同的视觉感受。比如，你在一个巨大的画室里面，哪怕是画一本小小的册页，周围给你的感觉都会是不一样的。而像蒋兆和，在一间很小的屋子里，可能就只有我这张桌子一半大，在那么小的桌子上完成了那么大的《流民图》，当时他自己都没有看过全的，都是画完一段，卷起一段，再画一段……推着往前画。在低矮狭小的空间里面画大画和在一个大环境里画小画，会带来不同的感受。”

前段时间，秦修平又考虑过画室的调整，因为不会开车，且路途遥远，暂时放下了。会不会租呢？不安全感对于秦修平来说时时逼近：“也许原本你的工作室很安静，过了五年，却成了一个很热闹的地方了。如果是购置了那么大的一个地方，之后卖又不好卖……于是想，也许租也蛮好的，租可以不断地去调换……纠结之中，最后就放弃了。”

印象手记

秦修平家乡的日照很好，盛产苹果。他也长得磊落壮实，可是一旦近距离接触，发现他的气质与他的作品，却向着另一种方向。

如果仅仅是电话约访，秦修平貌似一个比较别扭的人。时间不对，状态不对，哪个程序不对，都会成为他不能顺畅地接受采访的理由。这个人是有点夹生（方言，形容一个人不容易相处，不好沟通）吗？他到底想怎样？

可是一旦如约走近秦修平，他却恰恰是个愿意敞开自己的人，他的恐惧与别扭，他的敏感与焦灼，都没有装腔作势去掩饰，而是如实地呈现。也许正是这些特性，让他能够灵敏地捕捉到细微的萌生与破碎，让他的画作具备了某种直击人心的镜像感。“随着年龄的增长，我的画也越来越真了，越来越接近我自己了。”

墙上贴着秦修平著名的“胖子”系列的底稿。沉重的肉身仿佛不管不顾地自由落体，而绷紧的脚尖又在轻盈之间保持着紧张。都说画家笔下的人物多少有点像自画像。这些个胖子与其说和秦修平形似，倒不如说是神似。内心的极度不安与紧张，维持体面的努力，自我观照的焦灼与慌张，让画里画外的秦修平都具有了一种典型且特殊的当代感。

秦修平被要求坐在椅子上，摆各种POSE。但此时他并不局促，是自然坦荡的，在镜头的瞄准下继续聊天也并不影响他的思路。

艺术不一定与世隔绝，而是入世很深之后的超拔或挣脱不得，这也让秦修平的作品有别于当代艺术家比较扎堆的散逸或者魔幻态度，而是深入其中之后的批判。秦修平像画家中的作家，对笔下的人物有着入木三分的剖析与悲悯。

“他像一把尖刀插到一切事物的里面，而同时又置身于外，冷眼旁观。”忽然想到这句话，也许适合他。

画越来越真，像自己

在秦修平的画室墙上，贴了一张赵孟頫的《调良图》。画面上，马鬃、人物的胡须，乃至衣褶，都在一种飘逸的轻盈之中，而在细如发丝的线条里，你好像能听到有微风吹拂而过。秦修平说：“这张画对我的影响特别大，但我没有完整地临摹过。我闲的时候就看看它。对这张画我情有独钟，虽然放在这边不太协调。”

“主要喜欢画中对人物、马的那种线条流畅的表现。对于线的运用，他讲究的是一种顺畅，这种顺畅就像打太极一样。太极里面没有直角，因为直角是没有势的。当你没有势的时候你就顶起来了，顶起来就会有滞碍。其实，赵孟頫画过很多马，但我最喜欢的还是这张。他的用线直追顾恺之的那种高古游丝描。这张里面因为有风，更能表现这种飘逸、顺畅。

我的画里面有些勾线就会用这种方法，包括我的‘胖子’系列的晕染，也是学他的方式。”

秦修平声称自己目的性很强。“比如说我去北京，去了那么多次，去年才去了故宫。像长城、颐和园，还有很多景点我都没去。可能如果哪天我要画这个东西了，我才会去看一下，有所了解就行了。”

“我这个人应当说是比较向内的。行万里路的可能是向外的，而对我来说，向内的反观比较重要，更适合我。画到现在画了快半辈子，但越来越发现，自己的画越来越真——方方面面越来越适合自己。比如沉重的画面结构里会有一些细节的精细刻画。我的面相看上去比较粗，可是处理起事情来，心里承受的那些，可能在别人看来简直不可思议……所以我的画里也正是如此。”

“我个人认为，人物画的创作是需要沉重的。人物画不可过于轻，过于唯美，它的美显然不如山水、花鸟来得更直接，山水、花鸟带给人的愉悦、审美体验远远要大于你把一个人画得像花儿一样。这是我的感受。”

对于生命，我有恐惧与纠结

松弛沉重的肉体的下坠，面部的矜持与恐慌，纠结的手指与绷紧的脚尖，在秦修平的“胖子”系列中形成冲突，也形成他特点鲜明的绘画语言。

微胖的山东汉子秦修平，对于肥胖，也有一种特别的关注与审视。“一开始我画这类题材的时候，并非出于对肥美的一种向往，与唐朝那种对肥美的审美追求是不一样的，它带着更多隐喻的意味。你比如说虚胖，它就是一种虚假的、水分过多的状态。肥胖不等于强壮，重量不等于力量，是对中国当下的一些影射，但是我又不想表达得那么明显。比如人物手指、脚趾的绷紧，就是想表现他的一种紧张感。处在当下，这个胖子会面临各种不安全的、不确定的因素，会一直处于紧张的状态。这其实也是一种下意识的动作。”

无论是约见，还是远行，秦修平遇到外界的某种“突袭”与变化，第一反应往往是往外推，仿佛是在害怕什么。

“害怕什么？我也说不清楚，我自己其实也不知道。要说‘推’，也的确有人说我比较难接近。其实熟悉我的人都知道，我是特别随意、大大咧咧的。我想这种‘推’，其实是一种自我保护的本能吧！我来自农村，先是去了我们的小县城，然后北漂一段时间，又回到县城做了相当漫长一段时间的设计，然后又很辛苦地花了一段时间考研究生，再到南京待了一段时间。这期间不断地颠沛流离，处在不同的状态，各种好人、坏人也见得多了，自然而然地形成了这样一种秉性。我想，这种秉性跟自己的游历是有关系的。”

秦修平工作室画桌后面的案几上，安放着父亲与哥哥的遗像，鲜花香案遵循着旧有礼仪。但是遗像不是照片，是秦修平自己画的，也不是对着照片按比例放大的写实画像，是有情感投注的肖像作品。那种乡间人物逼真的气息，刹那间令人感动。

“我的哥哥是在1999年意外去世的，我的父亲去世才三年多些，就是说，可以摆遗像了。原来的供像是在老家，在这边我就画了像来清供。有时候，有些话没法对人讲的时候，我就在那边坐会儿。包括画他们的时候，也是在跟他们交流。父亲的那张我觉得画得蛮传神的，我哥哥去世的时间太长了，印象有些模糊了。”

“我哥和我父亲的早逝对我都有一定的影响，这让我有了对生命的恐惧。我思考了很久，人所谓活着的意义。当然每个人的理解是不一样的。我常想，如果没有周遭的人，没有亲人的存在，人活着就太简单了。如果人一忧愁就可以去死掉，那就没有愁事了。但是因为你身边的人，你得去面对一些事，化解这些事情，活着就开始变得沉重了。从我的哥哥、父亲去世，我才知道人死掉是很简单的，甚至是毫无痛苦的，痛苦的是活着的人惦记着死去的人。人在死的瞬间可能什么都不知道，但是留给活着的人无限念想。所以我现在特别谨慎，比如不愿意坐飞机，这也是我画失重的、坠落的胖子的原因。你在空中失重、坠落，你是无法控制自己的。在这个下坠的过程中，人是不分高低贵贱的，你再有钱，对于下坠也是无法控制的，下来之后就什么都没了，这个没办法讨价还价。在这种状态下，恐惧感是人感受的极端。也巧了，画完这组失重的胖子，马航就出事了……”“现在我越来越宅，不愿意出门，以至于想到下周要去北京了，那这一周都会不自在，就好像有一件很大的事压在心头。但是又得告诉自己，这件事推不掉，必须去做。这种感觉对我来说就比较恐惧，也许恐惧的并不是出去这件事本身。”

这种纠结对于秦修平的创作而言倒是好的。“我需要这种感觉，纠结的状态才会让我感觉到肉体的沉重。比如我抽很多烟，嗓子咳嗽得很难受，但那时会觉得自己是实实在在存在的。有段时间我感冒了，好吧，不抽烟，就觉得特别舒服。但这种舒服突然让你觉得你已融化在空气里面，没了。这会让你觉得特别不踏实，于是又开始抽烟，可又会怀念舒服的状态，所以就会一直在这两者间徘徊。像在宗教里面，都会先让你沉到里面去，让你感觉到肉体的沉重……”

我比较相信宿命论

“北漂”之后，秦修平曾经回到小县城，开了十年的设计公司。他不是纯粹的“学院派”，他有社会积淀。这十年，对他究竟意味着什么？

回答每个问题，秦修平都随口答来，仿佛所有这些问题，他都早已有过严肃思考。“那十年是阅人的，跟不同的人交往。另外对设计的接触，会让我的画面里面有一种设计感。画面如何预设，增加平面构成，都会对我的创作有一些影响。我不相信一种说法，叫耽误了多少年。其实有一天，你所有的阅历、经验都会成为滋养你的成分，成为你区别于别人的特点。所以不存在因为什么事而被耽误了，不同的经历、经验催生你与众不同的性格，以及与别人不一样的作品。这也是我为什么要说画画要‘真’，需要真实地袒露自己。只有当每一个人比较真实地表达了自己的观点，表达了自己的立场和态度，他才会和大家都不一样。”“我们的学院教育容易把不同性格的人训练成一样的。当然学院里也会出好学生，一个人该是什么样儿的，你也挡不住。”“但其实我还是比较相信宿命论，老天给了你一个什么样的命，你后天的努力只能改变其中很小的一部分。你是什么样儿的应该是定好了的。”

秦修平的书架上除了专业书之外，还有不少文学书籍。不过他解释，洗手间那本《我是猫》是女儿看的。

至于他自己，“很多书我大概只翻个目录。我买书都是在网上，输入孤独、疏离等等一些关键词，出来一批书，我看看，目录所提示的东西是跟我想要的接近，那我就买来。但也只是看那么几篇”。

“有一段时间我对心理学非常感兴趣，也读了一些这方面的书。平常我看书，基本都是泛泛地看。也就是写论文的时候，比较深入地看了一点儿，像有关‘新中国美术’，这方面我相对而言深入地看了。至于其他书，我都是浮光掠影翻一翻，都比较杂，大多数还是跟画画有关的吧。我这个人做事目的性比较强一点，所以选择书也是这样。”

除了画画、看书之外，秦修平也就打打台球，看看电影。“偶尔也会看看剧情片。恐怖片和惊悚片往往色调比较好。看动作片是自己的偏好，总的来说看动作片比较多。看《叶问》的时候，就对‘咏春拳’特感兴趣，自己也比划比划。可能男孩子多少都有一些尚武情结，从看《少林寺》就开始了，对功夫、武术特别感兴趣，这纯粹就是娱乐吧。”

黄丹：云无心以出岫

“你那么爱艺术，艺术它知道吗？”

“我对于艺术的内部规律，还是有一种膜拜。不过有的人恰恰相反。我觉得被忽略的恰恰是核心部分。”

“有时候我翻画册，自己也搞不明白，那些曾经让我激动、惴惴不安的到底是什么，但是画完就舒服了。”

“因为没有太强烈的欲望，不在意，不在乎，否则强硬不起来吧。”

——黄丹语录

“我的毛毡铺到哪里，画室就在哪里。”黄丹如是说。

她画画的领地就在客厅的地板上，甚至就在厨房旁边，与家庭生活没有隔着。

黄丹是个冷静的女子。从某个角度看，她是与人有疏离感的。就像她的画面，有一种安然的被隔离的调子，但画里是安心的、不被打搅的、自在静穆的小世界，有着蓝色的湖面、白塔、小红马，似乎是沉浸在幻想中的年轻男女。但是她的声音，她画画时一手执笔、一手挽住长发那种爽利的样子，她接电话时的状态，看到女儿走进来的那一霎她忽然的柔软，都让你明白，其实她蛮有温度。

而她的自觉与警醒也与生俱来，与一切保持了适当的距离。

一张靠窗的小桌子上随意地堆着不少颜料罐，一只造型简洁的蓝色玻璃瓶，里面是一枝黄玫瑰，而地上铺着没有裁切过的整幅宣纸，厨房就在旁边。

“以前我有个小书房是当画室的，不过的确太小了。我现在画的画比较大，没那么大的墙，所以就在地上画。我的毛毡铺到哪里，画室就在哪里。”

黄丹的画不是一次性画成的，要一层一层积墨。所以她说不准自己一天到底有多少时间在画画。“绝对时间大概只有三四个小时吧，但其他时间也会守在这里，与画的距离不超过五米。”

“会被打搅吗？不担心画被损坏吗？”我问。“没关系。”她的态度是无所谓。有时候阿姨买了菜拎着篮子，十分安然地从画上踏过去。偶尔女儿也会在墨迹未干的画上奔跑。被提醒之后，女儿还会提着裙子蹑手蹑脚地在画上走来走去，问妈妈：“这样可以吗？”

家里到处是生活过的痕迹。书房里贴着男主人写的小纸条：巨蟹座与双鱼座。电视机上排满了女儿和小伙伴贴的小贴画，沙发上堆着宣纸和画稿，连龟背竹都长得随意恣肆。“有人会修剪，我想，剪掉多疼啊，还是随它长。”

黄丹不觉得有一个正儿八经的大画室有多么重要。“有时候在宾馆，看到一个过道很空旷，也会感到很可惜，用来画画该多好。”选取家里的这块地盘也是因为方便。“拿材料，洗笔用水，归位都方便。”打理家务的阿姨也很自在。“她会将这种乱控制在她能承受的范围之内。”黄丹补充说。

画完我就舒服了

此前听说，黄丹主要画女性。此时地板上的几幅画面中，恰恰是几位“泳裤男”，或静立，或跳水。蓝绿色的底，像湖，像海，又像天，同时又有着时间的空茫感。而白色的塔，橘色的衣裙，小红马，就在眼前，却如梦境，有一层距离。

“有人问我为什么总喜欢画马，也许答案有三种：一种就是我拿个小板凳坐到你面前，从我三岁的时候说起，因为事物的确是普遍关联的；另一种说法也许很时尚，我只告诉你，因为马很漂亮；还有一种答案是，因为马好卖。”而真实的答案在黄丹看来，却什么也不是。

“经常有人要问我为什么，可是我自己也不知道为什么。这个问题很大，是个人生课题。艺术家或每个人都在寻找之中，也许这本身就是答案，因为你在画，你根本停不下来。我最近也在想这个问题，即使能说明白也是阶段性的，至于全部是什么，或者准确地说是什么，我也不清楚，我画的时候并没有这些目的性与功利性。有时候我翻画册，自己也搞不明白，那些曾经让我激动、惴惴不安的到底是什么，但是画完就舒服了。画完后又会有新的想法。幸运的是，如何平静地画，我已经能够习惯性地、熟练地找到其中的过程与方式，就像出差之前习惯性地打包整理一样。我已经能很快了解到自己的需求，抓到它，并抒发出来。如果还在较劲的话，表达就不很通畅，会给自己制造很大的障碍。”

“至于变化也是，其实一切自然而然。因为我是女性，也最熟悉女性，所以一开始总是画女人。慢慢地，我会思考，男人与女人的关系，人与自然的关系，这样，变化自然就来了。”

爱得刚刚好

父亲黄格胜是中国美术家协会副主席，广西艺术学院院长。这让黄丹从小接触艺术来得自然而然，她逃脱了艰难曲折的“求学过程”，一切都是近水楼台。以至后来她去考中央美院，考场上老师问她有没有偶像画家，她的回答也脱口而出：“有，黄格胜。”老师们愣了一下，然后都笑了。

和其他的美术生相比，对于艺术的外在介入，黄丹没有一种“顶礼膜拜”的心态。“但是我对于艺术的内部规律，还是有一种膜拜。不过有的人恰恰相反，我觉得被忽略的恰恰是核心部分。”

黄丹说，如果对画画的爱是十分的话，其他爱好对她来说只是在零点五分以下的范围内起伏。所以阅读、旅行、看电影等等，这些对许多艺术家来说很重要的元素，在她看来，也没那么重要。“出去的时候也会感到舒服，回来之后也会想念。但不会觉得‘哇，一下子一切都改变了’。改变应该是循序渐进的，不会是突发性的。有人说，旅行涤荡了我的心灵，借用孟非一句话说：那你以前的心灵是有多脏啊？”

本科的时候黄丹去了敦煌。“敦煌的那些作品太好，我们当时所学的水平太低，掌握的技能又太少。那么多游客去敦煌，这种观看对大多数人来说不会带来什么改变。但因为是学这个专业的，至少可以从两个方面明白：有一种是方法很好，但如果这并非你想要，你可以避开它。还有一种是，这个方式很好，也是我想要的，我还知道有一套完整的方法可以借鉴。但这些变化都是很难一下子完成的，得慢慢来。”

“去巴黎卢浮宫看展览也是，有什么影响一下子看不出来。就像你吃了消炎药，只在有炎症的地方会有消炎作用。至于其他，药效很难一下子看出来，变化已流淌在血液中。”

黄丹很少请评论家诠释自己。不过，观众的一两句话对她来说，有时倒也“甚合吾意”。有人评点说：“这个人希望对水墨画有所推动。”黄丹说：“他这句话比较懂我。不一定是向上，也不是向下，无论是前后左右，就像树的生长有延展性一样，我的确希望对水墨画有所推动与延展。”

还有一位朋友拿她与另一个人比较，说到对于绘画的热爱，认为那人有点过了，而黄丹刚刚好。“不能说你爱得多就好，爱得少就不好。爱再多又能怎么样呢？用现在的一句话来说：你那么爱艺术，艺术它知道吗？”黄丹说。

最自由的事

黄丹小时候学习成绩很好，但平时也没见到她用功，甚至经常跑来跑去，调皮捣乱。这种随性与放松，也许跟家庭环境有关。那时候祖母疼爱孩子，总是张罗着要给他们吃这吃那。可是父亲说：“您别管他们，吃是一个人最自由的事。”

黄丹画画的客厅墙上，贴着一张纸条，那是张备忘录。“其实写过就忘了，后来也没再看过。当然该做的事也一样不会耽误。”

和许多艺术家喜爱收藏不一样的是，黄丹完全没有恋物的爱好。即使外出游玩，她也不会带什么纪念品回家。“玩就是玩。”她说。

黄丹家的墙上，甚至没有挂自己的一张画。家里陈设很家常，没有任何刻意的装饰。“某某某比我更彻底，他连画册都不要。但我们是一类人。”

有朋友说，黄丹看上去很柔弱，很女性化，其实内心是个女汉子。黄丹听说后，笑了，说有位闺密说得更绝：“你既不是萌妹子，也不是女汉子，你就是个神经病。”

有人当面问：“你的画为什么那么难买？”还有人直接说：“你这个

人很难打交道。”“他们也许是说我比较硬。其实的确是这样。因为没有太强烈的欲望，不在意，不在乎，否则强硬不起来吧。”黄丹如是说。

和过去的十年相比，艺术市场火了许多。从总在等画展的日子，到画展应接不暇的日子。“但这与我关系不大。”黄丹甚至不去做推广，“我不想，总可以吧。”

因为一直在画，所以黄丹并不缺画，不过她习惯以新画入展。“有时候画展很近，我又想呈现最新的状态，时间才会有些紧。”

一手捋住长发，一手执画笔，或蹲或跪在地上画画的黄丹安静淡然，小仙子一样的女儿出现的时候，她也没有扑过去问寒问暖。只是对话的声音很柔和，眼中有爱。“她不是我的一切，我也不是她的一切。从离开母腹开始，我们就是独立的两个人了。”

也许正是这样的性情、态度与选择，才使得黄丹的画中，时间空茫，人物孤单，却并不悲伤，白塔、红马、春水都是或静止或流动的希望。和激越相比，偶尔的驻足、静思、惆怅、迟疑，一样打动人。

与黄丹对话，你得习惯有种回答是“不是”“没有”“不知道”，她不做诠释的诠释，她的充满寻常生活痕迹的家，她的画，都是回答。

传承之两代画家

周京新：女儿很有毅力
周尤：老爸状态舒畅

与江苏省国画院院长、“新水墨”代表人物、著名画家周京新及他的女儿——年轻画家周尤相约在养墨堂举办的梅花山写生展上。后来给他俩拍合影，周老师笑言：“再拍点，再拍……”正觉得奇怪，他解释道：“能逮到她不容易，平时一起上街的话，我说向东她向西……”平时蛮严肃的周京新遇到这种情况不得不装瘸、扮磕碰，才能让女儿回转身来，说一句：“哎呀，老爸你千万别这样！”问这对父女如何交流，他们都暗笑：“就是相互使坏呗。”但说到心目中的彼此，那可是不一般！“我爸爸创作的时候状态特别舒畅，我什么时候像他就好了。”“我的女儿很有毅力，追求完美，做什么都要做到无懈可击。”瞧这对父女！

绘画选择——
周京新：我的态度就是没态度
周尤：父母不给我答案

小时候，周尤只是自己画着玩，父母从来不给她提什么要求，真正学画是高中上了宁海中学。周尤回忆说："当时选择时，父母亲并没有明确地说，你以后一定要从事这个行业，主要还是让我自己做决定。"包括高考后对专业的选择，"他们也不会给我一个定性，一定要子承父业啊什么的，只说你自己去想，自己去选择。"

关于女儿学画，周京新也说："我的态度就是没有态度。我从来不提这个事。偶尔提一下，她要是马上反弹，我就算了。"

对于子女的选择，周京新认为，父母恰恰不该作为过多，否则会适得其反。"有一天她自己提出来，我反而跟她讲：'你要考虑清楚。'"

周京新反对家长过早地给孩子下定义。"其实绝大部分孩子小时候都喜爱画画，这是一种童真的表现，周尤小时候也喜欢涂啊画的，我的速写本上到现在还留有她以前涂画的痕迹，我画了她就涂，她画了我又画，就在上面重叠起来。她老喜欢画公主，流泪的公主。有一次我带她到国防园，让她尝试一下写生，还参加了一个儿童画比赛，获了个奖。但我也没觉得怎么样。"周京新讲了一个全国有名的小画家被过早开发吹捧，后来丧失了绘画才能的故事。"各种舆论，包括文化名人的鼓励表扬，实际上对孩子来讲是一种压力，是一种负担。"

眼中彼此——

周京新：女儿特别有毅力

周尤：和爸爸能玩在一起

说到与老爸的关系，周尤说："就是那种可以玩在一起的关系。有时候像父女，有时候像朋友。我们可以开玩笑，一起看电影，出去玩。只有在请教他美术问题时，他才会像个老师。"但即使遇到创作瓶颈，周京新也只提示女儿一个大概方向。"具体到怎么画，怎么样的想法还是得我自己去想。"

毕业于南艺插画专业的周尤一直在做媒材上的尝试。"我可能一会儿用用水彩，一会儿用用彩铅，有时候又用丙烯，还尝试做过雕塑，现在则尝试用中国画的媒材创作。"对此她也有过疑虑，但父亲认为没有必要过早地定性，"总得都试过一遍之后，才会知道哪一个是最适合自己的。所以我一直还在寻找之中。"

问及女儿在自己心目中啥样，周京新笑言很少当面表扬她："我觉得她有一种毅力，这种毅力有时让我惊讶。比方说她做一件事情就一定要做好，做到完美，做到她自己觉得无懈可击，而且还要好到大家很满意才行。在此期间，她会克服自己的急躁啊，困难啊，等等，而不是只想要偷懒一下。"

周尤在上大学的时候，周京新正在南艺美术学院当院长。可是他明确要求女儿，不允许告诉别人爸爸是谁。所以周尤的很多同学、老师到她毕业都不知道她是院长的女儿，一切按规矩来。在他心目中，女儿一直自律，人缘也比较好。

相互欣赏——

周京新：她的专业有综合性与灵活性

周尤：希望将来状态像父亲那样

说起父亲的绘画成就，周尤说："从一个看画者的角度来看，我觉得他的'水墨雕塑'的绘画语言是具有独创性的。怎样才能跟其他人拉开差距，拒绝模仿抄袭别人，这对于任何艺术家来说都至关重要。我遇到瓶颈时会画不下去，可是看父亲画画，往往在短时间的思考之后，就可以很舒畅地进行下去。希望有一天我也可以达到这样的状态。"

周尤当年选择插画系很出乎周京新的预料，因为这个系正是他亲手创建的。"周尤是这个专业第二届的学生。很多熟人一看说美院院长的孩子选了这个专业，这个专业一定不错，一大批孩子都选了这个专业。与其他学油画、国画的相比，这个系的学生综合能力、灵活性更强，也更能适应市场。所以她在创作时，我就不断鼓励她把插画的长处释放出来，她用的材料我都不懂。我觉得这恰恰是这个专业与传统性的绘画区别开来的一个强项。"

交流方式——

周京新：我若做错会向她道歉

周尤：难忘与爸爸一起坐火车

在周尤印象里，从小到大爸爸极少发火，更没动手打过她，但威信极高，只要他稍微严肃一点，自己就会很害怕。“但大多数的时候，我们都会在一种和气的状态下谈论事情。”有件事情周尤记忆深刻，那就是与爸爸妈妈一起坐火车去外地。“是我极力要求坐火车去的，一家三口在一个车厢里，到了四川境内，风景很好，早上雾刚刚开始下，外面很漂亮。然后爸爸就趴在床上，拍窗外的风景。当时就感觉特别开心。”

谈到父女感情，周尤说，连“我爱你”这样的话自己也不会吝啬表达。“那么借父亲节，感谢爸爸这么多年的培育吧。这样好像太正儿八经了。”她吐吐舌头。

周京新则给我讲了一个周尤小时候的故事。当时他误以为女儿写作业拖拉在玩新铅笔刀。“我拿过来就往窗户外面（五楼）扔出去了。她一下子就爆发了，又哭又叫，我意识到如果是真玩，她心虚不会这样。就说那好，我下去找。于是我在草丛里、水沟里到处翻，翻了很久。她妈妈抱着她在看，后来看我找得挺可怜的，她就说爸爸你别找了。但我想我一定要把它找到。后来终于找到了，上来后我向她赔礼道歉。”

说到女儿的未来，周京新说：“其实我对她的希望非常简单，首先就是开心，现在她对自己的专业非常热爱，这是最重要的。另外不去求什么大的成就，只愿她自然而然，水到渠成。在成长的过程中，每一件事情都能够按照自己的意愿去做。在确立了一个标准之后，做什么都按这个标准，然后自己又觉得很美好，就可以了。”

萧平：人有深情才能做鉴藏
萧戈：最佩服父亲过目不忘

在中国传统的文人中，集书法、绘画、史论、鉴藏为一体的杰出人物并不在少数。然而社会节奏加快，分工日趋细致，加上人心浮躁，文化传统慢慢丢失，这样的人物已越来越少。著名书画家、鉴藏家、学者萧平就是这所剩无几的代表之一。

萧平在北京荣宝斋举办个人新作展“游于艺”时，与笔者有了一次交谈。萧平先生回忆了他多年学习的经历。从在江苏省国画院学习，到在南京博物院从事鉴定与研究工作二十多年，到后来又游学于美国与日本。“我几乎把美术史上的中国画都看完了，所以我的心中储存着中国绘画的全部历史。”有这样一位博学的父亲，如今也步入鉴藏界的儿子萧戈是怎样成长的？寻常真切的父爱，不同一般的要求，让这对父子的故事格外感人。

关于成长——

萧平：我一手抱他一手画画

萧戈：父亲每月用毛笔给我写信

萧戈回忆道：“我从小学习绘画，三岁开始画，七岁就有作品发表了。初中以后开始学习素描与色彩，国画就由父亲教。在考大学专业课考试之前，父亲给了我一幅画《爸爸给我一支笔》。再后来通过大学的学习，对中国传统绘画有了一个脉络梳理。大学期间，父亲每个月都会用毛笔给我写信，对我的专业知识以及人生进行指导，每学期开学，父亲都会送我一本新的笔记本，在开头写下对我的希望。我记得有一次他引用了外国名人的一句话：人生的路很长，但关键处只有几步。”

平时严肃端然的萧平老师回首往事时亦有脉脉温情：“男孩子调皮。他是我第一个孩子，我父母都很喜欢他，经常抱着他。我画画的时候也抱着他。有时候他不耐烦了，就在我的画上乱涂，我再帮他改，这是家常便饭。”

“他小时候长疖子，我又不会骑车，就背着他去后宰门打针，要走起码一公里路，来回许多趟。”

在萧戈成长的道路上，有件事情比较特别。萧平微笑着说起：“他初一的时候有次可能是考试没考好，班上一个同学就怂恿他出走。于是他突然失踪了，家里人到处找不到他，奶奶、婆婆家都没有。原来他去了宁波，带的一点钱用完了，就住在桥洞下面，饥寒交迫。好在有个年轻人陪他吃，陪他玩。后来终于与家人联系上了，我们也没很严厉地责备他，他妈妈还接他到西湖去玩了一圈。这件事让他明白了，一来别人的坏主意不能听，二来离开父母很艰辛。”

关于印象——

萧平：有深情者能做鉴藏家

萧戈：父亲威严，读书过目不忘

说到父亲在自己心目中的形象，萧戈脱口而出：“爸爸是非常威严的。”小时候父母都在博物馆上班，比较忙，就把儿子锁在家里，还给他布置任务：看画册。偷懒是不可能的，因为回来得检查。萧戈最佩服父亲看书过目不忘，而且非常勤奋。在父亲的影响下，萧戈至今保持了早起的习惯，他说：“传统文人一般得有晨课，一早起来看书，练习书法。我读完师范去教书，有早读；后来去国际关系学院，有早操；再后来到金陵饭店艺术中心工作，还是要起大早。所以早起已经习惯了。”

判断儿子究竟能不能走鉴藏这条路，萧平先生有自己的特殊标准：“他和奶奶感情很深。奶奶去世后，他写了一篇《失去的梦》，那时候他才上初中，文章写得很深情，很感人。看了这篇文章之后，我觉得他可以做鉴藏。”说起儿子，萧平先生冷静客观，“我觉得他比较勤奋、踏实，对物质的需求与欲望适度。品质上无大的瑕疵，朋友交往上能得到信赖。在经营艺术市场的时候，只争取合理的利润，口碑也比较好。”

关于学习——

萧平：市场方面他有新发现

萧戈：我先讲，然后父亲评点

随父亲一起做鉴藏工作，萧戈走进一片浩瀚之海。

“在熟悉美术史、了解画家风格之后，最重要的就是多听多看。比如多听那些前辈的讲座，徐邦达先生在讲东西的时候我都去旁听。再加上多看多操练，多去一些拍卖会。父亲往往先叫我们说意见，如果说得对，就追问为什么。讲出一条是对的话，父亲会补充，还有哪几条。慢慢就在进步，对的越来越多了。先看电脑上的图，再看纸上的。”

在父亲的指点帮助下，萧戈从当代本地画家入手，再去熟悉近现代作品，慢慢再解决古画鉴定的问题。再后来自己掏钱，将自己认为是真的东西买回来，这就进入了实战阶段。“如果失手教训惨重，得到的教育也是效果惊人的，慢慢就触类旁通了。”

萧平对儿子的教育是因势利导的：“一开始我也希望他向画家这个方向发展，后来他到金陵饭店艺术中心当总经理，经常要出入拍卖行，因为工作的关系，在鉴藏这条路上越走越远。儿子拿来的画，我们经常一起看，一般让他先看先发表意见，后面我把关。渐渐地他自己买书，自己买画，兴趣越来越大，在这方面越来越自觉，我对他也就比较放心了。他对市场的介入比我还要广，有时也会提出一些有价值的新发现。”

关于祝福——

萧平：祝他五十岁前成为完整的鉴定家

萧戈：祝父亲艺术之树常青

眼看父亲节就要来到，借这次采访，父子俩也互吐心声。

萧戈说："父亲一辈子勤奋，都为别人着想。他捐助残疾人学校，帮助过很多人。如今我只希望父亲晚年能过得轻松一些，祝福他的艺术之树、鉴定之路常青，愿他健康长寿！"

作为严父，萧平勉励之外还给儿子确定了目标。

"他也资助了两个非洲小孩，每个月会寄去一千多元的费用。其实我对他的现状还是比较满意的，但我也有一些新要求。要想在鉴定上有进步和发展，慢慢要学会文言文的题跋，还要学诗，可以多关注古人的题跋，用简要的文字表达出自己的意愿。此外在书画上还要多下功夫。即使不一定具备太高水准，具备一定水准还是必要的。希望他五十岁之前能做到这些，成为一个传统意义上完整的鉴定家，绘画、书法、史论、鉴藏四者兼具。"

赵治平：儿子很有想法
赵怡文：父亲善于表达

一位是生于上世纪五十年代的工笔花鸟画家，不断将激情倾注于表现出坚强生命力的花鸟。一位是新生代的八〇后年轻画家，对绘画道路有自己的理解和选择，碎乱的直线是他的绘画标志。赵治平与赵怡文，这一对画坛父子，在平常生活中有哪些艺术碰撞？儿子赵怡文是怎样从一个叛逆、调皮的孩童成长为极具潜质的画家？儿子眼中的父亲又是怎样的形象？

赵怡文：我被“捉”到画桌前画画

赵怡文话不多，看起来温和而沉静。“怡文”的名字是他爷爷给取的，是希望他做一个怡然自得的文化人，一个开心的文人。这种期待似乎在他成年后得到了充分体现，但是孩童时期的赵怡文“相当顽皮”，自称是班级里的“四大天王”之一。赵怡文从来不肯按照老师和父母教他的方式学画。“他们教我画‘梅兰竹菊’，我就画‘黑猫警长’。常常被父母‘捉’到画桌前，而我则背着脸过去，看都不肯看一眼。”回忆起当初学画的情形，他到现在还历历在目。

即便是这样，因为父母都是绘画工作者，赵怡文从小耳濡目染，到底还是比普通人家的小孩有绘画的优势。“印象深刻的一件事是，大概在我八九岁的年纪，父亲刚从西双版纳写生回来，他当时非常激动，摊开一张宣纸，用大写意泼墨的方式，完全凭记忆即兴创作。那种如入无人之境、畅快淋漓的感觉立即感染了我，我完全被震住了、吸引了，可能当时没意识到，这也是一种潜移默化的影响。”赵怡文说。

赵治平：每个环节都给儿子选最好的老师

曾为江苏省美术馆副馆长、江苏省国画院一级美术师的赵治平，是一位典型的慈父，也是一位对儿子的教育很讲究、很认真的父亲。“在他成长的每一个环节，我都给他选最好的学校、最好的老师，希望给他创造一个良好的学习环境。”赵治平谈起对儿子的教育时如是说。

“赵怡文小时候很调皮，不能规矩地坐下来画画，如果按照当时传统的教育方式，他肯定不愿意学，后来我就有意识地培养他。有一次，他想参加班长竞选，需要才艺表演，我给他出谋划策，说你画一个自画像吧。别的小孩都是演讲什么的，他画了一幅自画像展示给大家，通过这种方式介绍自己，后来全票通过。就这样，他慢慢就对绘画有感觉了。”在对儿子的培养上，赵治平可谓用心良苦。

赵治平谈到，儿子小时候文化课很好，为了让儿子在绘画上有更好的成就，就把他送到了南京艺术学院附属中学。从1999年到2009年，赵怡文在“南艺”学习了十年，从中学到本科再到研究生，一路走来，正如赵治平说的那样，“学画之路很长”。

在南艺求学期间，陈少立、曾昭强、吴元奎等老一辈画家都曾教过赵怡文，大三时他又入了周京新和张友宪老师的门下，得到他们的悉心指导。

赵治平：儿子内敛、有想法

赵怡文：父亲热情奔放

问起父亲在儿子心中的形象时，赵怡文说：“我成年后比较内敛，父亲则比较热情奔放，善于表达。从小到大的记忆中，父亲永远是在作画。起得很早，画到很晚。也可能是因为他属鸡我属猪的原因，每天早上总是他喊我起床。”一句玩笑话，惹得父子俩哈哈大笑。

“他很用功，自我要求也很高。绘画靠天分，但还要下很大功夫才行，灵感也是非常重要的。你别看他现在很内向，但是他很有想法。‘十运会’闭幕那年，温家宝总理来南京视察，观看毕业生成果展示。赵怡文被选中为温总理展示绘画才艺，他当时突发奇想，因为是鸡年，他就画了一只火红的鸡，请温总理点睛。温总理很小心地用笔蘸了墨，点了眼睛，还问是不是点得有点大，当时引起了不小的轰动。”说起儿子，赵治平洋溢着赞赏之情。外表文静内敛，内心有坚定的想法，赵怡文也评价自己说：“你觉得我有多乖，其实我内心就有多叛逆。”

赵治平：绘画最难的是风格的确立
赵怡文：父亲潜移默化地影响我

赵怡文现在担任南京书画院花鸟研究所副所长，他的画辨识度很高，多次参加省内外展览并获奖。他的画面中总是充斥着碎乱的直线，交织出梦幻般的景象，让人一下子就记住了这种特征。“大三时进入周京新老师门下需要过的第一关就是要创作一组连环画，周老师说可以根据故事或诗歌、小说进行创作。记得我当时选择了一个梦境，直到现在还在延续着这种题材，并且在不断完善中。”

赵怡文绘画中的线条很像枯枝残叶，他解释说可能来自父亲的影响：“我对父亲画中的枯荷、枯枝很感兴趣，所以在创作中就无意识地流露出来，这也是父亲在潜移默化中影响着我。”

对于儿子在绘画方面表现出的创新，赵治平表示赞成。他认为，绘画没有固定的模式，而他自己的绘画语言也在不断地变化。“他要是跟我画得一样，是不成功的；跟他导师画得一模一样，也是不成功的。”

赵治平说：“一个绘画工作者在基本功掌握好以后，最难也是最重要的是个人风格的确立，这是画家一生不断追求的目标。”

赵治平：希望儿子随心所欲地画
赵怡文：是父亲成全了我的自由

“父亲的画冲击力和感染力强，而我的画更多是与情绪有关，描写个人感受比较多一点。虽然我跟父亲在绘画面貌和题材上不一样，但相同的是对艺术创新的追求。如果没有父亲对我绘画道路的引领和鼓励，我可能不会走艺术这条道路。我希望父亲能在工作之余更多地享受生活，自由地画自己想画的画。因为我知道正是他的不自由成全了我的自由。”

在儿子的成长道路上，父亲无疑产生了重要影响，其实儿子也在某些方面启发了父亲。“他的内心很强大，有自己的观点和想法。他能把老子、老师的画法先放一边，按照自己的方式进行，不管成功与否，这需要很强大的内心和勇气才行。”赵治平说。他希望儿子能够随心所欲地画，希望他的艺术道路越走越宽。

（附注：高伶俐对本文亦有贡献。）

吴元奎：儿子能沉下心来
吴静一：父亲爱画如痴

最早听到吴元奎的名字，是在不少年轻画家的口中——“我是吴元奎老师的学生！”恭敬，爱戴，可见当年这位南艺美术学院国画系主任的人品服众。吴元奎先生的作品早年就多次入选全国美展并斩获大奖，他的连环画作品《西游记》也获得全国连环画套书一等奖。而在公众场合，却很少见到他的身影。吴静一，这位年轻油画家的作品中充满安静而奇幻的险境，获奖之外，在南京为数不多的油画展中夺人眼球，而偶有机会见识到他的素描，也为其极为扎实的功力所折服。这对父子，一位是老派宅男，一位沉静而有内在张力。不过想不到的是，因为吴静一留长发，他俩竟然有将近两年彼此不讲话。

痴迷——

吴元奎：一天不画即为白过

吴静一：抽离画画只是个废人

因为父亲是南艺的教授，吴静一说，从幼儿园开始，自己就是“在南艺美术学院老师的圈子里混大的”。

差不多从六岁开始，吴静一就开始了乱涂乱画。后来的状态一直是这样的：桌上看起来是正常的课本作业，其实下面藏了一张草稿纸，他躲在书下悄悄画画，而老师或长辈一来，他就立马把纸藏到书下。父亲担心吴静一不能好好学习，一度撕掉儿子的画，只为让他集中精力上课、做作业。

但是对绘画的热爱是挡不住的。父亲在家里给学生评点，吴静一站在一旁“偷师”。别人在画石膏像考学时，吴静一则在画这些画画的学生。

有一次，吴静一去学校找妈妈，妈妈在打毛线，他就给妈妈画了一张素描。这张画很快在老师当中流传。更有老师在办公室为他办起小画展，并帮他题写“齐白石算什么……黄胄的驴子没有我画得好”这样的话，搞得小吴静一很有成就感。他的素描、线描作品，还经常被南艺的老师陈少立、杨春华等拿去复印，作为样板。

后来考南艺，吴静一专业成绩第一。

关于对画画的热爱，父子俩可谓异曲同工。吴元奎说，如果这一天没有画画，就觉得白过了。吴静一则说，如果将画画从生活中抽离，就觉得自己是个废人。

揭底——

吴元奎：他实在是很“闷皮”

吴静一：他是个完美主义者

吴元奎形容儿子“闷皮”。“小时候他穿行在车水马龙中，还要弹个橡皮筋，弹到哪走到哪，从来不走直线。”

经常看到美院的学生留长发，吴静一幼时就羡慕，梦想着大学毕业也要留长发。果然，毕业后离开父母“监控”搬到宿舍去住的吴静一悄悄将头发留长至胸口，甚至拉直成“清汤挂面”。等到这样一个儿子忽然出现在吴元奎面前，这位老派的父亲完全不能接受。

要他剪掉他不听，吴元奎最后索性不再搭理吴静一，甚至不愿意与他并排走路，实在要说话，也得通过孩子他妈转达。

“有一年我们去东北长白山天池，山顶风大得不得了，他的头发被风一吹，简直是群魔乱舞一样乱飞，你能想象那个画面吗？实在是受不了啊。”吴元奎让夫人找出那年一家三口的合影指给我看。等到两年之后，这把瘾过去了，吴静一终于剪掉了长发，父子才恢复了“邦交”。

在吴静一眼中，父亲实为“严父”。“我拿画给他看，得到的大多是批评。但要是哪次得到了表扬，那种高兴和满足是无与伦比的。”“其实背后我都是夸他的，我好像用错了方法，是吗？”一旁的吴元奎插话道。

有一件事让吴静一对父亲的完美主义体会深刻。那时候南艺还在盖音乐厅，工地上还有些大土坑。一天晚上八点，父亲和母亲用自行车推着一大叠东西，偷偷摸摸地跑到工地上烧掉了。后来吴静一才知道，被烧掉的都是父亲早年的一些作品，“他觉得那是些画得不好的”。其中甚至包括一些在全国美展上获奖作品的草稿，有些画还是装裱过的。“每位画家一路走来都有个慢慢积累的过程，一步一步也都是珍贵档案，结果他就这么一把火全烧掉了。”吴静一为此大为惋惜。

欣赏——

吴元奎：儿子在创作上能沉得下去

吴静一：欣赏父亲对创作的坚持

要吴元奎当面表扬儿子，这位内敛的父亲稍有窘迫，然而笑容中露出了自豪。“我儿子感悟能力很好，能静得下心来，在创作上能沉得下去。”

吴元奎说，儿子做事情总要做到最好，因为学的是西画，接触面也比自己广，其中有几次变化也是自己非常赏识的。

有一次，儿子创作了一幅钢笔插画，在借鉴版画的基础上，又做出了明暗的变化。吴元奎看到时，大为赞赏，甚至说出“儿子你是最棒的”这样的话。当儿子离开后，吴元奎兴奋得一个晚上都睡不着。他躺在床上想，儿子这么年轻，凭想象就能画得这么丰富，自己其实是远不及他的。

吴静一眼中父亲是个典型的画痴。他说，父亲每天早上起来，先读一份报纸，然后就去画室画画，到中午吃午饭时如果还没画完，就先不吃午饭直到画完。用过午饭之后，一般都午睡一小会儿，偶尔不午睡的时候就泡上一壶茶，喝完茶直奔画室继续创作。这样军训一样规律的生活，吴元奎“几十年如一日”，“连回老家几天不画都很慌”。

未来——

吴元奎：希望儿子能认准目标

吴静一：希望父亲多出去看看

高考之前，父子俩整晚整晚在一起，父亲出题，吴静一创作，画的都是群像。这对吴静一是很好的训练。

吴静一还特别难忘大一的时候，有一回与父亲一起打个大赤膊，创作成语故事的连环画。“爸爸打个草稿，画几个圈圈，我再去具体描绘出人物来。是哪个朝代的，该穿怎样的服饰，怎样的人物性格，长相特点，都是我去细化。”这样的经历对吴静一来说有一种被父亲肯定的感觉，父子关系一下子变成了合作伙伴。

对于儿子的未来，吴元奎希望儿子要认准目标，要明确到底往哪个方向发展，“时间上是要只争朝夕的”。而吴静一对父亲的期待，则是希望父亲多出去旅行，看看外面的世界，身心放松一下，不希望父亲如此辛苦。“画画状态有紧有松，不要对自己这么严苛，也许出去一下，开阔了眼界，会画得更好。”一度两年不说话的父子互吐心声，此时的笑容都很灿烂。

剧场

仍在延续的赖声川传奇

2007年“五一”初遇赖声川的时候，很讶异于《暗恋桃花源》的戏剧魅力。看过大小话剧无数场，还从来没有一出戏像它一样，将喜剧与悲剧、幽默与伤感、大时代与小人生、现实与玄想种种元素结合在一起，又浑然天成。

至今，赖声川风潮席卷南京N次，相隔时间越来越短，可见赖声川在南京的受宠度越来越高。

身世堪比传奇

赖声川出生在美国华盛顿，十二岁那年，因为父亲工作调任，赖声川举家返回台湾。不过，这个在美国被认定资质优异、一上学就跳级的人，回台湾读初二，一年后就留级了。

赖声川1972年就读于辅仁大学英语系，同时在台北一家叫“艾迪亚”的餐厅从事民歌演唱和演奏，玩音乐玩了整整五年。在这家餐厅里，他的蓝调口琴迷住了不少人，听众包括罗大佑、蔡琴，以及后来成为他太太的丁乃竺。

1978年赖声川与丁乃竺结婚，婚后二人一起赴美，赖声川在加州大学伯克利分校念戏剧艺术专业，丁乃竺则就读于同校哲学研究所。1983年赖声川取得博士学位，返台任教于新成立的台北艺术大学。

从学士到博士，他在加州大学伯克利分校度过五年时光。“那是非常开眼界的五年。”现在回忆起来，他如是评价。入校前，他二十四五岁，与丁乃竺先是结婚，后来才申请学校。二人选择了无任何奖学金赞助的伯克利，而且是在自己积蓄一空的情况下做出这样的选择。“我们此前辛苦赚的钱，原本计划用于两人的学费和生活费，至少用两年没有问题，不过不幸的是，我们的投资出现了失误，钱被骗掉了……”

所以，在伯克利，“我们必须凭劳力去赚钱，以度过眼前。我们去餐厅打工，整整打了五年……”。于赖声川，那是一段难忘的人生经历。“戏剧是最关注人生的，没有人生经历，你如何做到导演？”他如是说。

如今，赖声川是加州大学伯克利分校戏剧艺术博士，斯坦福大学客座教授暨驻校艺术家，曾任台北艺术大学戏剧学院教授及院长。电影《暗恋桃花源》获东京影展银樱奖、柏林影展卡里加里奖、新加坡影展最佳影片等，《那一夜，我们说相声》于1999年获《联合报》参与评选的“台湾文学经典”，《如梦之梦》于2002年荣获香港舞台剧“最佳整体演出”等三项奖项……

创作犹如游戏

1983年，二十九岁的赖声川选择回台湾。那时候，台湾没有人看戏，他却认为，这是一个机会，他想创造剧场，也创造观众。1984年，他的第一部舞台剧作品《我们都是这样长大的》上演时剧场里只有一百多人，直到他采用中国传统曲艺相声和舞台剧相结合的独创手法创作了《那一夜，我们说相声》，才引起轰动。其时，台湾人口只有两千万，而该剧的磁带就卖出了百万盒。

早期排《暗恋桃花源》，演员都住进赖家排戏，到了吃饭时间，大家便分头淘米，洗菜，做饭，烤面包……赖声川的表演工作坊核心灵魂是集体即兴创作，演员们从台北“远征”到阳明，在吃完赖式晚餐后，拉开家具，饭厅就成了排练场，导演带领演员，以各种撞击的方式创造剧本，最初的戏长达四个小时，然后慢慢地精心打磨。

创作的时候，赖声川需要的一切都要“对”：饮料要对，音乐要对，灯光要对，写笔记的笔记本也要对，笔要对，电脑键盘要对，连鼠标、鼠标垫及屏幕保护程序都要对。丁乃竺曾笑话赖声川，做菜也要讲究音乐、灯光，看篮球赛解说得比专业评述员还专业。

改造明星上市

看赖声川如何将演员如黄磊、袁泉、谢娜、何炅等人的明星魅力，与他的戏剧一起包装行销，你就会明白这位看似感性随心的艺术家，其实还是一位出色的商业行销人。

赖声川并不否认，自己确实有着敏锐的商业触觉。“我们的《暗恋桃花源》在大陆很火，但大陆对文化的需求还很大，一些二线城市如南京、重庆等，还有很大的市场开拓空间。我们还需要做很多开拓工作，培养大家看戏的兴趣。”赖声川自1998年起在大陆先后推出《红色的天空》《千禧夜，我们说相声》《他没有两个老婆》等多部剧目，均大受欢迎。

《陪我看电视》借一台九寸牡丹牌黑白电视机的命运，折射出中国改革开放三十年来的百姓生活。这部戏继续起用大明星，以求更好的市场效果，不仅继续沿用在《这一夜，Women说相声》中有精彩表现的台湾综艺天后方芳饰演流浪汉，还请到了《暗算》的天才导演柳云龙，听说这是柳云龙的话剧处女作。情歌王子张信哲和“许仙”叶童也在《陪我看电视》里亮相。拟人化的电视竟然请来程前扮演，作为一个老牌电视主持人，程前可算是见证了中国电视的成长。

近年来，赖声川还多了新的“赚钱”途径，那就是“创意学”——赖声川提倡的新学问。曾是天才班儿童的赖声川，反对创意是“上天赋予的缪斯——学不来”的观点。在他的著作《赖声川的创意学》中，他认为创意是可以通过训练习得的，但必须积极地收集独有的素材。除了在台湾推出自己的大量著作，谈自己的戏剧创作心得之外，赖声川还在大陆出版了《赖声川剧场（第一辑）——暗恋桃花源&红色的天空》以及《赖声川剧场（第二辑）——这一夜，Women说相声&千禧夜，我们说相声》。

创新悟道不倦

赖声川时有妙论，可见他在追求戏剧灵感的同时，也在不断悟道，解读人生的谜团。

他说："伯克利的精神是一种创新的精神，我深受影响。但是我也在考虑，创新对艺术家是否也意味着一种不公平。如果我的一件事情做得好，为什么不可以重复地做？但是现在观众的胃口是一直要变，一直在变。这个时代，是在求新求变。这表示这个世界的专注力不强，思想散乱，缺乏一个注意力的核心价值中心。"

"有时，大家只是在玩一个名跟利的游戏，主动或者被动地贴上各种标签，有时我都看得很清楚。大家为什么都在玩这个游戏？可是大家确实都在玩，人生如戏，我的解读就在这里。很好笑，但游戏是我们自己创造的。"

"我是相信戏剧的力量的，它运作好的时候，很难有东西力量比它大。因为是真的人（在表演），你跟你周围的观众也算是一个群体，那种感觉真的很好。跟看电影又不一样，看电影是一个人在黑暗中看，跟旁边的人没什么关系，你并没有感觉这一晚在这个地方发生的事是独一无二的，因为电影可以随时放。”

人们之所以追随赖声川，是因为我们对自己的人生都有许许多多的疑问吧。赖声川借助剧场话剧，不断地用独特的赖式思维重新解构与梳理人生，在他的全新演绎之下，我们对自己每天所习惯面临的生活，又会有全新的理解。正如他自己所描述的那样：“每一秒钟的展开都是一个奇迹，不可思议，每一秒都在演进，真的很了不起！”

《蒋公的面子》因何而火

深秋的傍晚六点，笔者来到南京大学鼓楼校区的大礼堂门口取票，预订的是教工票，四十元一张，四张。“你是？”门口的女学生问道。的确，要凭短信订票的名字才能拿到票。又有人来问：“还有票吗？”“对不起，今天已经没有票了。”“那我买明天的吧。”

六点三十分，笔者匆匆解决了晚饭再回来。好家伙！学生席、教工席的入场口往外，已经排了老长的队。这一天是2012年11月2日，话剧《蒋公的面子》首轮、二轮演出已经演到了第十四场。剧场内观众也是满满的，在开场短暂的静默之后，很快气氛就活跃起来，台上一个包袱接一个包袱，观众掌声、笑声不断，甚至不由自主地大声应和，整个剧场变成了一个戏剧沙龙。

很快，口耳相传，微博传播，网上热议，校内外想看的人还有很多。该戏导演、南大影视戏剧系主任吕效平果断决定再次加演，时至今日，这部戏已经走向全国商演，海外巡演……他们不是什么名角大腕，当其时，他们不过是南大艺术硕士剧团的成员及其支持者。

扮演剧中三位教授时任道、夏小山、卞从周（传说中的原型分别是陈中凡、胡小石、汪辟疆教授）的演员，在这部戏初演时分别是同为南大艺术硕士、中国传媒大学南广学院表演专业的老师周雨、赵超和戏剧影视艺术硕士的考生高仲伟。

如果你仔细阅读入场说明书上的主创人员介绍，你的目光一定还会被其中一道说明吸引——温方伊（编剧、扮演时太太）：戏剧影视艺术系2009级本科生。那时她还是一位大三学生。

那是怎样一位大三女生，能为名校的话剧舞台又编又演，还能写火事关“蒋公”及“蒋公的面子”的一台戏呢?

观众席中、文艺青年圈、微博上，大家都在议论纷纷：她是谁?一个二十一岁的大三女生缘何对大学校园里的这些高等知识分子如此了解?讽刺有之，理解有之，温情有之，幽默有之……

“我宁愿失恋也不愿三缺一！”“我就是想吃火腿豆腐，又怎么了？”（台上的台词）

“自来自去梁上燕，相亲相近水中鸥。”（台上的对联）

“不提防余年值乱离，逼拶得歧路遭穷败。受奔波风尘颜面黑，叹衰残霜雪鬓须白。今日个流落天涯，只留得琵琶在。揣羞脸，上长街，又过短街。那里是高渐离击筑悲歌，倒做了伍子胥吹箫也那乞丐……”（结尾的昆腔）

泪中含笑，笑中有泪。喜剧乎？悲剧乎？

吕效平：火是因为它回归了戏剧艺术

《蒋公的面子》此时已经在南大鼓楼校区的大礼堂演出了十六场。推出《蒋公的面子》的最大“功臣”，莫过于该戏剧本的指导者、导演、南大文学院副院长、戏剧影视艺术系主任吕效平。在每天忙于各种工作与演出的紧密时间表中，吕教授抽出深夜的时间与笔者有了一次交谈。

罗拉拉：散戏后，听到了您对这个戏素材由来的简要介绍，但因匆忙未及记录，能否请您简单复述一下？

吕效平：这个戏涉及的故事源于南大中文系的一个传说：蒋介石任中央大学校长时，邀请中文系几个著名教授吃年夜饭，这使几位教授很犯难——给不给蒋公这个面子呢？但不能确定是哪几个教授，甚至也不能确定是否真有其事。董健教授把这个传说写入了他的文章。张伯伟教授也说，他听朱东润先生说过此事。

罗拉拉：作为导演，您对《蒋公的面子》风格与主旨是如何确定和把握的？

吕效平：首先说风格。一，基本上还是传统现实主义；二，喜剧；三，喜剧性源于人物性格，而不是来自表演；四，为了保持叙事的流畅，把1943年的两个空间（茶馆和时任道家）和1967年的空间（牛棚）并置在舞台上，用灯光转换空间，不换景。再来谈谈“主旨”。喜剧性就在当时的当权者（蒋介石）和读书人的“扭捏”——请或不请，去或不去，都不过是一种姿态。但当权者需不需“扭捏”？读书人有没有“扭捏”的空间？这对于大学的建设却是十分重要的。

罗拉拉：您事先曾说这个戏“不花国家一分钱，还想收入几文”，不知道现在做到了没有。

吕效平：第一轮（5月校庆时）排演，学校是有投入的。第二轮，绝对做到不花公家一分钱（仅需提供剧场），也能节余些钱排演下一个戏。

罗拉拉：上周五晚我六点去取票，六点半到的时候南大礼堂前面已经排起两条长队（分学生席和教工席）。从各种迹象看，这个戏确实火了。您觉得该戏为什么会火？一个大三学生写的戏能演到这么火，您的感受是什么？网上有人在给该戏指派明星阵容，听说已经有很不错的媒体去挖温方伊了。这个戏接下来还有什么新的合作打算吗？

吕效平：当下中国，戏剧往往是政府行为，而不是个人的艺术行为，因此，在我看来，戏剧基本上已经淡出百姓生活。如果你知道中国当下戏剧创作的现状，你就知道《蒋公的面子》是非常前沿，非常了不起的；但如果你知道世界戏剧的现状，你就知道，《蒋公的面子》不过是一个庸常的戏剧习作，戏剧作为个人的艺术行为，本来就应该是这个样子的。《蒋公的面子》之所以火，就因为它回归了戏剧艺术，超越宣传和说教，达到了喜剧的高度——这是一种艺术的审美高度。

一个大三学生能够写出这样的作品来，董老师说得最好——我们不缺乏才华，但激发才华需要正确的价值判断。年轻人一旦获得了精神的自由，我们就不缺乏好作品。

我认为温方伊还是要读研的，毕业是三年半以后的事情。她应该静下心来，在学校再搞三年创作。我不知道她会不会接受我的这个看法。

编剧温方伊：为写这个戏读了很多史料

她是南大一个普通的大三女生，她之前写的一些小习作从未搬上过舞台，她是南京本地人，自小在高知家庭长大，《蒋公的面子》不过是她的一次学年论文。但是，布置这个作业的吕效平老师说："在所有同题作业中，温方伊是完成得最好的。"

校园里，她是那个气质文秀，眉清目秀，轮廓分明，不显山不露水的女学生。舞台上，她是那个说话不紧不慢，有理不在声高的"时太太"（吕教授劝她出演的理由或说"借口"是为了"节约成本"）。她还是那三个"要面子不要里子"的男人之外识大体、明事理、掌舵的女人。她也是话语不多，张弛有度，不喧哗不躁动，颇见定力的采访对象。她就是在南大演火了的话剧《蒋公的面子》的编剧——温方伊。

自小在高知人群中长大

罗拉拉：请介绍下《蒋公的面子》的写作过程。

温方伊：我在南大戏剧戏曲专业读大三，2011年9月接到了吕老师舞台剧写作课的这个题目，这是我们下一届学生的作业，也是我的学年论文。其间写了两个月，改了两个月。每改一稿，吕老师都会有反馈意见，一直改到第五稿。最初的剧本到扔麻将这个高潮部分结束，修改后，后面的戏份又加了不少。

罗拉拉：不少观众吃惊于一个二十一岁的女孩子对于文人、知识分子了解的深刻性。能介绍下你的成长环境吗?

温方伊：我们家三代都是大学毕业生。父亲是高级工程师，母亲是学文的。大概我自小生活的环境就是在一些知识分子之间，自认为对他们还有一些了解。

为写这部戏读了许多史料

罗拉拉：眼看着自己的戏一天天火起来，加演了一轮，又加演一轮，自己既是编剧又是戏中人，这种感觉是怎样的?这是你的舞台剧处女作吗?

温方伊：怎么说呢，只能说很高兴吧。这也让我有信心继续写其他作品。以前也写过舞台剧的一些习作，但都是未能上演的。要论正式搬上舞台的，《蒋公的面子》是处女作。

罗拉拉：为什么会在舞台上同时安排两个时空，怎么想到让三位教授在“文革”中回望民国那段历史?

温方伊：本来吕老师只是要求我们做一个戏，故事发生在民国时期。

但我写到最后不知道怎么结尾。如果只是停留在蒋公的年夜饭“去还是不去”，指向性太单一。为了解决这个困境，我就设计两个时空，让他们在“文革”中去回忆这段历史。

罗拉拉：民国也好，“文革”也好，以你的年龄、阅历显然无法亲身接触。你怎么了解和把握这些材料？

温方伊：为写这个戏我读了很多书。民国史读过一点，还有像《联大教授》《民国文人》等等，还有很多史料汇编……其实这样不仅仅是对于知识分子，而且对于各个阶层包括官僚阶层，优点、缺点都比较了解。

舞台效果比预期有太多惊喜

罗拉拉：最后的舞台形象、舞台塑造和你最初的设想相一致吗？有没有一些出入？

温方伊：舞台呈现有很多不确定因素，和最初的设想也有一定距离，完全一样是不可能的。但像现在这样呈现效果也很好。本来对于二次创作我就不太想干预，现在的效果还比较满意。

罗拉拉：看戏的过程中剧场气氛一直很热烈。有的显然是你的设计，也有一些出乎意料的效果吧？能否举些例子？

温方伊：扔麻将的地方观众要大笑，这的确是设计好的。但看戏的过程中观众反响之强烈一直出乎我的意料。从第一次带观众彩排，我们就没搞明白，为什么会有那么多地方观众要笑，这完全超出了预期，太多了，例子已经没法举。

罗拉拉：那天有个网友在微博上感慨——“无论时代，无论年龄，无论男女，‘吃货’总是最受欢迎的”，来表达对夏小山这个人物的喜爱，听说这个人物的原型是胡小石教授，是这样吗？

温方伊：夏小山这个人物借鉴的原型的确是胡小石教授，他的身份背景也与之相一致，比如担任过金大（金陵大学）、中大（中央大学）的教授，是一位美食家。但是从写戏的角度而言，时任道和卞从周分别代表两个鲜明的政治立场，夏小山在他们中间则是处于游离状态，这样更容易出戏剧效果。

戏中设计向昆曲致敬

罗拉拉：为什么会在戏中用到昆曲的片段？

温方伊：我一直是个戏曲爱好者，对昆曲、京剧、越剧都很喜爱。除了结尾那段对于《长生殿》中李龟年唱段的引用，中间还有一段对白借鉴了昆剧《狮吼记·跪池》中的片段。这些，都是想向那些喜欢戏曲的老教授们致敬的。

罗拉拉：戏里有一段时任道和卞从周的激烈争辩，涉及辩证法等一系列比较抽象复杂的学术争辩，这样一些对白是你自己设计的，还是有导演、老师们的意见？

温方伊：关于辩证法的这段争辩，我主要是借鉴了陈中凡教授的论文里集中批冯友兰的那一篇，引用并加以改造，还加入了自己的理解。

罗拉拉：11月2日演出结束后，吕效平老师在谢幕时提出，现在这个戏在结尾处有一点小尴尬，因为“不提防”那段昆曲比较凄凉，让一部喜剧有了悲剧的尾巴。当时我们就在观众席上议论：“其实这并不妨……”结尾真的会有变动吗?

温方伊：这不是我说了算。这部戏在骨子里是悲的。我也不想在喜剧的高点上戛然而止，现在这样结尾比较有诗意。当然，导演会有他的想法。加上当天晚上有上戏（上海戏剧学院）的师生在，也是征求下他们的意见。

罗拉拉：谈到你也在戏中担任“时太太”一角，吕老师说，主要是出于“节约成本”的考虑，也说还有一个意图是，打破戏剧专业中导演、编剧、表演等过于细分的弊端，培养大的综合的戏剧概念。你一共演了几场?

温方伊：第二轮演出，从10月23日一直到11月4日，时太太都是我演的。

孤傲的吝爷

陈道明、何冰来宁演了六天《喜剧的忧伤》，有人大声喝彩，有人为票价“忧伤”，有人认为不如那部日本电影原作《笑之大学》，也有人质疑不过是明星效应。

笔者从小到大看过各类结构、档次的话剧不下数百场，看了《喜剧的忧伤》，还是觉得值，相当值。

因为在剧场两三个小时，忘了陈道明是个大明星，也忘了他的溥仪、方鸿渐、康熙，只知道他是这个刻板又吝色，讲原则又心软，严肃认真却又深藏柔情的“独眼龙”先生。在他和何冰的配合中，我们看到了许多的戏中戏，看到了人性深处的卑微与良善，看到各自的坚持与松动，还有那么多的“为什么”。

是的，陈道明是个必须知道由来，知道为什么，才去做应有表达的演员。这一点，在当今的娱乐时代已经是相当难得的品质了。导演徐昂说：

“道明老师真正的优秀……体现在他排练的认真程度上，当他遇到有不明白的地方，他会花很大的精力，几乎可以说是常人忍受不了的艰苦去弄明白……”

陈道明曾公开表示，不喜欢“娱乐界”，还是怀念“文艺界”。他想念那个“文艺年代”，为演一个不过半小时的独幕剧中的钢铁工人，要去炼钢厂待三个月，再去轧钢厂待一个月。“可是这么一来，一上台就不一样了，那戏服就不是戏服了，是你自己的了。你知道什么地方不对，不该这么干净，哪些地方应该特别脏……”

他实在看不惯影视剧中那些在战场上还浓妆艳抹的“八路军战士”，常直言批评：“怎么能用审美去颠覆历史呢？！”“如果你让我去演战争戏，在我旁边有这么一个浓妆的女战士站着，我是不干的。”这就是冯小刚口中“孤傲的各爷”。

然而，冯小刚也说：“他是一个清高得只肯在戏里低头的演员。”没人想到，在拒绝了四五十场话剧的邀约，拒绝在舞台上再现方鸿渐，阔别舞台三十年之后，陈道明会答应演《喜剧的忧伤》。他甚至为之忐忑，为之紧张。他曾经在语言上示弱过：“我发现我太不自量力了。”“确实太累了，我发现自己啃的不是一块硬骨头，而是一块石头。”然而一旦上了舞台，他还是较真得厉害，也琢磨得厉害，拼得厉害，而所有的这些较真、琢磨，乃至拼命，都是有智力含量的，他的蹑手蹑脚、满场奔跑，甚至别手别脚、同手同脚都是那么有道理，让我们看到一个外表坚硬、生硬的人内心的软肋，我们会心地笑了，以至笑出“腹肌”，乐至忧伤。

年轻时代的陈道明为了逃避上山下乡，填写的分配志愿是邮局。他的不苟言笑是与生俱来的，因为他的爷爷、爸爸都是外科大夫，动辄要给人做手术，不能成天嬉皮笑脸。他拿到天津人艺录取通知书的时候感觉怪怪的，随手将那封粉红色的信塞进裤兜，差点被姐姐洗掉……他的演艺生涯由此开始。日后红至于此，有人说是机会，有人说是幸运，在陈道明看来，这是命。

而他的坚持，他的原则，他的某些“不合作”，“一半是性格，一半是思考”——他本人如此解释。“娱乐打倒一切，这是另一种八股。”对待现状，对待某种时代流行的浅薄与浮躁，他的批评毫不客气。

“我不想买飞机大炮、航空母舰，只要保证基本的生活质量就可以了。但你本子不好我不上。”这么严肃，这么认真，这么思考体验着，然后才在舞台上真切准确地表达出他消化理解后的一切的演员，是光辉耀眼的。这是他的魅力，也是他的实力。

书中

人是怎么成为他自己的?
——张爱玲《爱憎表》之追问

我与张爱玲作品的缘分源于二十岁不到时，盐城师专现代文学老师张舒屏的一次介绍。老师以一种不可思议的语气和表情说，张爱玲怎么会出现在现代文坛？（大意）因为那一时期，无论是庐隐，还是在写《莎菲女士的日记》的丁玲等人，还处在一种小布尔乔亚兼“左”倾的滥情之中。白话文刚起步不久，文字像未经过滤的海浪一样，乱七八糟、一浪一浪砸在海滩。可是张爱玲，华美、精致、残酷、节制、冷静，像一个异数。

大三我已来到苏州大学。在苏州的一个老书店，我买过老版本的《传奇》（粉红加淡青色调的封面），还有纯黄色封面的《流言》（后来这个版本变得很珍贵，这本书却找不到了）。我大学毕业论文的题目是《张爱玲与毛姆》，不仅因为张爱玲也是毛姆的读者，而且因为我认为他俩共同具有“人世的挑剔者”的眼光。为此，我在资料室流连，翻阅了唐文标主编的《张爱玲资料大全集》，还有夏志清的《现代小说史》……

极度的迷恋往往导致枯竭。

有段时间，我对张爱玲已失去兴趣。因为她的文字世界再华美精巧，却总是关着门，是不透风的，令人绝望窒息。没有失误，亦没有生气。加上大陆出版她的作品有限，看来看去，竟厌倦了。

《小团圆》于我，竟是阅读张爱玲进入死角后的一个转折。恰恰在这本为许多人诟病的结构有问题，前半部分甚至被讽刺为“点名簿”的“失败小说”中，我看到的不再是嘴角仿佛挂着冷笑的全知全能的张爱玲，而是有“缺口”、有痛感的张爱玲。

她并不在乎暴露创伤，而是在喋喋不休地晒伤口的过程中进行着一种自我疗愈。对应于母亲的“二婶”与对应于胡兰成的“邵之庸”，成为她翻旧账的两条重要线索，她没有像许多作家所做的那样，用嫁接与虚构的方法，将往事乾坤大挪移，以达到可以“死不认账”的效果；而是认真诚实地梳理往事，将它们整理清楚，这也是对自己的交代，以及对胡兰成《今生今世》的回应。

她的这种努力，并不为大多数读者所理解。大家习惯了一个酷的、讲究姿态的、属于高手的小说家张爱玲，而觉得她这次的“流水账”不过是一次失败的小说写作尝试。

但也并非所有人都没有看懂她的努力与尝试，比如朱天心就说，读了《小团圆》才明白张爱玲是一个彻底的现代主义战士，因此她最后是“战死在沙场上的”。再比如梁文道，他提醒过大家，如果张爱玲一辈子都像以前那样写，“聪明反而变成让人厌倦的炫学，炫才是很空洞的。从这个角度看，晚期的张爱玲并不是退步了，而是写法不同了”。

同类的认识，亦可以适用于《爱憎表》。

张爱玲完成自传体小说《小团圆》是在1976年。十四年之后，1990年，张爱玲花了两个月时间写作长篇散文《爱憎表》，原本打算用于《对照记》，但最终没有完成。在一些重叠之处，张爱玲涂涂又改改，有些地方只用简称与符号代替，她终于没有写得下去。

《爱憎表》的整理者、香港学者冯晞乾说，《红楼梦》未完，其文学价值依然甚高。现在发表的《爱憎表》只是根据张爱玲并不清晰甚至可说是很乱的手稿重构的，是否能完全准确地代表张爱玲的本意也未可知；然而即使是这样一些回环往复的记忆碎片，对于真正关爱、追踪张爱玲的人来说，也还是相当有意思的。

比如我所关心的，包括张爱玲原本很少透露、有点陌生感的信息，以及她变成后来性格前原来的样子。已到七十岁的时候，她如何看待童年往事。那么细致的回忆，涵括了那么多细节，是张爱玲的确记忆力超群，还是在写作长篇纪实散文的时候，作为小说家的她运用了她的虚构能力将记忆的残缺部分加以复原？人至老年，生活相对静止、停滞，而在记忆之中，作家如何依靠生动的笔触依旧鲜活地游弋在童年的爱恨之中？

活泼无邪、依赖心强

被后妈虐待、被父亲关押过的女孩面色苍白，话少古怪，渴望母爱又计较母亲的自私与吝啬；爱一个人可以低到尘埃里，可是人情世故上又是那么不圆融，甚至有点人际交往障碍……张爱玲后来一直给我们这样的印象。可是她真的一直、原本就是这样吗?

小张瑛（张爱玲原名），竟然是一个活泼无邪、依赖心强，也勇于表现的“小公主”。

载歌载舞

你想过张爱玲的童年时期也曾是载歌载舞、迪士尼公主范儿的吗?

> 那时候我们住在白粉壁上镶乌木大方格的光顶洋房。我姑姑说“算是英国农舍式”。有个英国风的自由派后园，草地没修剪，正中一条红砖小径，小三角石块沿边，道旁种了些圆墩墩的矮树，也许有玫瑰，没看见开过花。每天黄昏我总是一个人仿照流行的《葡萄仙子》载歌载舞，沿着小径跳过去，时而伸手抚摸矮树，轻声唱着：
>
> “一天又过去了。
>
> 离坟墓又近一天了。”

烧老虎蛋

她也曾玩打仗。

在《爱憎表》的回忆中，我们看到：

妈妈和姑姑寄给姐弟俩的玩具中有一只蓝白相间的虎纹绒毛面硬球，张爱玲叫它“老虎蛋”，姐弟俩玩战争游戏时征途埋锅造饭，就把老虎蛋埋在地里烧熟了吃。到了边疆，姐弟俩叉腰站在山岗上叽里呱啦操蛮语骂阵，然后呐喊着冲下去一阵混战……

小学毕业上台演出

你有没有想过后来表情不多、多少有点孤僻的张爱玲小时候也曾上台演戏?

小学毕业那年，张爱玲上台演英文话剧，扮演医生。她头戴呢帽，戴眼镜，提着一只医生的黑皮包出诊，皮包里还有一瓶药、一只汤匙。可是，当她在台上开皮包的时候，不知怎么的机括扳不动，就只好假装开了皮包取出药瓶、汤匙，喂病人吃药。张爱玲清晰地记得，当时“台下一阵轻微的笑声”。

爸爸妈妈难得和谐

张爱玲的父母是一对怨偶。印象中他们几乎从未同时出现，更不用说“同心协力”教育孩子了。可是对于小张瑛依赖心过重的问题，双方意见难得一致了。不过这种“一致”已然穿越了时空。

妈妈曾经抱怨——

“你反正什么都是何干——”小张瑛叫女佣为某“干”某“干”，是干妈的简称，与湿的奶妈对立。“她要是死了呢？……”

然而，母亲的反复告诫并未见效。七八年后，父亲还愤愤地说：“一天也离不了何干，还要到外面去！”

这似乎是张爱玲童年有关父母难得一致的记忆碎片了，听上去竟有几分“甜蜜”。

姑姑与婶婶的两难选择

因为名义上过继给伯父伯母，张爱玲一直叫妈妈为“婶婶”，在她心目中，结伴出洋的婶婶和姑姑是“一幅古画上的美人和她挽双髻的‘小鬟’”。

有一天，姑姑和妈妈忽然合伙要她选择“更喜欢哪一个”。小爱玲无可奈何道：“我去想想看。”并背过脸去努力思索。她分析母女关系较深，即使妈妈生气也不会不理她，于是说“喜欢姑姑”。结果妈妈“显然不高兴”，而姑姑“面无表情，也不见得高兴”。她觉得自己答错了，但已“费尽心力”，只好随它去了。因为“另一个答案也不妥”。

母亲总是很难讨好，可是“她很欣赏我的画，只指出一点：‘脚底下不要画一道线’”。但张爱玲总是不听话：“的确我当时还有蛮族的逻辑，认为非画这条线不可，‘不然叫他站在什么地方？’”后来妈妈只有这一次生气了：“叫你不要画这条线——”

一个柿子引发的惆怅

女佣张干用闲钱买了个柿子，这让小爱玲惦记上了。“觉得红艳可爱，尤其是衬着苍黑的硬托子苐子，娇滴滴越显红嫩。”因为还没熟，要搁些时。小爱玲过两天就会趁没人时打开抽屉看看那只柿子，却看不出有什么变化。柿子在抽屉里待了一个多月，张干已然忘了。她自己怕被嘲讽惦记佣人的零食，也不敢提醒。

“终于有一天张干抽出抽屉一看，还是那柿子，不过红得更深了，但是一捏就破，里面烂成了一包水。”于是随手扔进了垃圾桶。

可是这对张爱玲来说是个心结：“我在旁边看着非常惆怅，简直痛心。多年后一直记得，觉得那只柿子是禁果，我当时若有所失，一种预感青春虚度的恐惧。”

南京！南京！

南京是张爱玲熟悉的有限的几个城市之一。《爱憎表》两万多字，也有好几处南京的痕迹。

“女佣撤去碗筷，泡了一杯杯清茶来，又端上一大碗水果，堆得高高的，搁在皮面镶铜边的方桌中央。我母亲和姑姑新近游玄武湖，在南京夫子庙买的仿宋大碗，紫红瓷上喷射着淡蓝夹白的大风暴前朝日的光芒。”

总管的儿媳妇叫毛娘，她会告诉张爱玲二大爷张人骏坐笼筐下城墙，逃出南京围城的故事。“提起紫金山秦淮河下关都是美丽亲切的。”张爱玲却疑心下关是个“贫民窟”。毛娘还会讲南京附近沿海的岩洞“出蛟”，非常恐怖。

南京有人带咸板鸭来，“南京板鸭太咸，至多尝一口，都是给女佣吃。她们在下房里摆张桌子，互相让着吃板鸭，都笑翠铃喜欢吃鸭屁股”……

对姨太太老八有同情

张爱玲爸爸娶姨太太，是她妈妈出洋的原因之一。姨太太是“堂子里人”，做生意的时候是那家艳帜下的八小姐，所以仆人背后都叫她“老八”。父亲不让叫她任何称呼，她吃饭也就搭点咸菜。张爱玲说：“显然中国传统的妖姬的第一戒就是不给男人看见她们也有食欲。”

后来有一回，老八带张爱玲出去玩。“用她的黑丝绒斗篷包着我。我可以觉到她的娇弱，也闻得见她的香水味中搀杂的一丝陈旧的鸦片烟味与不大洗澡的气味。”

此类记忆还包括了：“自从姨奶奶搬了进来，我们家成了淫窟。不但妞大姐姐从此绝迹，连她兄弟二十岁以上的都不便来了。”

与女佣最亲密

童年记忆中，女佣张干、何干位置十分重要，也是她精神依托的对象。何干是三代老臣，张干是主妇的陪嫁，因此女主人不在家时，何干遇事总与张干商量。“我七岁那年请了老师来家教读，《纲鉴易知录》开首一段就是周武王死后，儿子成王年幼，国事由周公召公合管，称为‘周召共和’。我若有所悟地想道：‘周召共和就是何干张干。’”

张干本来预备跟她们到上海之后辞工回南京，但是忽然等不及，要远道自费返乡。毛娘来警告："张干要走了！"弟弟只当没听见，小爱玲却大哭起来。"这是我第一次变迁。"

本来妈妈该管的事情都由女佣代劳——"我不肯吃蔬菜，劝我吃的何××干哄道：'乡下霞子可怜欧……没得吃欧！'"

外公曾立志每省娶一个

张爱玲的外婆是二姨太，她母亲照规矩称生母为"二姨"。母亲曾透露外公黄宗炎的八卦："他立志要每一省娶一个。"还调侃他说，"那时候是十八行省，一省娶一个，也已经比十二金钗多了一半。换了现在二十二省，那好！"

可惜他"壮志未酬"，二十四岁死在贵州，才娶了两个同一省的姨太太。

死讯传来时，两个姨太太正在绣花。"二姨太怀着肚子，连人连椅子往后一倒，昏了过去。"

关于女同学叶莲华

在填过的"爱憎表"（张爱玲自己为表格取名"爱憎表"）里，张爱玲关于最恨是这样写的：最恨有天才的女孩子早婚。曾一直被以为是自比。

而在这篇纪实散文里，张爱玲有了自己的相关说明。“我所知道的唯一的早婚女孩是一个同班生叶莲华。其实她大概比我们的平均年龄大好两岁。”叶莲华留给张爱玲的深刻记忆是她的一首中秋诗受到老师赞赏：“塞外忽传三省失，江山已缺一轮圆。”

下年她忽然辍学结婚，说是家里经济情形坏，把她嫁给了一个当铺老板。再过一两年又听说她死了。因为大家的嗟叹里带着暧昧，“使我联想到《红楼梦》中迎春之死”，张爱玲进而大胆推测，既然十二钗册子里咏迎春有“把公府千金当下流”这样的句子，“现在看来想必是指鸡奸（只有妓女，尤其是老妓才肯的），以及更变态的酷刑。迎春就是给糟蹋死的”。叶莲华的死似乎也与性虐待有关。

那么这张爱憎表里关于早婚的愤愤不平——“难道我是指叶莲华的悲剧？至少用义愤来掩藏我的白日噩梦？”她自己也疑惑。

证明《小团圆》自传性质

根据张爱玲的《爱憎表》草稿重构全文的香港学者冯晞乾说：“我拿它跟《小团圆》对照着看，每发现散文和小说有相应的段落，就加一个注，暂时已有约九十个注。张爱玲写《爱憎表》时，手边没有《小团圆》小说的稿（七十年代已寄给宋淇了），她只凭记忆写自己的往事。我们发现，两部作品对同一件往事的描述大致相同，可见小说大多不是虚构，而是以真实经历为素材。”这一发现，也为张爱玲研究提供了重要的佐证与很大的帮助。

这些温暖犹在的岁月，都是在张爱玲生命中的重大挫折、转折之前。那时候，她天真尚存，活泼无邪，还有撒娇的对象与管理她的人，随后的人生一切都慢慢改变，依赖心也随着孤独而渐渐舍弃。

直至千里寻夫的时候，独自跨国往返、独自写作的时候，老年孑然一身、无数次搬家逃避所谓“虫子”的时候，那个一刻也离不开女佣张干、何干，被抱在怀里逗问到底喜欢谁的小女孩，已经荡然无存了。

在《爱憎表》里，她明晰地写道：

> 我快读完中学的时候已经深入人生，有点像上海人所谓“弄不落”了，没有瞻望死亡的余裕，对生命的胃口也稍杀。等到进了大学，炎樱就常引用一句谚语劝我：“Life has to be lived.”勉强可以译为“这辈子总要过的”，语意与她的声口却单薄惨淡，我本来好好的，听了也黯然良久。
>
> ……
>
> 我十七岁那年因接连经过了些重大打击，已经又退化到童年、岁数就是一切的时候。我十七岁，是我唯一没疑问的值得自矜的一个优点。

《爱憎表》呈现出的记忆如沼泽一般，有着甜蜜又危险的气息，仿佛为水草与泥泞纠缠，张爱玲竟然没有将这篇长篇散文完成，还留下一堆乱码。

爱憎已逝，记忆的碎片依旧闪亮。

关于木心：因误解而抗拒，因理解而相近

木心一生难忘才华卓绝的男低音歌唱家李梦熊，关于他们的交往，他有一句总结："友谊有时候像婚姻，由误解而亲近，以了解而分手。"

然而作者之于读者，这个过程也可能是相反的，因为误解而抗拒，因为理解而相近。我对于木心及其作品，所经历的过程就是如此。

一个冬至的夜晚，在南艺电影馆，我大致说了这样一段话："对于文学作品，也许我们有两种评价体系。一种是冷冰冰的文学史，我们靠理性去衡量核定一个人及作品的位置。还有一种是感性的，带有情感的。因为某些契机，我们开始喜欢某个人，想要了解他，想去阅读他的作品，这个时候我们可能不再考虑他的位置如何，或者他是否被高估，而只是单纯的喜欢。"

两个冬夜

2014年12月21日，那天是冬至前夜，五台山先锋书店，零下五摄氏度。

预计会有很多朋友，还是超过预期。当晚，因为打算播放的纪录片《我的师尊木心先生》一直在修改保存，原定半小时的谈话拉长为一小时二十分钟。

作为当晚活动的主持人，我原定的任务只是救场。但是在这样一个寒冷的晚上，我却被人心的热度温暖到了，套用陈丹青的一句话是：这样珍贵的气氛，难以复制。

许多听众主动发言，此起彼伏。全场安静、凝神，有一种特别的默契。这个晚上，未经假设的华彩乐章就在这里。从高二学生到博士生都有，学中文的，学理工的，远道从佛山赶来的，甚至上午刚在乌镇看了木心纪念馆也赶来的，里三层外三层。

我特别喜欢纪录片里一位木心读者说的："世事没有那么无常，木心先生也没有他想象的那么孤单。"最后的访谈，一位头发花白的南师大实验员对着镜头说，她今天忽然明白了木心的诗《我纷纷的情欲》里，情欲并不单指性。我立即觉得她的白发里有了尊严。

2016年12月21日，这天是冬至，南艺电影馆，暖和多了。更暖和的，还是看到座无虚席的人们。后来有个女孩说，她不觉得读木心有多孤独。自己读木心，从来没跟人交流过，但是来到这里之后，发现同系的同学就有八个。

我们甚至没有读诗题，一个一个站起来，就像木心与陈丹青之前想象的那样，是一个一个读者。我们因为那些诗句触摸到木心内心的多重色彩，那些机警、自省、讥诮、澎湃与冷静，乃至语言内部的机巧与勾连。

读者，尤其是陌生读者的交流，永远是最令人感到慰藉的，发言的人形形色色，性格各异。有个南大的学生叫陈墨千，他是年轻人中第一个发言的，有点内向，有点无措，但他讲得非常好。比如他说："我觉得木心是一个可爱又可恨的人。他可爱当然是因为他的文字，他的性格，但是他可恨也正在于此。当我觉得悲伤的时候，木心会让我更悲伤；当我觉得寒冷的时候，木心会让我更寒冷。但是我又很迷恋这种感觉！这大概就是人的悖论……"在他断断续续不知如何是好的讲述之中，我不知不觉流泪了，而且有点止不住。有一位参加过木心去世两周年纪念活动的女子这回也在场，她悄悄托人递来了纸巾。

一度抗拒

其实最初，我对于木心的文字是抗拒的，特别是那些类似俳句的精致的句子。努力地看，才看了几段，就丢开了。

试图读《哥伦比亚的倒影》，也没看进去。我其实还蛮喜欢陈丹青的文字的。相对于精致与雕琢，我更倾向于当时心目中朴素的文风。

我是直到《文学回忆录》出版，才正式对木心感兴趣的。也就是说，我是被木心的知识体系、人文修养，还有对文学的挚爱打动的。

文学批评家孙郁评论《文学回忆录》说：“这是一部好玩的书，木心的价值在此表现得颇为充分。此书全无一般文学史的套路，格局与气象均有，内中有一种生命的热度。……他以人类的眼光看诸多文学典籍，说出别人所没有说的话来。他看世界各地的文学，不是民族主义的视野，而是像一个世界人，好像希腊、日本、美国的作家都是自己的朋友，彼此悄悄地对话。”读了《文学回忆录》，拿了自己读过的书、喜欢的作者去检索，再看他的评述，服了，木心真的是读书读活了的大先生。

还有陈丹青对木心的情谊。后来，我写过这样一段话：

“遇到对的人就彻夜长谈的时代到哪里去了？当木心遇到李梦熊，或者陈丹青，他们做了同一件事，就是彻夜长谈。到如今，我们的思维方式变成了：他们是恋人吗？他们有合作吗？他们分还是合，决裂还是相随到底是因为什么？

“相知相惜的条件假设，在如今的时代变猥琐了。就是这样。”

其实，他们不仅仅是一时间心意相通，还有数十年的相随，归国安置，养老送终，纪念馆、美术馆的精心建设，系列图书的持续推出……这样一种关系如今很难见到了。就像陈丹青先生自己曾经说过的：“珍贵的关系，是不可替代、不可复制的。”

我也反省了我们这代人的阅读习惯问题。我们习惯于去找寻思想与理念，找寻故事，找寻形式与结构，找寻某种强烈的风格，但是我们对于文体的细分，乃至语言本身的凝练、精致、机巧、推敲都忽略回避了。想起年轻时代就有一位作家提醒过我：“要读进文字本身的系统里去……”

而仅仅是一种阅读习惯，就也可能成为我们否定、抗拒一种更为审慎、讲究的写作标准的理由。

也许，对于木心，我们的阅读、接受与研究，还远远不够。

更重要的也许还有人心的容纳度与接受度问题——我们内心的抽屉也许细分不够，所以装不进一种带有文体写作实验精神、严谨精致、略带陌生感的文字……

对于木心，我们需要继续阅读与重新阅读。

“藏锋”与“出鞘”

木心本人、木心的肯定者与质疑者都认为木心的“散步文学”质量最高。因此，评价乃至表扬木心的散文似乎没多大风险。

据陈丹青记载，木心在谵妄之际偶尔清醒，还提及《哥伦比亚的倒影》称得上“伟大”。

我倒对他的有些诗歌、小说以及“疑似小说”更有兴趣。第一次读到《爱默生家的恶客》里收录的根据《三言二拍》的故事改编的《大宋母仪》，简直惊艳。遗传病一样的两代人犯罪，戒律永远大不过欲望，在木心古雅的笔墨下，触目惊心又不动声色。

在《文学回忆录》中，木心曾批评《三言二拍》里的小说不成熟，只是些“素材”。他并未止于批评，而是身体力行，将部分素材改写成自己心目中真正的小说（包括《诛枭记》）。这些小说语言纯正，古朴优美，却又暗含杀气，写活了复杂贪婪的人性。可以说，这是我读过的一流的、有着结构感（西方的）、语言美（东方的）与人性深度（思想的、心理的高度）的中国短篇小说。

复旦大学的文艺批评家张柠曾批评木心的小说只是些“故事”。不知道张柠有没有认真研读过《大宋母仪》与《诛枭记》，从这些评价看，他更像是只读过木心的那些“疑似小说”。

有意思的是，除了《温莎墓园日记》明确标注是小说集，木心的其他一些小说都夹杂在随笔之间。《哥伦比亚的倒影》《爱默生家的恶客》里都有，并未分门别类。乍一看，只是和其他篇目一样的回忆性散文，记述的内容仿佛近似木心的家族故事与亲身经历，但你若是与木心谈论起来，他却会告诉你那只是小说，是他“变身”与“化身”的欲望作祟，故而有着虚构的“陷阱”。

力不能及与有意为之是两码事。你也许认定木心分不清小说与叙事散文，将小说写成了故事。殊不知木心是自觉的，是有理论根据的。读类似创作谈的《鱼丽之宴》，就会发现木心对此有专门的论述：“长篇小说，我另有定义，我的那些短篇小说，都是叙事性散文，就像音乐上的叙事曲。哈代曾说‘多记印象，少发主见’，每隔一段时间我就会想起这句话，凡记印象的，当时和事后都很安逸，发了主见呢，转身便有悔意，追思起来悻悻不已。”关于这一点，凤凰卫视的梁文道也有所发现。

还有，作家在创作时，对于个人隐私的处理取舍上，也会有自己的选择。比如《夏明珠》，比如《芳芳NO.4》。前者讲的是“父亲”在上海的外室；后者写的据说是亲友的“爱情故事”（木心先生曾透露芳芳其实是位男士），一波三折，最后毁于世俗。木心先生不是杜拉斯，他没有无遮拦的暴露隐私的欲望与冲动，这也不符合他的审美观。因此，如若问起来，“这只是小说”，就让写作来得自由多了。当然，其中虚构的陷阱也是一定有的。所以我认为，他在写这种类似“叙事性散文”的短篇小说时，是“藏锋”的，有别于改写《三言二拍》时的“出鞘”。

当然，此外有没有“力不从心”的成分？有没有长期只是写自我赏玩的“习作”养成的随意？还有没有眼高手低以及对技巧的鄙视？木心先生经常批评的一种秉性是“卖弄”，弃绝卖弄，让他视平静叙述为高格调……这些都有一定的可能性。而《大宋母仪》与《诛枭记》的存在，至少表明了在小说的技巧上，木心是“非不能也，乃不为也”。

总之，木心的“清高”也正体现于此。

木心的乌镇

2016年11月，我第一次来到乌镇。本来这类水乡小镇去了够多，却总有人说，乌镇还是有所不同，虽然也商业，却更成熟。

还有什么？因为有乌镇戏剧节？因为有木心？答案并不明晰。

走完东栅，刚准备出去时发现我们整整落下了一条街，于是折返。在找茅盾故居的路上遇到了木心纪念馆，门头并不起眼，我们也没有预约，还是顺利地进去了。

东栅财神湾168号“晚晴小筑”是木心先生家的老宅。这里有一块窗棂，曾被陈丹青先生带回纽约，后来一直放在木心的书架上。木心先生逝世后，老宅被辟为木心故居纪念馆，这块曾被木心长久注视的窗棂也重新摆放在这里。

“晚晴小筑”气息清净，院子里青橘累累。以前看木心的照片，总觉得他的眼神孤傲，乃至阴鸷。而视频里，先生一口带口音的普通话，笑容竟有赤诚、羞赧与天真。他说：“任何环境，都改变不了我对艺术的忠心。”又看了木心的画，还是觉得在国内，木心的艺术远远被低估。

我们出门时，有两个小姑娘被拦住了不让进，说她们没有预约。一头雾水，我们不也没预约吗？只能说是缘。

木心家离茅盾家不远，否则小时候溜到藏书颇丰的茅盾家看书就没那么方便。木心大致说过这样一段话：关于书斋，我没有我的你的概念，书斋就是我的。而今，茅盾故居与木心故居的格局与气息却相去甚远。

新落成的木心美术馆就在乌镇大剧院的隔壁，坐在与禅修室里一样的软垫上，隔着玻璃看对面，我不禁在想：一生寂寞的木心知道吗，有一天他的美术馆对着大剧院，夜夜笙箫。

木心美术馆大气、精细、得体，没有爱、体恤、尊敬与品位做不出来。木心一生的遗憾在身后完成，有一种惆怅不是悲伤。

又听见木心的声音，看见手迹。有的朗读口齿已不太清楚，好似他本人遇见自己当年的文字也有些愕然。

而有的手抄字小如蚂蚁，有的水墨画细如麦管……属于南方的精细中有一种严肃，又有婉转，黑白灰褐之间，气象却是阔大的。

也许，对于木心来说，沉默与荒芜、远古与现代、东方与西方、细致与繁密、冷峭与妩媚，都只是你们各自的体会——我只认真表达着，我对世界与宇宙的感知。

遇见木心，好似与我们年轻时代一度认真而深入的追寻相遇，而我们的追寻是多么容易被世俗隔断啊……从乌镇到上海，从上海到纽约，从纽约再回乌镇，他却走得那么深那么远，没有回头。千难万险，他也没有左顾右盼。

他的南方口音糯糯的，却有一种倔强："任何环境，都改变不了我对艺术的忠心。"

白先勇的“痴气”

在我心目中，白先生有着宝玉一样的“痴气”。恰恰是他那宝玉一样的“痴气”与丽娘一般的情深让他拥有超乎寻常的感染力。

大约在1976年，我读小学三年级。有一天父亲大扫除，清理出诸多旧书，卖了五块钱。这在当时可是一笔不小的数目。那是个幸福的日子，父亲牵着我的手来到新华书店，买下了一整套人民文学出版社的《红楼梦》。

而此前，才八九岁的我已在各种关于《红楼梦》的评论集里寻找宝黛与四春的踪影，像在寻找各种碎片以完成一张完整的拼图，而努力只是徒劳……

四十一年后的今天，我忽然电联父亲。而此时刚刚看了我的朋友圈的八十一岁老父正站在书柜前，他似乎知道我要问什么，正在翻找那套《红楼梦》。父亲翻阅确认：这套《红楼梦》是四卷本，人民文学出版社1974

年版的，编校底本为程乙本，也参照了其他几种版本校注。隔着那么漫长的岁月，父亲与《红楼梦》同在，于我，竟又有一种突如其来的幸福感。而这一切都源自那一天，我第四次见到了白先勇先生。

工作之余，我很少去挤与名人的约会。但白先勇先生于我的意义似乎不一样。2004年，第一次见到白先生，是在我的母校苏州大学存菊堂，青春版《牡丹亭》首演；2005年，第二次见到白先生，是在南京鼓楼的OCC茶馆，单独访谈；2012年4月，白先勇与章诒和来到先锋书店，讲述“我眼中的父亲与民国”，我也在场；2017年5月30日，白先勇再来南京先锋书店，这一回，他要细说“红楼”！

批注了《红楼梦》程乙本的白先生说，这些年，大陆流行的大多是庚辰本。而他历数了程乙本优于庚辰本的种种例证。

于是，我当即买下一套厚厚两本的《白先勇细说红楼梦》。后来还加购了一套两本的《红楼梦》程乙本（作家出版社2006年第1版，2015年第11次印刷），想找出它与我小时候读的版本究竟有哪些不同。经行家指点，又向父亲电话求证才发现，我小时候读了七遍的《红楼梦》居然也是程乙本。原来，白先生所说的大陆庚辰本流行是在1979年以后，而我初遇《红楼梦》在此之前。

同一位藏书家交流，他说，其实如果不是《红楼梦》的专门研究者，读哪个版本都差不多。我说，看熟了，不同的字眼就会跳出来。就像张爱玲说后八十回，看到林黛玉戴着赤金匾簪，穿着杨妃色绣花裙，立即“骇了起来”，因为她觉得高鹗的语感不对。但白先勇对此有不同意见，他认为《红楼梦》全书其实已经有了，只是在传抄的过程中变得残缺不全，于是高鹗、程伟元等，只是对残书进行了“修补”。这是来自高鹗的自述。白先生说，既然没有证据证明高鹗在撒谎，姑且相信他的自陈……

前面已有那么多人评论、研究《红楼梦》，我们为什么还要读白先勇的呢？

在我心目中，白先生有着宝玉一样的“痴气”。否则，他不会爱一个人那么多年，至今仍坦然自陈与他的“友谊和爱情”；他不会以一个局外人的身份进入昆曲界，冒着被许多圈内人指责的风险，拿出整个生命中的几分之一时间去推广昆曲；他也不会花三个学期的时间去讲透足足一百二十回自己心中的《红楼梦》……

当然，与宝玉不完全一样的是，白先勇先生有几分冷静、行动力与大局观承袭自做过将军的父亲，但其英气与决断是藏得很深的。恰恰是他那宝玉一样的“痴气”与丽娘一般的情深让他拥有超乎寻常的感染力，而他内在的人格建立依傍的是对文化根脉的责任感。责骂他的“圈内人”局限于对话语权的争夺，不明白自己在大局观上早已输了几分。

我正在重温《红楼梦》程乙本，《白先勇细说红楼梦》也有待细细翻看。与白先勇先生相遇在小说写作、昆曲、民国史及对经典名著《红楼梦》的研读之中，不知道下一站，又会相遇在哪里。

毕飞宇：路越走越宽，离人心越来越近

第一次在毕飞宇的家里采访毕飞宇。他的书卷气很浓的妻子笑容安静，帮我们磨了两杯咖啡就回房间去了。毕飞宇还是和十多年前当记者时一样神气活现，只是如今，他不是光头，就是板寸，气质上比他的年轻时代更像一个足球运动员。这是我第三次与毕飞宇对话，原因是《玉米》获得了第三届鲁迅文学奖全国优秀中篇小说奖。话题却希望更广阔些，除了谈谈《玉米》之外，回顾他近二十年来的写作，并且谈谈他的生活，他对一些问题的看法。

谈话进行了三个小时，毕飞宇慢慢进入状态，不假思索而出口成章，脱口而出却仿佛经过慎重考虑。他的口头表达渐渐和他的书面语言一样，充满机巧、想象与思维的力度……

《玉米》遇到了我

罗拉拉：你是第二次得鲁迅文学奖了吧？这次得奖与上次相比，感觉有什么不同？

毕飞宇：第一次是1997年，《哺乳期的女人》得了第一届鲁迅文学奖全国优秀短篇小说奖。那个时候大家对鲁迅文学奖还不怎么了解，也不知道是什么时候评的，感觉上更纯粹一些，不像现在，这个奖似乎有了一些文学之外的东西。

罗拉拉：《玉米》已经得了《小说选刊》奖、首届中国小说学会奖，这次又得了堪称中国文学最高奖的鲁迅文学奖，你对《玉米》做个自我评价吧。

毕飞宇：《玉米》是个好小说，这并不是自夸。什么样的小说是好小说呢？作品与作家之间相互构成一种不可避免的关系，这篇小说即使没写，也一定会在那里等你。我想，《玉米》遇到我的时候，也一定会有个解脱的机会。好作品、好小说就是这样，和作家之间构成不可避免的关系。

《玉米》是特定的、以前没有过的，对中国农民的一次判断。我面对他们的感情极其复杂。关于描写农民，“五四”之后许多作家都在写，但没有鲁迅写得好，他们往往忙着抒情而忽视了判断。至今还有许多作家认为自己把感情给了农民就完成了，这远远不够。

罗拉拉：张楚有首歌叫《姐姐》，曾经很风靡；最近公映的《孔雀》里，女一号也是“姐姐”；《玉米》中的人物还是“姐姐”。从你个人的理解而言，“姐姐”的意义是什么？

毕飞宇：汉语里的“姐姐”，有博大和承受的意思，这是民族文化和特定生活赋予的。所谓“天塌下来高个子顶着”，这个高个子往往就是姐姐。我家里也是这样，我快要考大学的时候，我姐姐正在准备第二年考大专。我家里商量了一下，觉得无法承受两个孩子上大学，我姐姐就放弃了，不考了。关于这点，我一直是歉疚的。

罗拉拉：说说《玉米》的写作过程吧。

毕飞宇：《玉米》完成于2001年的元宵节。以前我的小说写好后都会放一放。但《玉米》寄稿寄得特别早，写完了我感觉自己还在写作状态之中。《玉米》我写了四十天，《玉秀》写了四个月，而《玉秧》写了七个月。后面的之所以写得慢，主要是因为其中的人物关系及时间得仔细安排，不能穿帮。这本来是个四部曲，《玉米》快要写完的时候，我的头脑中出现了玉秀、玉秧，而《玉秧》写到后来快进入（上世纪）九十年代了，我的头脑中已经清晰地出现了“小八子”王红兵的形象，他骑着自行车，背着网球拍，头发长得要命，穿行在新街口与鼓楼之间，是城市里最前卫的另类。可是写完了《玉秧》之后，我已经没有了继续写作的热情与欲望。

罗拉拉：《玉米》三部曲里都写到性交换的问题，最近刚放的电影《孔雀》也涉及这个问题，这点特别为八〇后所不理解，认为主人公变态、神经兮兮，你对这点怎么看？

毕飞宇：作为一个在农村长大的人，农民身上那种叫人爱恨交加的东西给我的感觉特别强烈。我也特别理解八〇后的那种心态。对他们来讲，他们有很多资源，但是对“玉米”她们而言，当理想和现实发生冲突的时候，她们除了把身体拿出来，找不到第二种可以交换的东西。

罗拉拉：关于《玉米》，已经有不少评论了吧？

毕飞宇：其实并不多，李子云写过一篇。年轻人比较关心《玉米》的语言问题，对此我并不十分高兴。他们以为我很注意语言，其实相反，我几乎没考虑这个问题，因为在这篇小说里，在人物面前，语言可以让位了。

罗拉拉：《玉米》的写作动机是什么？

毕飞宇：我最初的念头是想写一个爱情故事。因为我从来没有写过爱情。我渴望描写一个原始性的爱情，在今天孩子们的眼里称得上是神话一样的东西，伴随着强烈的害羞。事实上最后写差了。差了并不意味着失败，我写了另外一个东西。我仍然保持着这样一个愿望：写一个爱情故事，写一部有关友谊的书。我主要想呈现一下友谊的美感。友谊是很美的，它的召唤性丝毫不亚于性和爱情。

长篇写作很过瘾

罗拉拉：《玉米》之后你在写什么？怎么许久没有你新作的消息了？

毕飞宇：你提到了一个重要的问题，这个问题我还没跟人谈过。三年了，我在写我的新长篇。已经写了二十七八万字了。

罗拉拉：其间你没有穿插写些别的？与以往的中短篇相比，长篇写起来有什么不一样？

毕飞宇：没有。我不喜欢穿插着写，不想分神。对于我这样一个内心很有马力的人来说，长篇写作感觉很过瘾。另外还有结构、比例关系等，也是不一样的。

罗拉拉：新长篇是写什么的？能透露点吗？

毕飞宇：这是围绕1976年展开的故事。中心人物是一个刚回村庄的年轻人，知识分子。这是我内心一个很大的结，早在写《玉米》之前就有了。

罗拉拉：1976年你才多大？

毕飞宇：这跟我的年轻毫不相干。1976年，那是一个高度焦虑又高度柔软的年代，看不见方向和目标。许多事情已经显露结束的征兆，但是看不见未来。同时，这个年代反而给我们提供了真空地带，外部压力没那么大，没那么迫在眉睫。1976年，似乎有着无限多样的可能性。我们今天的社会状况，也可以在那个年代找到影子。它是我的一个洋葱，我要把它剥开来，直到两手空空为止。

罗拉拉：你的上一部长篇为何很少提及？

毕飞宇：那是一个十八万字的长篇，叫《那个夏季那个秋天》。写的是一个学声乐的小伙子，唱美声的，后来成了歌星。写于1996—1997年。我自己不喜欢。后来有不少选本要求收入，或者出单行本，我都拒绝了。但后来作家出版社还是出了，他们认为还不错。

罗拉拉：为什么这么不满意？

毕飞宇：最重要的是写作时间没有得到保证。小说快要结尾的时候，我儿子出生了。本来我以为孩子出生后都是我爱人的事，女人的事，后来发现完全不是这么回事。我当时对这部小说完全失去了兴趣，只想着儿子……所以有人说，感觉这部小说还没有写完。

想象力的落脚点

罗拉拉：你的不少小说都写了许多年前的事情，比如上世纪七八十年代的等等。你为什么这么喜欢回头看？谈谈你记忆的取向好吗？

毕飞宇：你关于记忆取向的问题很有意思。但我的小说跟记忆无关，跟想象力的落脚点有关。想象力的翅膀是迷人的，想象力的两只脚栖息在哪里，对你来说是回忆，对我来说是一个“栖息”。现在，我特别着迷于想象力的还原问题。年轻时代，我迷恋于写不像生活的小说，现在却迷恋于“像生活”的小说。将想象力还原于生活，纤毫毕现，当我能做到的时候，内心会有巨大的满足感。

这还跟我的写作思想有关。向前看是一种文学，我喜欢向后看，觉得这更可靠。没有过去和未来，在点和线之间，我更喜欢线，更喜欢轨迹，更喜欢来龙去脉。

其实，这种外部的动态跟一个生活细节有关系。我喜欢看别人做油条，还喜欢看我太太包饺子。做油条是把两个面疙瘩拉长，绞在一起，这叫复调小说。包饺子是把面疙瘩一个巴掌拍扁了，这样特别痛快。新长篇就是这样，一个巴掌，把1976年拍扁了，把各种馅包进去。

学过声乐与二胡

罗拉拉：你的不少小说，比如《青衣》，比如《西皮二黄的一朵》，比如《那个夏季那个秋天》，都涉及舞台，京剧啊，声乐啊，你为什么对这样的题材情有独钟？

毕飞宇：我学过很多东西。1991年，我在特殊师范学校当老师的时候学了一年的声乐。那时候我还住在集体宿舍，旁边有个音乐老师是教键盘的。我学键盘学了一星期，结果发现手的条件太差，无名指无力。我只好知难而退。为了给我个台阶下，音乐老师说你的嗓音条件还不错，你去学声乐吧。这样我又跟着女高音王学敏学声乐。高音有的时候能达到highC，但是站不住。就这样学了一年。如果我一直学下去，说不定会成为一个很好的男高音，参加声乐比赛。

我初中的时候还学过二胡，《雨天的棉花糖》里有对二胡的描述。我能背谱，但不识谱，最有意思的是看完电影之后，能把旋律找出来。不过特别遗憾的是，音乐学习没有继续。

去年我去看京剧演出，就到后台去看一看。我说，我是毕飞宇，我来看一看。那个演员说，是不是写《青衣》的那个啊，她还读过这篇小说。其实之前我从没有去过后台。看了之后我发现，不能特意地去体验生活，那里太普通了，木桌子上涂了点油漆，上面放了点化妆品，如果我早就去看过，《青衣》中的后台我也许就写不出来了。

偶尔也患“精神感冒”

罗拉拉：关于写作，不少作家把写作视作生命。但你似乎说过，写也可以，不写也可以，写作不是那么重要。为什么？

毕飞宇：写作有时候是件艰难的事情。现在经常有朋友打电话或者见面的时候都会问，什么时候有新作出来啊？不少因素会影响内心，需要及时调整好，不要着急。在写长篇的过程当中，体力透支比较多的情况下，感到特别厌倦，想到过放弃作品，放弃写作，这是非常真实的想法。

但是同时我也清晰地知道，这只是精神上的感冒，感冒会好的，所以写作还是一直延续到今天。我经常说的两句话，一是热爱写作，二是厌倦写作。有的时候不写作的理由比写作更重要。肯定会有不写的那一天，肯定，一定会很痛苦，但最终也会很坦然地放下。

罗拉拉：你有过焦灼吗，有过过不去的坎吗？

毕飞宇：我觉得最主要的是，要表达的东西跟表达方式之间是否般配。读者往往忽略了这个过程，他们看到的只是结果。其实对写的人来说，它们不是浑然一体也不是天成，而是双方不停地搭配组合，最后小心翼翼定下来的一个方案。没有东西和它的表达方式之间是先天般配的。在我看来小说的秘密就在这里头，恰如其分，或者南辕北辙，它们具有同样的说服力。

严格分离的两种生活

罗拉拉：除了写作，你每天还做些什么？都看些什么？玩些什么？

毕飞宇：每天的报纸、电视是要看的。我最近在读一本法国人写的《洗浴的历史》，谈法国文化中法国人怎么洗澡，浴缸、水、环境……我有极其分离的两种生活。我特别喜欢这种分离的状态，因为这老让人一愣一愣的，不那么流畅，两边都很新鲜，有一种类似做贼的快感。有时候我刚写完小说，到酒吧去，那种心理，似乎是不经意间把所有人的钱包都偷出来了，最后又还给他们，这种感觉很新鲜，很好玩。平白无故感到紧张刺激，到真正刺激的时候又能很坦然。写作感到很疲惫的时候，站到马路上看着行人，会有一种莫名其妙的优越感，那种虚妄的优越，就好像在脚踩两只船……

罗拉拉：有朋友对我说你特别像个足球运动员，你每天运动吗？

毕飞宇：那天在一个作家聚会上，余华还说："你这小子这么多年体形没什么变化嘛。"苏童在一边说："他每天'qiǔ'（方言，揪住不放）哎。"我每天健身一个半小时，一身大汗。我老婆说："你做家务要有健身这种毅力就好了。"我说，这跟毅力无关，跟喜欢有关。今天我们见面就把运动时间推迟了，平时我都是在下午四点到晚上九点之间运动。精疲力尽的感觉很爽，每天运动，让我精神饱满。如果不是每天运动，我的写作很可能又是另一种状态。

罗拉拉：你看电影多吗？

毕飞宇：我不喜欢电影。小时候为去电影场走上几公里路的热情再也没有了。我甚至不喜欢好电影。我喜欢枪战片、烂电视剧。像《笑傲江湖》这样的烂电视剧我是看的（笑）。也可能是好的电影太少了，所以我对电影没兴趣了。

内心最接近生活的本质

罗拉拉：现在很少有人说起“内心”这个词了。谈谈你对“内心”的看法吧。

毕飞宇：我觉得对于每个人来说，内心依然是最重要的。我不相信有这样一种人，他们能忽略自己的内心。这是判断自己、判断与别人关系最有效的一把尺子。外部的东西越来越厚，为愿望的实现提供了难度。内心并不玄妙，我们回避一些东西，到确实无法回避的时候，称之为面对内心。其实这不是内心本身，而是内心的传递。

在《红楼梦》里，从头到尾，薛宝钗只撒过一次娇。就在她母亲去看林黛玉的时候，她忽然歪到母亲的怀里撒了一回娇。看到这里，我顿时觉得，这个女人太毒了。王熙凤有一次去看秦可卿，在女人堆里，凤姐回过头来看了一眼，她是在找贾蓉，这一眼就把她内心的那种狂野，对男人的渴望暴露出来。这就是内心的传递。

内心没有空间和时间，是杂乱的，特别具有戏剧性。同样，内心因为是隐秘的，最接近生活的本质。戏剧性、本质，都是我喜欢的东西。

关于物质与女性

罗拉拉： 你为什么不用手机，不用电子邮件？

毕飞宇： 手机我用过一阵子，发现多出很多事情。我做过统计，每天要多出三件事，用了一个月就不用了，又没有什么特别紧急的事。最近有个法国人采访我，帮我建了个电子邮箱，还没有开始用。

罗拉拉： 你对物质生活有什么具体的渴望吗？

毕飞宇： 我最强烈的欲望就是有一套平房，有个院子，屋子里有火，那种明火。每当我的物质欲望膨胀起来的时候，想到的就是这些。不是烟酒，或者好的食物；不是在乡村，而是在城市里的一套平房。每当我想到这样的欲望要到老了才能实现的时候，就特别沮丧。我还特别渴望有几个女儿，做很多女儿的爸爸……

罗拉拉： 有人说你是“女性问题”专家，你的小说对女性的描写很准确，很传神。谈谈你对女性的看法吧。

毕飞宇： 我和女性相处的时候，其实特别傻。特别了解我的女人，基本上都很失望：原来你那么枯燥。在虚拟空间里我对女性很有把握，现实生活中却……很困难。这太矛盾了，比如我的欣赏趣味，喜欢“狐狸精”，那种“鬼魅”，但现实生活中一旦发现谁是“狐狸精”就会回避，离得很远。比较起来，相处轻松一点的，是那些言谈举止大方开朗的女性，我老婆就是很开朗的一个人。和我处得好的，还有个特点，就是基本上有点男性化倾向。我特别讨厌聪明的女人装傻，觉得被愚弄。

下一步干什么

罗拉拉：写完长篇之后，你下一步打算干什么？

毕飞宇：这是最重要的一个问题。下一步干什么？伴随着长篇的写作，这个问题始终在我心里。前几天我和苏童专门聊到这个问题，喝了点酒，特别渴望得到一些建议。那天喝得特别多，谈得特别好。结果酒醒后谈了些什么都忘了。

其实也不仅仅是现在，下面怎么办的问题将伴随一生。我还想再写一个长篇。现在在有意识地酝酿一些选题，几个选题在打架，始终无法确定。每当写完一个作品，我都有江郎才尽的感觉，但往往都能起死回生；而开始写下一部作品的时候，都有惊心动魄的快感，觉得自己又抓住了一次机会。

声名带来了怎样的影响

罗拉拉：这几年文学圈内外，在别人看来，你得了不少奖，出了文集，在声名的环绕之中，煞是热闹。这些对你到底有怎样的影响？

毕飞宇：对我而言，前面有苏童和兆言，他们获得广泛影响的时候特别年轻，苏童当时才二十九岁吧，却特别沉得住气，他俩对我而言就是活生生的例子。所以有他俩在，我任何时候都不会轻狂。况且，我所谓取得些成绩的时候都三十好几了。我和苏童、兆言是关系并不十分密切的好朋友。

罗拉拉：你参与社会活动多吗？对社会活动是个什么态度？

毕飞宇：我近来会有选择地参与一些有关南京的公益活动。我客居南京十八年，觉得受这个城市的恩惠很多，有报答的念头。我把参加那些活动当作表露心迹的一种途径。像不久前梅花节开幕现场直播，我就应邀做了嘉宾。

二十年的写作轨迹

罗拉拉：你写了多少年？这么多年来有着怎样的轨迹？

毕飞宇：有二十年了。我的感觉是：路越走越宽，离人心越来越近。

鲁敏：传奇或纯真部分

多年前，鲁敏还在南京闹市区的新街口邮局上班。这天来了一位青年顾客，文质彬彬地点名要买“古人对弈图”邮票，鲁敏抬眼一看：这不是苏童吗？这个作家和未来作家之间的小故事，似乎也是鲁敏命运的一个小小隐喻。

不过，当时的鲁敏并没有勇气与苏童搭话，而竭力装出一种职业的、平淡而疲倦的样子，把邮票卖给了苏童，并在心中叹息：这大概就是她与文学最近的距离了。

时间闪回到1987年，刚刚十四岁的鲁敏成绩优异，原本可以有更好的选择，但依照乡土人家最牢靠的选择逻辑，她在阴差阳错之中进入了江苏省邮电学校——一所中专学校。尽管心有强烈不甘，她还是认真地穿了一套邮电制服，在夫子庙照相馆拍照。绿衣配了双红鞋，执拗的眼神，是她留给南京的第一个影像。

1991年，在别的孩子刚刚踏进大学校门的时候，十八岁的鲁敏已经开始工作了。她做过邮局柜台营业员、小干事、企宣、邮电报的记者，以及秘书等职。她干活勤勉、一丝不苟，但有个细小的声音一直在呼唤着她。

也许很少有人知道，1998年，她的第一篇小说《没有开花的树》诞生于她女儿出生的前一个月。待产中，她穿着电脑防护服，写出了她作家生涯的第一部小说，并打印下来寄给我看。后来，这篇小说在我的建议下改名为《寻找李麦》寄出，最终发表在天津的《小说家》（即现在的《小说月报·原创版》）杂志上。就这样，在孕育一个小生命的同时，她的文学梦也在执拗地一同萌发。

而今，人们每每感慨鲁敏的幸运，惊奇于她的"忽然成长"，说到她第一次参加江苏省作协代表大会就成了作协副主席，好像她的命运像童话一样神奇和美好。也许人们忘了，也许鲁敏没有多说，其实好运，从来并非从天而降的馅饼。

这么多年来，她像《肖申克的救赎》里的安迪一样，每天用藏在《圣经》里的鹤嘴锄一点点挖土，用锲而不舍的写作，挖开了一条"逃之路"。在她简短的履历介绍中，至今保留了这样一句话："二十五岁决意写作，欲以小说之虚妄来抵抗生活之虚妄。"这一低低的声音，却裹藏着不可更改的意志。

内心里，其实还是喜欢鲁敏整体上不那么像"名作家"的范儿，她有点小小毛躁、自我否定的部分；不太配合别人惯性思维的那个部分；不那么大都市的、乡村孩子的部分，拧巴的部分。

想念二十三岁的她，脸上还带一点婴儿肥，快速地对我说：“那就结个婚试试吧。”想念二十五岁的她，给我寄来的手写信上，口气老成地写道：“我们已经消费了爱情。”想念二十七岁的她，默默地陪伴刚刚辞职的三十四岁的我，从旧单位抬走装杂物的破纸箱，默默地吃一顿安慰饭……当我接过她庞大朴实的礼物——“一大袋餐巾纸！单位发的！”；当我又听到她在餐桌上喜悦地推荐“羊肉真好吃！”；当我看到坐在兰苑剧场第一排的她，为武生的精彩身段一遍遍举手豪放鼓掌——我知道，最初的、原点的、纯真部分的鲁敏从未消失。

全慧文：一个被遮蔽的女人

她是胡兰成自传里被遮蔽了的女人，在胡兰成长达三十五万字（未删节本）的《今生今世》中，她只被提到三处，不过寥寥几百字。1934年到1941年之间，她与胡兰成前后生了五个孩子（其中第二个孩子出生二十天即夭折）；她与胡兰成结婚五六年后，在香港因感情受刺激得了精神病。她与张爱玲有过一面之缘，胡兰成在与张爱玲签订婚书之前，终于登报解除与全慧文的婚约，至此，胡与全的婚姻已经延续了十年左右。离婚消息被刊登在报纸上后，她仍以孩子母亲、一个需要照顾的病人的身份留在胡家。1950年，她与次女胡先知回到胡兰成的老家——浙江嵊县胡村，寄居亲戚家，三年后在那里病故（也有另一种说法）。

我那年二十八岁，不要恋爱，不要英雄美人，惟老婆不论好歹总得有一个，如此就娶了全慧文，是同事介绍，一见面就为定，与世人一式一样的过日子。我除了授课，只在家用功读书，有时惟与慧文去墟场买龙眼黄皮吃。墟场还有鹧鸪卖，一对只四毛钱。百色地方使人想起诸葛亮征南蛮，至今瘴气尚重，我住了两年，倒是无灾无病，亦不嫌那地方小气闷。

——胡兰成《今生今世》

陪伴胡兰成在一个小地方待了两年，过凡人日子，还有闲心买龙眼、黄皮乃至鹧鸪吃的女子究竟是个什么样的女人？

关于她的外貌身形，张爱玲笔下的“盛九莉”“邵之雍”对其都有描述。

隔了一会，他带她到三楼一间很杂乱的房间里，带上门又出去了。这里的灯泡更微弱，她站在四面看了看，把大衣皮包搁在五斗橱上。房门忽然开了，一个高个子的女人探头进来看了看，又悄没声息的掩上了门。九莉只瞥见一张苍黄的长方脸，仿佛长眉俊目，头发在额上正中有个波浪，猜着一定是他有神经病的第二个太太，想起简爱的故事，不禁有点毛骨悚然起来。

“她很高，脸有点硬性。”他说。

在不同的时候说过一点关于她的事。

“是朋友介绍的。”结了婚回家去，“马上抱进房去。”

也许西方抱新娘子进门的习俗是这样源起的。

“有沉默的夫妻关系”，他信上说，大概也是说她。

——张爱玲《小团圆》

而一直在维护和照顾她的胡兰成的侄女青芸说起她的长相来，倒是一点没有客气。

女作家李黎问：“全慧文长得怎样？”

青芸答曰：“全慧文长得难看来兮。”

不过别忘了，无论是张爱玲还是青芸见到的全慧文已经是在其精神病发作之后，精神上的错乱对人外貌的“篡改”应当是毫不留情的。还是照片最为准确，在胡兰成的小儿子胡纪元那里，保留了其父母极其珍贵的一张合影，从胡的面貌长相以及胡全二人的关系来看，照片应当是在胡与全还比较恩爱的时候拍摄，说不定当时还在广西。

照片上的高个子全慧文故意在位置上站得比个头“一般性”的胡兰成矮许多，正好乖顺地待在胡的怀里。在胡得意、微笑，甚至有点佻du的眼神映衬下，全慧文愈发显得愁苦，不自信，没有安全感。要说她的长相，说不上漂亮，却也谈不上难看，眉眼之间还是有几分俊秀之气的。

胡兰成到底没能安心在广西待下去，他的一生注定了总是因文字改变命运。1936年，“两广事变”期间，因为在《柳州日报》上发表了一篇文章，鼓动民众参与抗战，并批评指责广东陈济棠和广西李宗仁、白崇禧的做法，第一次有了牢狱之灾，最后被用五百元路费遣返回乡。而全慧文也跟着他回到家乡，又去上海，然后去香港，最后再回上海。

回到家乡本来一筹莫展的胡兰成如何又举家迁到大城市呢？还是跟他那支笔有关。当时，他的一位老同事古泳今在《中华日报》做事，知道他关心政治又有一定文采，就向他约稿。于是回到胡村的胡兰成写了两篇文章，一篇论中国的手工业，一篇分析该年的关税数字。两篇文章在《中华日报》刊载后，不久又为日本《大陆新报》译载，之后又被转载于《经济学论文拔萃》月刊。用胡兰成自己的话来说，《中华日报》就此感到很有面子，于是有了社长林柏生的关注，加上古泳今的推荐，回到胡村只两个月的胡兰成又携一家老小到了上海。据胡自己介绍，为避免成为汪派的人，他还拒绝了社长安排的“总主笔”一职，而将它让给了古泳今。

1937年7月7日，“卢沟桥事变”发生，全面抗战拉开帷幕。一个月以后，上海又发生“八一三事件”。“八一三”炮声一起，公共租界和法租界当局就宣布“中立”，于是六万难民进入上海租界。胡兰成一家也在这难民潮之中。这大概是胡兰成、全慧文结婚以来最窘迫贫困的一段日子。

胡兰成回忆道：

我与妻儿迁避法租界。中华日报从开战就停止发薪，一律改发生活维持费四十元，我新从广西回来，此地未有交游，无处通融银钱，可是三人租住一个亭子间，房租已去了十二元，一时且又青菜木柴腾贵。冬天慧文又分娩，我晚上去报馆，日里在家照料产妇及婴孩，又带领宁生。宁生才四岁。我还洗衣煮饭，冷天清早起来就去后门口风地上生煤球炉子，与邻家的娘姨们一道，却彼此都不同情，与上海人我实在尚未习惯。买小菜是每天二毫，其中一毫买牛肉，专为产妇及宁生，还得省出钱来给宁生吃奶粉。我每上菜场，见那些东西可买，又那些东西买不起，与其说愁惨，宁说是对凡百皆有一种至心在意。后来婴孩患了肺炎，是看的儿科祝慎之，到底无救，但凡有点钱，亦不致这样。我去向林柏生开口，两次只商借得十五元，柏生也悭刻。婴孩殓在小棺木里雇人挟去，虽出生尚只二十日，也是父子一场，傍晚灯火街道，我步行跟随送到普善山庄。

孩子刚生下来二十天就死了，全慧文心里是怎样的感觉，这是不是她精神上留下阴影的原因之一，皆不得而知。

11月初，上海沦陷。《中华日报》停刊，原有员工就地解散，胡兰成又带着全慧文和孩子跟随林柏生去了香港，参与办《南华日报》。同时，他也在“蔚蓝书店”帮忙，帮着编辑国际通讯、国际周报等，这段经历对他日后热衷分析国际形势并成为“专家”，甚至以此为“饭碗”有很大裨益。

而成为胡兰成第二次婚姻瓦解重要原因与借口的全慧文的精神病，也正是在这里发作的。关于这一点，青芸提供了自己的说法：

“全慧文家里事情全不管的，毛病到香港去生的。”

“在香港怎么引起生精神病呢？”我们问。

“胡兰成要去上班，屋里出去，隔壁邻舍打招呼。这个女的，香港人，看见胡兰成，‘侬好，侬好’，挨在胡兰成身上，全慧文从窗口看见，心里难过煞了，毛病就这样发起来了。伊问：‘隔壁人同你有啥关系？’这样引起的。这咯叔叔讲的：‘香港女人轧来轧去蛮多咯，伊发神经病，不许我走出去，我要去上班，后来发神经病。’”

关于全慧文的精神病病因，张爱玲也有自己的怀疑。

在《小团圆》中，与邵之雍前妻见了一面后，九莉回忆道：

他参加和平运动后办报，赶写社论累得发抖，对着桌上的香烟都没力气去拿，回家来她发神经病跟他吵，瞎疑心。

刚才她完全不像有神经病。当然有时候是看不出来。

她神经病发得正是时候。——还是有了绯雯才发神经病？也许九莉一直有点疑心。

总之跟胡兰成的“女人缘”有关。可惜愈是疑心愈发纠结，全慧文的“预感”在一切尚未发生之前，而她还未搭建起防护之墙，自己却已崩溃，反给了胡去实现她的“疑心”的所有理由。

胡兰成先有了应英娣，后又有了张爱玲。而这一切，全慧文已然没有力量与身份干涉了。

全慧文不是天生的“疯子”。在她生病之前，以及后来不发病的时候，尽管在胡兰成的笔下她无声无色，但她给她的孩子还是留下了极其美好的印象。

其小儿子胡纪元不无深情地回忆道：

母亲房里有一台很大的带有书架的风琴，书架上放满了线装古书。母亲喜欢吟诵古文，喜欢吹箫，弹琴，后来还学会拉二胡，还喜欢与孩子下象棋。我儿时听得最熟的有苏武牧羊、满江红、板桥道情、孟姜女、春江花月夜、梅花三弄等古曲。母亲曾在小学教过书，因此能自弹自唱。古曲在空间和时间上都传得很远很远，我成年后无论经历了多少人世的沧桑，无论走到多么遥远的天涯海角，母亲箫声和琴声中的古曲都会在我的心中回荡，陪伴着我的终生。我喜欢看母亲吟诵唐诗宋词和古典名著时陶醉的神情，虽然我还不懂文中的内容。母亲讲给我听嫦娥奔月、精卫填海、孟姜女、苏武牧羊等故事，我相信读古书一定会使人很快乐，我将来也一定会享受这样的快乐。母亲平时总喜欢收拾得很整洁，每次出门都打扮得很漂亮，我总会想，要像我母亲这样才是世界上最漂亮的女人。

——胡纪元《室有妇稚亦天真》

胡纪元也曾对笔者回忆道：

“我母亲是个浪漫的人，会吟诵古诗，看到月亮会说里面有仙女在跳舞。她有音乐天赋，这方面我身上有她的影子。她经常对我们说：‘你们结了婚要来看我。’”

《南方人物周刊》有位记者问及当时全慧文和胡兰成的关系，胡纪元介绍说——“我是听青芸姐（胡兰成侄女）讲的：有几次父亲正在写文章，母亲上前去纠缠他，他眼睛不离文稿，待母亲冲到身边，只用手一提，就把母亲摔到床上。母亲翻身起来又冲上去，又被摔到床上，反复多次。父亲像磐石一般，仍在专心写作，他有惊人的定力。”

不过，关于胡与全的真实关系，各位亲友的记忆有出入，也有一致之处。

“回家来她发神经病跟他吵，瞎疑心。”——张爱玲《小团圆》

“其实父亲对母亲是很好的，我从未见他们吵过架。”——胡纪元在接受《南方人物周刊》采访时说

“1943年前后，张爱玲曾来大西路我家作客。胡兰成也曾带着子女去张爱玲的寓所访问。张爱玲当时应该知道胡兰成与全慧文并未感情破裂，也没有离婚。全慧文当时虽然不怎么需要用钱，但胡兰成仍然经常给她颇多的私房钱。”——胡宁生

云英（青芸女儿）说：“胡虽然外面有女人，对全慧文还是很好的。”青芸同意：“蛮好的。”——李黎《今生春雨·今世青芸》

胡纪元对于父亲在自传中很少提及他母亲以及他们有着自己的解释和理解，他认为《今生今世》在台湾出版期间，大陆还在“文革”时期，父亲之所以很少提到他们，甚至在后来的通信上只谈家常，不谈政治与文

学，都是出自对他们的保护。

全慧文于1953年——正好是她与胡兰成结婚二十周年的那一年——病故于胡村，也有一种说法是怕因与胡兰成的关系遇到麻烦，畏惧而自杀。虽已于差不多十年前与胡兰成离异，但这个女人生命的最后三年是在自己前夫的老家（她有着浓重的乡音，与周围人言语不通）度过的。这个来自遥远南方的女人将自己的坟墓也留在了胡村，在荒草与枯荷之间临河而立。她甚至还保留了胡姓，已长满青苔的石碑上显然刻着：母胡全慧文之墓。

胡的自传后面部分，难得地提到过一次孩子们：

“我抛下子女在大陆，生死不明，也许侄女青芸已经穷饿苦难死了，但是我都不动心。”

他没有提到全慧文。倒是在细细回忆自己与房东太太一枝的婚外情时，胡兰成又一次提到了这位第二任妻子：

“以前慧文的嫂嫂说阿哥于女人是‘好歹不论，只怕没份’，她这话大约也是笑我。我是陋巷陋室亦可以安住下来，常时看见女人，亦不论是怎样平凡的，我都可以设想她是我的妻。”

这大概可以当作诠释胡兰成与全慧文关系的一个参考注解吧。

路上

黄永松：中国民间手工艺的守望者

黄永松是那种在人群中就可以一眼看见的人。

一件素白T恤或中式布褂，外加一件洗得发白的多口袋米色马甲，是黄先生的标准装扮。不过，难以复制的是他篮球健将般的颀长身材、闲云野鹤的气质与专注的眼神。

1971年的一天，黄永松去会见自己未来的老板——留美归台的吴美云，他迟到了一个半小时，却并未因此给对方留下坏印象。因为照吴美云的回忆，那时候他“很帅很帅”。

美术专业毕业的黄永松，一开始是做自己的专业——雕塑。后来拍广告电影，再后来拍大电影《不敢告诉你》，然后到电影公司做导演的助手，拍纪录片，他也搞展览，做设计……这一回，他应聘的是报纸的美术编辑，报纸没办成却创办了杂志，这就是《汉声》，一办四十多年。

时光，就这样慢下来。

这种慢，不是无事可干的慢，而是将一件事情做到极致，慢慢做好的慢。

黄永松一再回忆起年轻时代，他给纪录片导演做助手时，得到的那种专业训练：拍戏曲演员的服饰，戏服的每个侧面，每个花纹，包括头面上的首饰也会一件一件拿下来，单独进行多角度的拍摄与诠释……这样的训练练就的专业素养，日后也被黄永松用到了对民间文化的整理与搜集工作之中，扎染、刺绣、米食、面食、油纸伞、风筝、泥塑、剪纸、蜡花……每个工艺细致的流程，一步一步是怎么完成的。《汉声》不定期出版，细致完备地完成一个项目再随机出版。

《汉声》最早叫《E-CHO》，全英文，百分之九十的版面用来发掘中国人的传统和故事，百分之十来讨论现代生活。1978年《汉声》中文版面世，杂志的定位从“连接东西的横坐标”变成“连接传统与现代的纵坐标”。

十年之后，《汉声》开始回到大陆采访。起初的销量是个位数，黄永松他们就自己去买，从街头买到街尾……而发行量最大的时候，《汉声》销往三十几个国家，每期销售量十几万份。后来出于各种原因，销量有反复与起落，黄永松他们并不着急慌忙。因为工作的意义并不仅仅是杂志的销量。

“我们建立的是中华传统民间文化基因库……《汉声》就是在做这项工作。”

为拍摄妈祖祭典，黄永松在七八层楼高的阳台上探身出去，差点掉下楼；为保存制作蓝印花布的夹缬工艺，黄永松曾在最后一个夹缬作坊定了一年的货，一千条夹缬，每条夹缬将近十米长；2007年开始，黄永松在浙江宁波慈城推动一个叫“天工之城”的文化复兴项目；2009年推出“母亲艺术六展”；2010年的“天工之城工艺五展”——瓷艺、紫砂、彩塑、服饰和坐具，分别代表泥文化、布文化和木文化……

而今，黄永松带领同伴，已经通过《汉声》的工作建立了包含五大种、十大类、五十六个项目及几百个目的中华传统民间文化基因库。《汉声》杂志被美国《时代》周刊评为“亚洲之最”之“给内行看的最佳出版物”，黄永松主编的“山西面食”专题获西班牙国际烹饪大奖，他所倡导发掘与整理的中国结红遍世界，他本人也被冯骥才基金会授予了“中国民间守望者奖”。

“母亲的艺术展”与《汉声》第一家实体书店——汉声巷书店落户南京老门东，年过七旬的黄永松忙前忙后。他待人温煦，与之交谈如沐春风。他说，我是在乡野环境中长大的孩子，因此在继承过去的文化力量上，比别人多点能量。

这，大概也正是来自中国民间传统文化的温暖与光亮。

油纸伞、水八仙、大闸蟹、中国结、刺绣、山西面食……你童年记忆或视野中的角角落落，《汉声》似乎都抢先一步，帮你记录详解了。在南京一个喝茶的地方，黄永松像讲故事一般，将自己做《汉声》之前的经历详解了一遍。他拍过广告，拍过纪录片，还拍过大电影，做展览，做设计……似乎做什么都能成。可是有一天，他夹了个小包去一个小饭馆见一位女总编，去应聘美术编辑，这么一去，他不再改变，就在这家杂志待了四十多年。究竟是怎样的力量，让兴趣拐来拐去的他终于安定深潜了下来？

来自乡野的孩子热爱民间

罗拉拉：您学美术出身，后来拍过广告电影，也尝试过大电影，参拍过纪录片。在充满变动的青春年代，是什么促使您在1971年之后定下心来，专心做《汉声》杂志？这和您最初的理想吻合吗？请说说其中的心路历程。

黄永松：这涉及定力的形成。我的成长与历史、地理和熟悉的人有关，在这个过程之中，传统农村的静与慢，影响了一个年轻人的发展轨迹。我是农村长大的孩子，在乡野环境中长大的孩子，也许对于继承过去这种文化力量比别人多点能量。我是客家人，农村的文化讲究忠孝节义，在生活上保持了岁时节庆、生命礼俗，还有敦亲睦邻的人际关系，等等。

我的小学时代，正好是台湾的“日据时期”结束，从大陆来了一批教师，他们来自四面八方，有着比较好的学术背景和文化视野，我可以在一个宽大的文化背景下学习。老师们各种乡音都有，我们有时候能听懂，有时候也遭遇尴尬。他们经历千山万水来到这个小岛，乡下的孩子们都能好奇地接受，我就表现不错。这让我日后在祖国各地采访时，都有语言交流的基础。

小学毕业来到城里读书，是一个持续变化中的时代，那时候的我已经能面对变化。我在台湾最好的中学读书，是一个成绩很好的理工科学生，有一个很好的前途。但是我对陌生的城市，就像小学时候对外省老师一样，好奇又有兴趣。如此形成爱追求自由的灵魂，也注定了将来会有多样性的思考与选择。

我没有告诉家人就去报考美术，独自寄宿在别人家里。因为之前没有接受过艺术专业的基本训练，那时候也闹了不少笑话。比如考素描时，我第一次画炭笔素描，每人有一个馒头是擦误笔和打调子用的，我还以为是给我吃的，心想：这么周到，还怕我们饿着了！我考上的“板桥艺专”，集合了杭州美专和北平艺专的师资力量，老师很不错，我当时学习的是雕塑。

一个人的成长过程很重要。你在一生中可能经历很多的变化，但得有来自兴趣的力量，让你能够稳得住。毕业之后，我们又经历了台湾如火如荼的现代化进程，我真是如鱼得水，开始做广告，拍广告电影，开展览，做设计……

《汉声》的总编是一位意志力很强的女强人，她找我合作，开始了《汉声》的事业。我那时候年轻，兴趣多变，有她这个掌舵的人，我可以乘风破浪做喜欢的事。

渐渐地我发现，传统的民间文化真是一块很好的园地，宽广深厚。儿时我常穿梭在野台戏后场、戏台底下，还有老街上的榨油坊、打铁店、乞丐的月琴，它们发出沉重的撞击声、轻脆的打击声、优雅的弹拨声，这一切都引起我的兴趣……我总是记得这些儿时的小事，这些回忆也引起总编的兴趣。我喜欢追求新鲜，也爱陈年旧事，那些被忽略的老东西拥有很多的细节。对我来说，它们有吸引力，有寄托，虽然当时我们还不明白这些是祖先留下来的文化的核心。

我返回乡下，将小时候熟悉的这些身边人、事、物予以采访报道，包括将我的爸爸妈妈和邻居，一个个变成台面上的人物。通过田野调查，我找到他们家中、手上所有有意思的东西，真是很开心的事。而乡下那些逐渐隐退消失的事物，过去的余光，对于想出国留学的我来说，是来自根源的磁铁，不只吸引住我，也正好弥补总编留学在外缺失的那个部分，来自民间文化的一切都让她震惊。

我们阅读老庄，阅读佛经，也学打拳和禅坐。我个人特别亲近墨家，喜欢墨子的“兼爱”“非攻”理念，他的想法对我特别有启发。他很了不起，还发明了“库”（镜箱），后来的照相机用的“针孔成像”就是墨子发明的。

我曾经想出国学习。那时我正协助从国外回来的电影导演拍摄纪录片，他对我说，何必出国？美国当时正在兴起嬉皮士运动，关心少数民族，包括印第安文化等等。他说，现在你我正在拍的片子、做的事情已经是关心人本，可以边做边学的了，何必出去。这些话对我影响很大，于是我放弃出国，持续在民族文化领域边做边学。

见识过最好的　记录在这里

罗拉拉：《汉声》1971年创办，一开始就已确定以民间文化为主要关注题材吗？是怎么确定这一宗旨的？最初做这本杂志的时候，印象最深的事情有哪些？

黄永松：这种定位是慢慢形成的，民间文化是基础，边做边学边成长。我们对于传统民间文化的兴趣，大于时事、时尚报道，正好又可以避免当时台湾“报禁”的问题，可以纪实采访，达到我们要的报道水平。

杂志刚出来的时候，曾经遭遇发行量只有个位数的情况，我们只好自己出去买杂志，从一条街的街头买到街尾。印刷厂看到我们都是一些年轻人，担心我们付不出钱来，中途将我们的文稿扣下，要把账结清了再印。后来负责《汉声》的业务经理帮我们去争取，我们成了很好的朋友。编杂志就是这样，需要耐力，需要坚持，从不断地求变，到渐渐凝聚成一条轴线，慢慢提升。经历很多事，总之兴趣引起追求，但理智的归纳整理也要。

有一次在妈祖诞辰日，我在妈祖庙对面七八层楼高的阳台上，往下拍老街祭典，拍人海。我跨过栏杆，身体外倾去拍照，差点掉下去，幸亏一手抓住栏杆，一手抓住了脚架，否则命就没了。自己小心为上，整个队伍也要平安。

罗拉拉：你们所看到的可能是一些不断被丢失，乃至逐渐消亡的风土人情与手工艺，面对种种流失会有怎样一种心情？一般会采取哪些措施去传习保护？

黄永松：开始时觉得老乡们的一些手艺与仪式，没有人报道与记录很可惜。看到之后很兴奋，因为这是城市人不了解的。而我，作为来自农村的青年，面对这些熟悉的题材，就像面对我熟悉的亲人啊！可以问得更清楚更准确，我们出国归来的总编对于乡土这一块也有心补课。

我是客家人，家乡的文化状态和闽南人没有太大区别，只有一些微小差异，而这些小差异，这些风土人情的差异恰恰很出彩。时代进步太快，面对流失与消亡，我们更是要做记录。不要遗漏任何一个细节，因为明天就可能没有了。精湛的手工艺，以及美的品位和人情，也会随着一个手艺人的离世而消失，再找也没有了。我们的工作至少可以让你知道，我们见识过最好的，记录在了这里。

“先生回来”，春风走过，大地知道

先生，一个称谓，一种修为，一部纪录片，一场展览。

2012年末，“先生回来——全媒体致敬展”在坐落于南京1865文化创意产业园内的凡德艺术街区举办，蔡元培、胡适、马相伯、张伯苓、梅贻琦、竺可桢、晏阳初、陶行知、梁漱溟、陈寅恪等十位民国先生的图像影视资料立体展现。这十位民国先生中，有六位是大学的校长，三位是乡村平民教育的倡导者，一位是独立自由的大学学者。

展览还融入了“故纸温暖”和“老课本”系列，让先生、学生、文化一脉相连。其中“老课本”单元尤为引人关注，其解说文字，清丽含蓄，从容蕴藉。比如第十课《三只牛吃草》，老课本道：三只牛吃草，一只羊也吃草。一只羊不吃草，他看着花。“新阅读”解说道：“那只看花不吃草的羊，后来成为哲学家和艺术家。”还有关于先生们：“先生瘦得风骨，默得儒雅……”“知行彳亍，春风走过，大地知道……”而这些解说文字，都是出自邓康延的手笔。他说："我写的时候好像是作为学生在写我的老师，我的那些苦难的、颠沛的、不屈不挠傲然挺立的先生们。"

邓康延：办"先生回来"展是命运的提醒

因为彼此时间错位，与"先生回来"策展人邓康延先生先后通了两次长途电话。一次是中午一点，他刚开完会，还没吃饭。一次是晚上近十点，他刚和朋友吃完饭。其实很疲倦了，他还是耐心、认真地回答了我的提问。

"除了星星，苍穹一贫如洗"，"那只看花不吃草的羊，后来成为哲学家和艺术家"，"不以黄金为最贵的年代，就是黄金时代"，写下这样颇有民国韵味的、散淡而有哲思语句的邓先生，在说到"先生回来"展的诞生过程时，几次强调："我觉得，这是一种命运的提醒。"

这是对邓先生本人的，是对民国先生们的，更是对我们民族的一次"命运的提醒"吧。

邓先生早年是位地质工程师，后来写过诗歌、散文、杂文、电视剧主题歌等，编过《深圳青年》，创办过《凤凰周刊》，再后来任制片人，拍过一些出色的纪录片。他说："我不拍，很多人和事会被岁月湮没。"

曾因《老课本新阅读》在南京获奖

罗拉拉："先生回来——全媒体致敬展"不是一般意义上的图文展，

它前面还拍了纪录片，出了书，等等，最后才落到展览上，展览里还有你钟爱的老课本。能说说这一过程吗?

邓康延：2008年11月，我去云南拍纪录片《发现少校》，讲述远征军的故事，在腾冲的古玉市场淘到了几本民国课本。翻开来，心头一震，觉得像是故人在那等着。后来有报刊约专栏，我就开始写《老课本新阅读》，并且尽可能多地搜集民国课本。先是《读者》从2009年第十四期开始，连续刊载了三期之后，反响热烈。随之《深圳商报》开设了《老课本新阅读》专栏，持续了一年，其中大部分篇章被转载。《读库》主编老六索性将这些文章以六十多个页码发在《读库》2010年第一期的头条，影响铺开来。2011年1月读者出版集团将这些文章结集出版，就叫《老课本新阅读》。后来，《新周刊》颁发了一个推委会大奖给"邓康延和他的《老课本新阅读》"，就在你们南京领的奖，由孟非主持颁发的。这还是得感谢民国的老课本和它后面的先生，我觉得，这是一种命运的提醒。

说到拍《先生》纪录片，其实早在一二十年前，一位电视界朋友就向我提出过一起拍"二十世纪中国文化名人最后的命运"。后来我办《凤凰周刊》，也让年轻记者撰写文化名人专栏，采访活着的文化大家。转行拍纪录片后，我决定启拍《先生》，这个词蹦出来时我自己都激动不已，简洁平实深切，看着是个泛指，其实风标高峻。

刚开始列出要拍的先生有四五十个，对我们民间公司来说，时间、人力、资金都不够。我就想先拍十位先生。先拍哪十位呢？一番争议之后，最终我选择了最靠近教育的先生，也是后来的许多大家、先生的先生们：

蔡元培、胡适、马相伯、张伯苓、梅贻琦、竺可桢、晏阳初、陶行知、梁漱溟、陈寅恪。

因为拍纪录片我们搜集了很多资料，包括影像资料与书籍，于是决定办个全媒体致敬展。我们达到了六个同步，即：纪录片《先生》首播日，“先生回来”展开幕，同日书籍、光碟出版发行，微博互动，媒体报道。这个展览起初只打算八月份在深圳办一场，未料一时轰动，展览第三天就被出差偶然看到的湖南美术出版社社长相邀，去他们设在北京798的艺术空间续展。没想到在北京更轰动，据《北京晚报》报道，十月份有四万人参观，是少有的热展。也正是在北京，南京大学金陵学院传媒学院的院长杨溟看到了，他挺感动，回去就在南京奔波，邀集南京的朋友们、文化公司及媒体，合力而为，在当年为金陵制造局的1865凡德艺术街区办了这个跨年度的“先生回来”展。

民国教育重“身边人、眼下事、常人心”

罗拉拉：“先生回来——全媒体致敬展”的“老课本”部分，展示了系列民国小学课本。这部分引发的关注与话题尤其多，能谈谈这一现象吗?

邓康延：因为大家对教育现状有太多不满，竖起民国教育这面镜子，大家的感受就格外强烈。展览中，既有先生，又有民国书刊和小学老课本，一下子就打通了，形成了合力。

这几年的“民国老课本热”，可以说我是倡扬者之一。2008年我在腾冲发现民国老课本，我知道这是上苍的馈赠。之前上海也按原样出过老课本，印过几千册。我的《老课本新阅读》引起较大关注源于《读者》和《读库》等的重磅推介。《读者》多次用两个页码连载，宣传了不下十次；《读库》也就势出版了老课本的精装版。目前《老课本新阅读》已发行两万多册，港台繁体版也受到欢迎，半年间两次印刷。作家张晓风和李碧华大姐还一直问什么时候出续集。

重新阅读这些民国课本，为什么我们会感到熟悉又陌生？竖排繁体，语境不同，这些文字质朴、自然、善良，符合天性、人性。陈丹青先生看了之后给我发了个短信，说："民国教育好善良。"他一下子就发现了其中的本质。关于自然、动物、大地、四季的描述，还有那些传统的"仁义礼智信"修身准则，都像清溪般流淌，可以说是"身边人、眼下事、常人心"。也许，经过这样教育的孩子，长大后，即使在"文革"中，也不会用皮带抽打老师，不会焚琴煮鹤……上世纪二十年代看过《鸠占鹊巢》课文的孩子，知道外面的鸠来了，鹊要联合起来群起而逐之。到日寇入侵时，正是他们成为抗战队伍的中坚力量。

当时又逢"西风东渐"，民主、自由、博爱、平等思想也渗透其中，先生们改课本"新修身"为"新公民"教育，先生们也是身体力行……从几百本老课本，你还可以看出社会的发展脉络。我曾经特别搜集对比过百年来语文课本第四册的第一课，从1904年、1912年、1923年、1937年、1940年，再到1950年、1961年、1970年，直至2002年的课本。比如春风这个概念，从上世纪二十年代的自然现象到四十年代"敌伪区"的粉饰，再到八十年代变成“改革的春风”，仿佛经历着轮回。

“大江流日月，风雪故人来”

罗拉拉：因为南京在民国的特殊地位，在开展时你有没有一些特别的感受？

邓康延：在深圳莲花山关山月美术馆办“先生回来”展时，我在序里说：“莲花山下，先生回来，看见莲花。”到了北京798，我说：感谢北京，感谢北平，“取一个代码作地址，请十位先生聚秋阳”。到南京，当年的民国首都，我不由自主想到了两句古诗：“大江流日月，风雪故人来。”这两句不同出处的诗句千百年来就放在那里，现在忽然就冒了出来，那么契合，仿佛在等待着我们，就是为这一时刻准备的。

就我个人而言，我不过是桥梁上的一块木板，那么多人走过这个桥，踏过这块木板，赶赴与先生的约会，我很欣慰。

汤国：我对修复古建筑兴趣浓厚

艺术市场的火热带来艺术创作的作品迭出。然而，因为“价格”升降也带来价值观的多元与紊乱，不少艺术从业人员走上了“创作—展览—获奖—炒作—被收藏与被拍卖”的不归路，仿佛艺术品只是来自生产车间，一旦被市场认可，就批量生产与销售，而艺术本身的思想、文化内涵，乃至对人生与历史的体悟都只是艺术品的附加值，不过起到“描眉画目”的装扮作用……

好在总有这样一些探寻者，他们也许并未获得炙手可热的声名，却怀有对艺术、对人类文化遗产的真切热爱与独立思考，默默在做着有价值的事。南京艺术家汤国就是这些探寻者中的一员。

多年以来，汤国喜欢在石桥、村落、祠堂之间，在古代遗存之间游历，他对修复利用古建筑有着特别浓厚的兴趣。

喜爱古旧建筑的“种子”

1969年、1970年两年间，汤国的父亲被下放去了桥头镇“五七干校”，而汤国就在“干校”旁边的高资镇中学读书。汤国回忆说：“父亲‘干校’总部设在一个民国建筑群里面，周围一座座别墅，有树木花草，环境非常幽雅。主楼是三层带地下室的建筑，水磨石地面，房间都是木地板，钢门钢窗铜把手都是典型的Art Deco（装饰派艺术）风格……桥头镇是个典型的江南古镇，那时我经常去古建筑里的供销社、邮局，偷偷摸摸帮父亲周围的人寄信，代买东西……”这些少年记忆中的难忘场景，大概就是汤国对于古旧建筑怀有深厚情感的“种子”。

1973年，汤国插队到江浦县向阳公社东方红大队幸福小队。那一年江堤忽然倒塌，某一天黄昏时分，刚刚收工的汤国看见所有的人都拼命往家里跑，不过二十分钟左右时间，将近一米高的泥浪就咆哮着过来了。天黑后，水就进屋了，周围全是哗啦啦哗啦啦一排排房屋倒塌的声音。“第二天凌晨，一片汪洋。草垛和草房顶上，狗、鸡、鸭、蛇、蛤蟆和各种昆虫们互不干扰地簇拥在一起，大大小小满载各种动物的草屋顶、草垛，静静地从我眼前漂过……”这次遭遇洪水的亲身经历对汤国刺激特别大，但是，他说：“我还是很喜欢水，人只有在水里身体是漂浮的状态，有太空里失重的感觉，婴儿在子宫里的感觉。水让人有如此多的感慨，它温柔平静，狂放暴躁，我享受这样的感觉，我可以漂浮在水面睡上一觉，也可以潜游五十米。我的水性是从小练就的，在关键的时候能够驾驭水，欣赏水千变万化的情景，水的意象一直贯穿在我的作品中 。”

汤国还有一件印象很深的事情：“三十多年前，那一年秦淮河河道清淤泥，朝天宫河段水被抽干了，露出了清代的石码头。工程挖了一个星期，一个完整的地层剖面里镶嵌的陶瓷碎片渐渐地展现在我面前，地层颜色界限区别明显，一层一层的，由各种陶瓷器皿碎片可以从上到下辨别出清、明、元、宋、唐、六朝直到汉代的碎瓷片，真实的历史地层一目了然。当时我有幸亲历……”观察这些古老器皿的造型，再对照冯先铭《中国陶瓷》里面的文章，纹样、胎质、釉料、火候、温度，各个朝代的风格、趣味，汤国给自己好好上了一课。“生活一直没有给我什么好礼物，我抓住了这个机会，自己给自己一个最好的礼物。”

古旧建筑、水、陶瓷器型……所有这些当年记忆深刻的事物，后来都成为汤国艺术工作中的重要组成部分。

在艺术品市场火热的今天，很多艺术家关心的是自己的知名度和作品的价位。与汤国同时出道的一些艺术家早已“名利双收”，而汤国隐居乡村，专心致志地用他的影像、装置、画作表达他对于水、废墟以及时间等问题的思考。虽然，在文化储备上汤国已走得很深很远，比如对于瓷器的器型，从战国时期的、汉代的、魏晋南北朝时期的到唐宋时期的都烂熟于心，但他要表达的是今天的思考。他说：“我不想沉溺于古人的趣味……”

画作与影像中的思考

罗拉拉：2013年5月6日，你与另一位艺术家洪磊在南艺举办影像双个展，听说你展示的是2012年做的一个十三分钟的实验动画。同年5月12日，你又在上海著名的纯艺术画廊香格纳举办画展，同时展出影像作品《墟》。请介绍一下你的画作与影像作品。

汤国：在上海展出的这批画是一组“课图画稿”，一共有三十多幅，是用线描手法绘制的碎了的瓷器、木器、瓦当等。乡村的废墟、“文革”中被破坏的场面等等，都给我留下了深刻的印象。绘制这些画，有些人不相信我靠的就是一支笔、一张纸。从原始时期一直到明清，我对瓷器的造型史比较熟悉。这个系列的画面中出现的瓷器器型有战国时期的、汉代的、魏晋南北朝时期的，还有唐宋时期的……我不是用那种美的方法去欣赏、把玩，而是表达了“一切都会过去的”这样一个概念。这些画面涉及了当下所有收藏界“有钱人的游戏”，甚至连电脑键盘都画了进去。

同时展出了影像作品《墟》。批评家吴亮先睹为快，然后评价说：“这是一个形式上非常简洁、同时具有多重象征性的复杂作品，既触目惊心又空茫寥廓，这种无休无止的轮回变形把时间拉长了。我的直觉告诉我，这是一个杰作。”我觉得有些过誉了（笑）。

《墟》源于我无法忘却的亲身经历的一场大水，我身边最亲密的家禽、蛇蝎、昆虫在末日来临前的最后一刻，本能地显现出从容和超然。灾难对生命来说可能是一部不坏的书。《墟》里面的人声，“呜呜呜”“哦哦哦”，像是怨恨又像是思慕，像是哭泣又像是倾诉，我故意留出换气的叹息，停顿的空白之后好像有蛟龙翩翩起舞，独坐孤舟的人听落泪了，不知道有没有《前赤壁赋》里的意境……死生的轮回反反复复，无穷尽的挣扎贯穿其中，角力中找到的最后那一叶小舟最终也解体了，慢慢地消失了，又重现了……这个影像作品的材料全部取自自然的植物，枯枝和残叶的组合，用黑白摄影做成定格动画的方式来表达。片子是我自己配音的，用“啸歌”的方式来抒发感叹，悲哀、飘逸、任诞、不满、反叛等复杂的感情。“啸歌”在魏晋时期很风行，直抒胸中豪气，放声长啸，超越尘俗，藐视权贵，有一种旁若无人的气度。我用最简单的没有旋律的长音啸鸣，又取树枝摩擦模拟出水中船舵摇摆、船舱内隆隆的回响声。我的小舟在“天空中驾风遨游，不知船将停留何处；飘然恍惚呀，我们好像独立长空，遗弃尘世，飞天成仙了”……脱胎换骨，风吹散了，火熄灭了，是“凤凰”涅槃的过程。

主持皇家建筑彩绘修复

罗拉拉：听说你还花了五年时间，主持了北京古智珠寺建筑群彩绘修复工作？

汤国：北京智珠寺是一座高规格的皇家建筑。因为我有明代建筑的修复经验，我的一个朋友邀请我主持智珠寺建筑群的彩绘修复工作。这项工作获得了联合国教科文组织颁发的亚太地区文化遗产保护优秀奖。为完成这项工作，我耗时五年，奔波于从前的夜行火车和后来的高铁之上，还带了古代书画修复师、传统书画装裱师许平，以及平面设计工作者张文财，组成了一个工作小组。

罗拉拉：能详细介绍一下这项彩绘修复工作吗?

汤国：这项工作主要集中在智珠寺大殿吊顶彩绘的修复上，具体流程是这样的。

首先揭下彩画。这个过程和揭裱书画作品步骤大致相同。大殿彩绘的装裱，是用油麻披灰技术粘贴在木板上的，这里有别于传统揭裱书画的方法。

其次，你得了解彩绘用纸。大殿吊顶的彩色绘画用纸不同于古代书画用纸。此种纸选用较多上等皮、麻成分的原料，比书画用纸要厚，纸纤维长，韧性强而且细腻，是不惜工本选择定制的最好的建筑彩绘用纸。其原料纤维均来自自然，用自然的方法制作而成，日晒雨淋以提取纸纤维，湿水后仍有较强的拉力和韧性。

接着，你必须清洗画的污垢。这里的彩绘画面描金的凸线是用石灰堆起，浸湿风化的绘画画面，要切记掌握干湿程度，顺其自然慢慢将画揭下。因为有油灰污物附着在表面，我们会用稀释的酒精等反复清洗，直至绘画纸张里外都达到一定的洁净度。请注意，这批次彩画所用的颜色是比较厚的矿物质颜料，而且画面凸出的装饰线条含有石膏成分，干时很脆弱，遇水即溶化，这是最主要的修复难点之一。

再次是托裱绘画。我们今天已无法找到当时的皮纸，所以修复时选用近似的皮纸代替，托裱两层，也不宜太厚。沿用传统的脱精浆糊，保持自然的特性，加明矾等用来防虫、防潮、防霉变，用增加附着力的传统配方制作黏合剂，以确保黏合施工时方便使用，根据修缮的具体需要可黏稠、可稀薄，根据不同工序用纸……

接下来还要清洗底板。这是个强体力的工作，清洗至木板表面无污垢无灰尘，晾晒干透后保持木板原本的颜色……

最后按原来彩绘图案和木板的位置、方向，重新裱回原处。画面残缺处保留原来自然的形状。将画面残缺百分之五十的，集中在一起拼接成完整的画面。以此类推，将所有残缺的画片，拼接成完整的画面。

一共就是要经历这么多复杂细致的程序。就这样通过五年的努力，我们才全部结束智珠寺吊顶彩绘的修复工作。

薛冰：片纸闲墨，温故而知新

初识薛冰老师，差不多在二十年前，他刚刚发表了不少与收藏有关的中短篇小说。一般小说家写人性故事不在话下，但要涉及专业知识，非临时翻书不可。阅读印象中，除了是位小说家，薛老师还是位对历史与收藏颇有心得的人。后来因公务一起出差，一路上薛老师给我讲秦淮河文化及其间聚散的故事，听得恍兮惚兮，半天才能插上一句话。不料回来薛老师对人说："这个女孩还是看过一些书的。"感觉好荣幸！

这二十年来，薛冰老师的身份在人们眼里不停地加厚、重叠。除了作家、收藏家，他又是地域文化的研究者，甚至被称为"南京文化活地标"。

回顾薛冰老师一路走来的历程，格外有意思。

他回忆起："年轻时，曾一次从扬州背四十多公斤旧书回家，不得不为书买一张长途车票。有时实在背不动，只好通过邮局往家里寄；有时走一路，寄一路，人没到家，书已到家。

“所到之处，无论青山碧水、灯红酒绿、广厦华堂、村野庐舍，总希望能从花团锦簇中看出书来。偶或见得墨迹，嗅得纸香，必双目灼灼，凝神逼视，致被他人看成异类。倘遇书城、书铺、书柜、书摊，更是看得两眼一抹黑。

“买书的胃口与日俱增，再加上书价连年高涨，遂成为沉重的经济负担。为了买书，不得不努力写稿挣钱。为了买书，不得不把其他方面的消费压缩到最低限度。经济状况还总陷在恶性循环中。

“家中藏书越来越多，占用空间越来越大。为堆书，小房子换了大房子，大房子中竖起了大书架。可是源源进入的书，没几年就超出了书架，堆满了书房，向客厅和卧室渗透，来个非书虫的客人难免瞠目以对。有时自己也觉得不方便，但总想把其他什么物件清除掉，为书们腾出容身之地。机关算尽，就是舍不得少买点书。

“言而总之，藏书实在是一桩自讨苦吃的事情。沾上书缘，便失去了普通人轻松自如的生活，陷入了永无止境的重累之中。”

为此，薛冰还总结出他的书缘“七累”：眼累，身累，负累，室累，口累，心累，生累。

然而，从读书、藏书出发，成为地域文化的研究者，南京传统文化与建筑的维护者，乃至小说家、散文家、书评家、版本学家、钱币收藏家……薛冰既负累其中，又乐在其中。重要的是，他还通过自己的收藏与文字复原再现了我们曾经拥有也应当珍视的文化与记忆，让我们徘徊而思索，温故而知新。

难怪薛冰说，要引用一位西洋哲人的话，立在藏书的入口处：“这里应该摒除一切犹豫。这里任何怯懦都无济于事。”

源于一次展览，与薛冰老师有了一场对谈。关于民国纸品，关于藏书，关于写作，关于南京城市文化，薛冰老师都有着自己明确的理念。

民国纸片中的往事余温

罗拉拉：民国纸品在你的收藏之中占了多大比例？它们是依据怎样的脉络遴选出来的？你想通过这次的梳理与陈列告诉观众什么？说说你选出来的这些展品中打动你自己的细节。

薛冰：就数量而言，千分之一二吧。因为是在民国美大纸行旧址举办的“观筑沙龙”首展，所以旨在展现民国纸品的千姿百态。当然，纸张一旦成为文化载体，便无从忽略其承载的内容。我也是在选取展品的时候想到，可以理出几个脉络，如社会生活具有标志性意义的节点，人生旅途上的重要时刻，读书求学的不同阶段，等等。所以展品中有1911年10月的日记，记下了民众对辛亥革命的反应；也有1949年4月24日的南京市民日记，记下了对解放军进城的观感；有“九一八”事变后农艺专校在藏书上加盖的“誓复国耻”印章；也有1949年4月16日的《中大人报》以整版篇幅为“四一”惨案呼吁，显示了原中央大学师生面对血腥镇压的不屈抗争。

图书部分，则选择民国时期逐年的出版物，展示不同的纸张、不同的印刷方式和装帧方式。抗日战争期间，大后方粗劣的土纸本尤其令我感动，尽管物质生活极端困难，但仍顽强地坚持文化的传承，这就是民族的希望。

罗拉拉：这次展览还有一个系列，用各种礼帖反映人的生命历程，你觉得这些能表现出什么？这么多年来，中华民族作为“礼仪之邦”，你觉得我们流失了什么？

薛冰：这一组纸品，反映了从合八字、办婚礼、生孩子、庆高寿到悼丧亡的人生历程，每一个环节都有隆重的仪式和相应的文本，显示出对生命的珍惜与尊重。许多观众都注意到叶恭绰先生嫁女的那份谢帖，郑重其事地对前来参加婚礼的宾客表示感谢，说他们的来临为女儿增添了光彩。这种礼仪被淡忘，恐怕不能仅用生活节奏变快来解释，深层次中透露出的是对生命的漠视。

罗拉拉：你手上搜集了多少私人的笔记本？你从中读到了怎样的故事？这些写满字的日记本让你触摸到什么？

薛冰：日记、笔记和自传、档案之类，大概有上千种吧，从中可以看到二十世纪这一百年间不同阶层的日常生活状态，特别是在各种社会动荡中，人的灵魂的挣扎，人的命运的沉浮。许多生动的记录，是小说家编不出来的。

罗拉拉：民国纸张的多样性在这次展览中也有所体现，要论现在纸张的运用，可选择的空间更大，为什么我们看到这些年代久远的纸张，还会收获一种意外的感动？我们对于纸张的态度变了吗？

薛冰：重要的不是纸张的品种和质量，而是它所承载的文化信息。

就像民国建筑的韵味是新建筑所无从相比的一样，沉淀在这薄薄一张纸上的，绝不仅是文字和图画，而是空间的凝聚，时光的流淌。从这片纸零墨上，我们仿佛能触到旧主人的余温，体悟他人生的喜怒哀乐，命运的跌宕起伏，进而折射出社会的风云激荡。

在《旧书笔谭》的代序中，我曾说到：“有的人活着，就已经死了。有的书还新着，也就已经死了。”并不是每一张新纸都能有幸成为旧纸的。

罗拉拉：最近得到一个数据：上世纪四十年代，我们国家的纸张年总产量是十万吨；而近年来，纸张的年总产量已经有几千万吨。搜索一下，发现确切的数据是，2010年纸张的年总产量已经达到三千多万吨。据说那个年代人口普查的数字是四万万，如今的人口只涨了两倍多，而纸张产量涨了三百倍。纸张多用了这么多，除了社会发展的必然性之外，在你看来还折射出什么样的问题？

薛冰：这个问题比较复杂，不是一个简单的产量对比问题。第一，纸张的产量并不等于用量，只能说明那个时期的生产水平。民国年间大量使用进口纸，从这次的展品也可以看出，许多书刊所用的纸张，已很难说清它的品名和来源。民国年间印钞纸全需进口，现在仅印钞票一项，就不可小觑。第二，社会生活水准提升，今天广泛使用的生活用纸，在民国年间尚属奢侈品。第三，民国年间文盲比例很高，今天阅读人群的增长可能有数十倍；而教学用纸的增加更难以计算，我上小学时几乎没有什么家庭作业，现在小学生的书包重得背不动。第四，出版因门槛降低而泛滥，今天报纸的种类及其印数，与民国年间可谓天壤之别。民国年间的图书印数常是几千册，现在动辄印到数万数十万。民国年间写作者数量少而作品质量相对较高，许多学者视著作为神圣，下笔严谨；今天有钱有权都可以随意出书，名人、明星写作成为时尚，肆意挥洒，“把白纸印成废纸”。第五，今天各种机构林立，办公用纸大幅增长，尽管要求“无纸化”办公，但用纸量也远非民国年间可比。其他因素当然还有，就不一一列举了。

古钱币上有文字与书法发展史

罗拉拉：此外，你的古钱币收藏在江苏收藏界也很有特色。谈谈你的古钱币收藏故事及收藏特点。

薛冰：我迷上古钱币，是被扬州的高汉铭先生“拉下水”的。他每次来南京，都会带一把古钱币给我。我是个好奇心重的人，为了弄清这些钱币的来龙去脉，就买了本《历代古钱图说》，后来就按图索骥，一发不可收拾。当然，有些钱币是不可能搜集到的，但我也搜集到了旧谱上所没有的版别品种。要说收藏特点，就是没有陷在钱眼里，而致力于发掘钱币所承载的文化内涵。钱币学也许可以算最早出现的“边缘科学”，甚至可能是“边缘”牵涉领域最宽泛的学科之一。

中国古钱不但是东方钱币文化的代表，在世界四大历史货币体系中独具一格，而且是中华民族传统文化的重要载体之一，广泛反映先民的宇宙观和历史观，审美观和艺术观；金石学是由钱币学开始的，货币史更离不开钱币学，而考古学同样不能忽略古钱研究；与古钱相关的典章制度以及故事传说，体现当时的社会文化心理；古钱上丰富的语言种类，印证中华民族由众多民族汇聚融合的历史；而古钱上的文字按时代排列出来，就是一部活生生的中国文字发展史和书体书法史……倘若从大文化的角度说，古钱的度量与重量是度量衡制度变迁的实证；古钱的冶铸水平是不同时代、不同地区冶铸技术发展的实证；古钱的币材、精粗和大小轻重，是当时社会经济政治状况的晴雨表；邻国之间钱币的相互影响与流通，是各国文化和经济交流的反映。古钱币不仅是社会经济的产物，同时也是一种重要的思想文化产物。所以我会动念写一部《钱神意蕴》。

小说里可以说真话

罗拉拉：还记得小时候最早对文字及纸张发生兴趣的故事吗？从读到写，经历了怎样的历程？还记得第一次发表的文字吗？

薛冰：很羡慕有些人能把襁褓中的事情都记得那么清楚，我没有这种天赋。现在可以确定的，是四五岁时，母亲用方块纸写了字教我记认，记住了能得到大人的夸奖，我因此对字纸发生兴趣。虚荣之心，人皆有之，好像也不能说是没出息。

读书的强烈欲望，产生于下乡插队无书可读的八年，只要抓住一张有字的纸，都会反复看到能背下来。返城进厂，有了工资收入，书店里又开始卖新印名著，就像一个饿久了的人，见到美食，自然会产生占有欲。

写作和读书好像没有直接的联系，比如现在就有作家宣言，我们是写书给人家看的，还用读书吗？我当初试图写小说，也并不是因为多读了书，而是别无选择——那时只有在小说中，才可以说点真话。这样想的人肯定不少，所以报刊上老是提醒大家，“不要拥挤在文学的小路上”。第一次正式发表文字，是1980年7月，我在《青春》杂志上发了个短篇小说。

失而复得更爱南京

罗拉拉：对地域文化及明清历史的研究是怎么开始的？据说有段时间你不得已离开南京城，这段经历加深了你对南京的感情。为什么对于南京城及历史风貌怀有那么深的感情？你在其中最想维护的是什么？

薛冰：是的，下乡插队在苏北，返城进厂仍在江北，前后长达十五年。特别是插队时，想家，大院里、街巷间的一切都变得那么可亲可爱，成了生命中不可或缺的一部分。不过，对城市的认识上升到理性，还是上世纪八十年代，那时流行“寻根文学”。寻根，一方面是实地的行走，一方面是文献的研读。我几乎走遍了城南的每一条街巷。我们面对的南京城，主要是明清时期的产物，所以要求对明清史有一定的把握。对这座城市了解得越透彻，就越能理解它的可贵之处。

最想维护的，就是当年那种人与人之间、人与环境之间的和谐。城市风貌是因为适应人的生存需求而长久延续，而成为传统，不是谁拍脑袋拍出来的。

罗拉拉：读书、写作、收藏、研究历史与地域文化，很多人会就此陷入学者的圈子走不出来，为什么你还会去写小说？仅仅写随笔，搞学术研究、文化研究，乃至收藏，不足以表达你想表达的东西吗？为什么？在纪实之外，有虚构成分的故事？这会有助你表达出什么吗？

薛冰：做研究是很严谨的事情，但长期坚守维护某一种观点，很容易趋于刻板僵化；就是写书话随笔，时间长了也会让人落入俗套。我每年都会抽时间重读金庸的武侠小说，因为在那样的奇思妙想中，没有什么程式是不能打破的。打破旧程式，才能接纳新东西。写一点虚构的小说，同样有助于打破思维定式，可以让想象力保持活跃，文字会有更大的张力。当然，小说中的表达更为自由，可以营造个人的理想世界。就像我在《城》中描绘的“金陵”，就有别于现实的南京，那是属于我一个人的城市。

新发现的乐趣最大

罗拉拉：说说你图书与纸品的总体收藏方向以及收藏致用的故事。其中收藏的分支有没有因为一些意外发生变化？这些年来，你一共出版了多少类共计多少本书？读书、收藏、写作、研究，说说其中各有怎样的乐趣，哪种乐趣最大？如果要你自己为读者推荐，你觉得最值得读的有哪些？为什么？

薛冰：我搜集图书，主要是为了阅读，也是围绕着自己关注的命题，长期积累，逐渐形成系列。纸品则是图书的补充，如南京地方文献史料与南京人的著作有五六千种，我利用这些资料已经写作出版十本书。因为读书、买书都需要掌握版本学知识，相关文献资料也有两三千种。我和徐雁先生一起担任中国第一部版本文化丛书的执行主编（主编任继愈，共十四种），并撰写了其中的《插图本》，又完成了第一部近现代版本学专著《版本杂谈》，此外还写作了《旧书笔谭》《淘书随录》《纸上的行旅》等书话集。在农村插队时深为民间文化所感动，后来搜集民间风俗、民间歌谣、民间技艺类书籍有千余种，出版了探索中国民歌流变史的《风从民间来》，梳理中国插花史和插花艺术的《拈花》，系统介绍春节风俗的《春节》，择要介绍中国体育文化的《华夏射御录》，等等。因为爱好搜集古钱币，买回了钱币学、货币史以及经济史资料近千种，出版了《钱神意蕴》，应是当代较好的钱币文化专著。搜集纸品的副产品，是出版了一本《片纸闲墨》，系统梳理了中国传统笺纸、封缄和书信文化的脉络，并对一批清代彩笺作了专题品赏。近年来注意搜集1949至1979年间的文献资料，也有四五千种了，计划利用这些材料写成系列书话集，已完成第一本《风吹草动》。

我曾说过我写书话的原则："书有足够的分量打动我，我有足够的力量驾驭书。"

最大的乐趣，莫过于发现的乐趣。新材料的发现，新见解的颖悟，新理念的形成，新作品的孕育，构成了我生活的主要内容。

我已出版了四十余本著作：小说五本，其余都是文化研究与书话随笔。每一本书都能为读者打开一扇新的窗口。如果一定要推荐，我想有这样几种：《家住六朝烟水间》和《城》，有助于了解我们居住的这座城市；《版本杂谈》，对于有志于藏书的人而言，会是一部切实有益的工具书；《片纸闲墨》，可以说是搜集、鉴赏纸品的工具书。

黄荭：杜拉斯于我就像命运的神秘印记

2014年是法国作家玛格丽特·杜拉斯诞辰一百周年。作为国内杜拉斯的译者与研究专家，黄荭一直主动被动地与杜拉斯联系在一起。那一年，黄荭翻译的《薛定谔之猫》入围“傅雷翻译出版奖”，她在南京大学的教学工作也获得“南京大学杜厦奖教金”。看上去工作忙不停的黄荭也特别会生活，她的露台姹紫嫣红，她还会做菜，弹琴，画画……这位出色的教授也是位通达、有魅力的女人。

二十年了，她已成为“我的作家”

罗拉拉：请聊聊你和杜拉斯的缘分。

黄荭：我要感谢杜奶奶，感谢她赐予我“饭碗”。因为我从硕士论文到博士论文都是做杜拉斯研究。留校工作以后申请的江苏省社科项目、教育部社科项目、国家社科青年项目全都是杜拉斯。可以说，杜拉斯让我的科研拿了一个“大满贯”。研究杜拉斯对我而言并不是寂寞无趣的事情，因为杜拉斯的写作是非常丰富的，她是一个触角特别多的作家，这也是我特别喜欢她的一个地方。

我是慢热的人，每每作为中国研究杜拉斯的代表参加国际研讨会时，大家都觉得我应该非常痴迷杜拉斯，她必定是我最喜欢的作家。我一直在否认这件事情，也从来没说过她是我最喜欢的作家，哪怕是非常喜欢的作家之一，但是二十年过去了，我觉得她真的已经成了“我的作家”。

罗拉拉：你曾经说过，自己和杜拉斯既像又不像，为什么？

黄荭：其实一开始报考大学的时候，我是想去华东师范大学中文系的，而且我曾经以为自己会成为一名诗人或作家。但最后上了南京大学法语系，之后研究并翻译法国文学，并且也成了一个业余的散文作家。

童年时我随父母去了山区，捕蝉抓鸟满山跑……然后父亲病了。父亲去世那年，我十一岁，童年结束了。是父亲让我爱上阅读和写作，也是他让我和自然亲近，对一朵花、一片叶、一只蚂蚁都充满了好奇和关切。虽然他在我上小学五年级的时候就去世了，但我一直觉得他已经完成了对我的教育，而这种教育让我受益终身。

母亲一直一个人拉扯我和哥哥两个，现实让她变得能干、要强，也很忙碌。哥哥不爱读书，常惹是生非，总不让她省心。杜拉斯母亲的疯狂，我想我母亲也一定经历过。和杜拉斯一样，母亲占据我童年所有的梦境。母亲突发心肌梗塞去世时，我在温哥华，改签了当天的机票飞回来也赶不及。从此，失眠开始了……后来，我将《杜拉斯的小音乐》献给母亲。

我曾给自己找了很多不喜欢杜拉斯的借口：她太自恋，太招摇，太自以为是，文字不是太温吞就是太凌厉……但这些年下来，她慢慢地占据了我书房整整三排书架。在杜拉斯的文字里，有意无意间我瞥见的是命运隐约幽微的神秘印记，某种契合。

福雷斯特与他的《薛定谔之猫》

罗拉拉：福雷斯特的《薛定谔之猫》在你翻译出版后迅速加印，并且入围“傅雷翻译出版奖”的文学类书单，请介绍一下其人其书。

黄荭：菲利普·福雷斯特是法国知名学者、作家。他曾获法国艺术文学军官勋章，小说写作曾获费米娜处女作奖等。

第一次见菲利普·福雷斯特是在2004年3月的巴黎书展上，那次书展因为是“华文做主宾”，整个展馆挂了大红灯笼和中国结，布置得跟洞房花烛夜一样。此前我不晓得他的来历，感觉这个喜气洋洋的书展上就他一个人哭丧着脸，特别煞风景。

2005年10月，我给“中法作家文学交流会”做现场翻译。会前两周，我抽空看了他的作品，终于读懂了福雷斯特眼镜片后面那抹掩不住的“云深不知处”的寂寥。1995年冬，女儿的早夭打破了他的生活秩序，于是他开始“我”的写作。我被他的作品打动了，成为他的中文译者。福雷斯特说，所有的故事其实都是同一个故事，都始于《创世纪》中那个混沌之初。我们生活在平行宇宙（而不自知），像《罗拉快跑》《盗梦空间》《云图》里的情节，你真的相信眼见为实？

罗拉拉：听说你还得了一个与教学有关的奖项。你觉得你是个好老师吗？你是怎么和学生相处的？

黄荭：在第三十个教师节，我得了“南京大学杜厦奖教金”。在大礼堂领完奖，我去看望曾经教过我大三精读课的陆秉慧老师，她说三十年前，也就是第一个教师节的时候，她也拿了一个教学奖，是全国性的。她又说，看到我得奖就跟她自己得奖一样高兴。她一直是我的榜样，我一直在努力做一个好老师。在我看来，好老师就是保持自己的优秀，然后培养出比自己更优秀的学生。我和学生的相处很平等，我总是鼓励他们积极地表达，不仅在语言层面上，还有思想层面上。其实他们在大学四年，学到的不仅仅是知识，也是认识自己，学会独立和合作。

生活就应该有参差之美

罗拉拉：你算是个乐天派吗？此外，“离别”是杜拉斯作品中的主题，对于生命与存在，你怎么看？

黄荭：我既喜欢独处，也喜欢热闹。独处教我沉静和坚韧，热闹教我分享和宽容。可能是从小就经历过生离死别，所以我一直都是悲观的人。一个法国朋友说，因为彻底，反而乐观。已经做好了最坏的打算，于是事情只有更好，不会更糟。今年夏天，身边有好几个朋友离世，想想生命的脆弱无常，我们还有什么不可以放下，还有什么不可以拿起？

罗拉拉：同时身为教师、译者、散文作家、诗人，此外，我知道你也懂音乐，会画画。你推崇怎样的生活态度？

黄荭：教师是本行，一定要做好。只有做好自己的本分，才可以去“走神”，去“跨界”。我从小就喜欢文字，小学的时候作文得过奖，中学时代写了一堆古体诗和自由诗。至于散文，从前我写作文常常跑题，属于形散神也散、特别自由散漫的那一类，可能跟我随性的个性也有关吧，我觉得散文是最适合我的体裁。我喜欢画画（貌似画得也不错），喜欢音乐（会弹古筝），喜欢折纸，喜欢园艺，喜欢做饭，更喜欢吃……生活就应该有参差之美，张弛有致。于我而言，写诗、画画、翻译，和种花、做饭、暴走一样，都是生活的千姿百态。而且归根到底，所有的工作和爱好，不管是做人还是作文，都指向真，指向善，指向美。如果教书累了，就弹弹琴；如果翻译累了，就画画画；如果做饭烦了，就种种花……生活就像一个调色盘，调得好就会五颜六色，调得不好就会灰溜溜。

生活态度嘛，安之若素吧。如来如往，不妄念，不妄执。

钱晓征：在工作中体悟人生修炼

她是私家花园辛勤而神通的园丁，她是书店里知性温柔的老板，她是画廊中眼力厉害的经营者，她是沙龙中摇曳生姿的女主人，她是花三年时间深度采访二十位画家并连出两本书的作家，她是文化衍生品的创造者与文化产业的领军人物……她还是可一美术馆的馆长，举办了多次声势浩大、影响深远的艺术节。

钱晓征喜欢花，喜欢植物。她的花园自然散逸，院子里的各类花木及案头花草都可以和她对话。做沙龙，也能看到案头大把的玫瑰，乃至书店、画廊各个角落的玫瑰花瓣。休闲时间的阅读，她也比较亲近自然主义作家的作品，比如梭罗的《野果》《种子的信仰》，亨利·贝斯顿的《遥远的房屋》，等等；她也喜欢一切花鸟虫草的图谱，手绘本就更爱不释手了，比如雷杜德的植物图谱系列。

她回忆说："可一书店开办于1997年，开书店的初衷源自喜欢书，那时候，心思很单纯，看书，选书，推荐书，卖书，是我每天的工作。后来事情做得多了，待在书店的时间相对少了一些，每周去书店一两次。在工作之中遇见好书，下班时还是会随手带回来。女儿和老公平常看的书，大多数是我这样带回来的。他们总会说：最近没有书看了，记得带几本回来。”

因为女儿喜欢文学、艺术，女儿看的书钱晓征大多也要翻翻，便于跟她交流。“一些经典文学类书籍，这些年陪着女儿再重读。”“跟工作有关的，大多是艺术类的图书，除了必须读的史论类鉴定书籍，我个人更喜欢像《画商日记》《画家生涯》这类属于艺术史补充性的图书，有个人视角和历史细节。”实体书店逐渐在消失，但钱晓征说：“开书店是我最初的理想，这些年经历了市场的各种艰难，依旧喜欢书店，所以，书店会继续开下去。”

钱晓征的女儿毛可一是中央美院的学生。从她两岁开始，钱晓征就每年带她一起旅游。“我们每年的旅游只关注‘文化风景’，即跟历史文化有关的风景。这些年，我们还几乎走遍了主要城市的博物馆，看文物。去年暑假，我和女儿去美国，近一个月时间，我们都泡在博物馆里，甚至没有去看自由女神像。”

为什么要看那么多博物馆？钱晓征有自己的想法。“我经营画廊十七年，逛博物馆也是自我再学习的过程。这让我总结出一个经验，艺术教育离不开视觉经验的积累，就是要多看好的作品。陈列在博物馆里的东西，那是祖先留给我们的财富。要超越传统，首先得知道传统是什么样的。”

不过，已经出版了两本影响收藏界的《画家与画廊》的她，还是希望能够将写作坚持下去。她说：“文字是自我表达的一个通道。写作可以让我从繁琐的事务性工作中沉静下来，不至于因为工作的喧闹而变得浮躁。”

钱晓征希望能一直工作到老。她说：“当然，这个工作必须是我喜欢的事情，比如书店、画廊。工作对我而言，是一种责任，生而为人总要做点什么吧，这是一种义务。我觉得，现在的我，工作更是一种修炼，一种体悟。在工作中，体悟生命，修炼生命，让自己的人生更丰富一些。”

熊斌故居：兵戎幻境，梦里梧桐

第一次来到颐和公馆，我只想找寻我的画。

那年秋天，我收到一份邀约，要我为一家精品酒店画一组旗袍画。起初不太有把握，因为旗袍花色繁复细致，那些图片上的漂亮女人也面孔模糊，我不能确定自己能否画好。于是开始试着用水彩画，韵味尚可，但毕竟没什么经验。等到换了毛笔，我忽然找到了感觉。从天青色上的白色团花到格子棉袍，从粉色上的竹子与梅花到素净条纹，再到最后的烟花灿烂，层林尽染……从面料的变化到腰身的凸显，从隐忍贤淑、文静清纯到性格鲜明、自信大胆，旗袍从一个特殊的视角，讲述了从上世纪二三十年代一直到六七十年代，这五十年间女性的成长史。待最后描眉画目，勾唇点彩，眼见那些女子一个个袅袅婷婷，从时间长廊的深处款款而来，好像一个个真的鲜活起来，有了姓名、性格、相貌、才华与命运……所以要送走她们的前一天晚上，竟有些舍不得，在灯下与她们交谈、合影许久。

数月后，我来到颐和公馆参加一个“建筑与文化”主题的会议。此前，对于颐和公馆区，我的了解仅限于文学作品。在南京著名作家叶兆言的笔下，当年的颐和路公馆区是神秘的迷宫一样的所在——

“……最蔚为大观的是官僚们的私宅。由于城南已经处于饱和状态，民国的官员们要想称心如意地盖房子，只有到城北去大显身手。当年的山西路颐和路一带，被辟为新住宅区，一栋栋新颖别致的小洋楼拔地而起。这些美丽的小洋楼中西合璧，基本上都是由那些留洋归国的工程师设计的，风格多样，有欧美式的，也有东洋式的。在欧美风格中，又有北欧和西欧之分。一座座小洋楼使得这一带道路纵横，以极不规则的方式交叉拐弯，结果这一带变得像迷宫一样复杂。许多人即使到了今天，仍然会在这里晕头转向……”

深秋寒凉，进了门还是有些讶异。绿色草坪，散落的民国小楼，曲折的过道，精致的细节与恰到好处的距离，那种含蓄合度，从容地相望与转折，带给我小说或电影一样的陌生感与故事性。直至在天台上品味下午茶时，眺望不远处教堂的十字架，恍若重回民国，那个中西文化碰撞交织，灵感勃发、大师辈出的年代。可对于陈布雷故居、薛岳故居的走访，又让人产生对那个风云诡谲、动荡不安的时代的忧虑。

参与过杭州著名的法云安缦项目的设计师张光德担任了颐和公馆的主案设计师，关于民国公馆区的再造，在事后接受我采访的时候，他有着这样的表述：“民国时期特有的时代背景给了我们绝佳的机会采用折中主义的设计手法最大限度地接近那个时代的气息，把东方的、西方的，或是新的、旧的元素加以提炼运用。细细观察，你会发现两层玻璃（工业时代的产物）之间夹着非常传统的竹帘，天青瓷板上有新艺术图案重组，基于爱琳·格瑞经典设计的漆雕花板屏风上雕刻了金陵十景，以及在护墙木饰面上运用了中国传统木刻。它就像一个双面绣，你可以从两面（相反的视角）观看，发现同一根线的来回穿刺，体会到完全不同的感观。”

修缮的妥帖，细节的用心，内外环境的精当温煦，的确让人在适度的回归之中长舒一口气：风云已散，我等喝茶去。

当时，我的画还在装裱中。而确定的是，她们将被安置在梦桐墅，一个零点餐厅。国学大师唐圭璋曾作《梦桐词》《梦桐词话》，梦桐墅的名称正来自这里：

> 火冷沉香深掩户。梧叶纷纷，零落归何处。盼到团栾今又误。卷帘不见银河路。梦里凌波疑洛浦。休说他生，说也无凭据。挑尽孤灯孤雁诉。莲心不抵人心苦。

唐先生以凄婉的词句自述身世，更名为“梦桐墅”的这幢别墅的主人，如果无意间读到这首《蝶恋花·拟小山》，怕也心有戚戚焉。

在颐和公馆每个房间都有一册的《第十二片区公馆碎影》书中，我们能了解到的熊斌履历多枝干而少情节。在他的政治生涯中，最为各种教科书重视的只是——1933年前后，国民政府与日本军国主义签订了多个丧权辱国的条约，其中有著名的《塘沽协定》，而熊斌正是当时的中方首席代表。这就是能够进入历史书的熊斌的踪迹。

而作为个体的熊斌，到底是个什么样的人呢？

出于某种好奇，通过熊斌同乡整理的资料以及熊斌本人的回忆录，我渐渐触摸到了个体生命的温度。

熊斌1894年春天出生，双鱼座。祖父是清末进士。熊斌六岁的时候就随祖母一起赴广西永康州，因为祖父在那里任知州。因为十八岁才有资格报名，十五岁的熊斌虚报三岁，考进“广西陆军干部学堂”，后又入陆军讲武堂。作为年龄小又有文化的学员，熊斌经常为目不识丁的老大哥们读写书信，并成为义务书记员。

毕业后不久，熊斌参加了辛亥革命，曾接触过孙中山、黄兴等，深得他们的信任。1924年他参加了冯玉祥的北京政变，后成为冯的骨干和心腹。1927年，他还被冯玉祥派到南京，担任国民革命军总部上将高级参谋。其间，冯玉祥与蒋介石数次分合，熊斌在其中起到协调作用。然而，中原大战失败后，熊斌一度逃到日本，归国之后归靠蒋介石，但与冯玉祥仍保持了旧部的情谊。

1933年，熊斌任参谋本部总务厅厅长。同年5月30日，熊斌作为首席代表与冈村宁次在塘沽正式谈判，并遵照上级指示，签订《塘沽协定》。该协定默认了日本帝国主义侵占东北三省和热河的“合法”性，并承认冀东为“非武装区”，中国不能在那里驻扎军队，而日本可在那里自由行动。协定签订后，立刻遭到全国军民和舆论界的强烈反对。冯玉祥曾写了一首打油诗嘲笑熊斌，诗文是：“英熊原来不英雄，曾随司令用大兵，革命失败多懊丧，文官参事到南京。”

差不多正在此时，他入住颐和公馆区，由于家庭人口众多，先后于1934年、1937年在这里购建了相邻的两幢小楼，一共有四十四间房。

1941年熊斌任陕西省政府主席。1945年，他又担任北平市市长。在同僚们的记忆中，熊斌“沉默寡言，深思远算”，他用人重才能，不搞帮派，老成稳健。但由于对“拥蒋反共”不表积极态度，加上被卷入派系斗争，他于1946年底被解职。1947年夏，全国内战开始，熊斌无官一身轻，趁此机会回乡小住，与家人享天伦之乐。

1949年，熊斌经上海去台湾。1952年10月退役，1957年2月任台湾地区金融监管机构顾问。

晚年的熊斌思念故土与亲人，曾在回忆录中这样总结自己：“忆自辛亥参加革命，服务国家，忽忽四十余年，无论从军从政莫不公忠勤洁，了无愧怍。”1964年他在台北病逝，终年七十岁。著有《六十年自述》《三十年回忆》《暮年回忆》等。

有意思的是，熊斌的儿子熊健与傅作义的长女傅冬菊、蒋介石幕僚陈布雷的女儿陈琏等一样，都是身份特殊的中共地下党员。在哥哥熊健的影响下，妹妹熊琦华也参加了革命并留在了北京……

了解了熊斌的故事，竟一时感慨。对于公众史而言，个人的认真常常沦为荒唐的无用功，即使简单的服从，自己的姓名也可能被钉上历史的耻辱柱。在熊斌的晚年记忆中，恐怕也只能是——兵戎生涯，皆为匆匆幻境；平静安乐，只余梦里梧桐。

过了些时日，我终于在梦桐墅的二楼见到了我的画——一组不同年代的旗袍六姐妹。她们已端立在画框之中，阳光透过百叶窗打到她们身上，我曾描摹过的眼神，隔了岁月的迷雾而变得有些陌生，仿佛她们不再是由我本人亲手打造，而是本来就属于这里。餐厅的服务员略显惊奇地对我说："这是你画的吗？我最喜欢这个姑娘呢！"她指的是那位粉衫紫裙的女学生。当年，有没有这样装扮的一位姑娘，作为熊斌女儿的同学出入过这幢小楼，谁知道呢。

几年前的春天，偶有机缘，我入住颐和公馆。从夜色温柔到明亮清晨，宛若进入一段舒缓的旋律，歌声若隐若现，在中音区徘徊。在软塌塌的洁白被褥之中，连睡眠都在半梦半醒之间。房间里有一封给我的信，虽然那只是酒店管家给客人的一张叮咛卡，却仿佛将一切按了延迟键，时光倒流。这一夜，我梦回民国。

而早晨的餐厅就设在黄墙红顶的梦桐墅，小馄饨、酸奶麦片、羊角面包、水果色拉、红茶……中西合璧的早餐，在旗袍六姐妹的目光陪伴下，有一种特别的滋味。而窗外小雨起，告别梦桐墅，告别颐和公馆的时间也快到了。

梧桐深处，夹着几把红色油纸伞的酒店管家奔跑而来，这位白衣姑娘生怕我们淋了雨，却浑然不觉，自己已奔跑在历史的画面之中。

在“猪栏”安置我们的乡愁

全球建筑界最高奖普利兹克奖获得者——中国籍建筑师王澍曾经表示：中国的城市已经面目全非了，只有在农村，我们还有自己的建筑和美丽简单的生活。所以从中国建筑创作的角度讲，目前只能“用农村教育城市”，农村是传统文化最后的希望。

从这个角度而言，诗人郑小光和寒玉早已提前实践了王澍的理想。

2004年，早年就是成名校园诗人的郑小光夫妇在上海做生意已小有成就，但他们还是放弃了海派城市的一切，来到黟县，过上了田园生活。

他们首先在皖南著名的旅游景区西递花十五万买下了一栋明代的老宅，并花了六十多万慢慢装修，改造成一个供朋友使用的小酒吧和客栈。因为买的时候房子没有住人，而是被用来养猪和堆放杂物，有即兴灵感的诗人夫妇干脆将之命名为“猪栏酒吧”。后来，来的客人越来越多，“猪栏”也开始对外开放。

2006年，郑小光又在不远的碧山村花四十万买下一栋更大的清代老宅，用两年时间，花费两百万资金，精心改造成“猪栏酒吧”二期。

郑小光夫妇本来想法简单，只想着诗意的栖居：“人到底要怎样活着才是最好的，最自在的？我认为我们放弃一些东西，很值得。不过村民有些不理解，认为我们开客栈就是为了赚钱，但其实要赚钱在外面赚得更多。”

“猪栏酒吧”二期更幽深隐秘，也吸引了不少文艺圈名流，这对夫妇早年的诗友——跨界艺术家欧宁和左靖更把他们关于知识分子返乡的“碧山共同体”理想安放在了这里。

其实，在这些知识分子来到碧山之前，村上人，尤其是年轻人，早就厌倦了老宅生活，经常是赚了一点钱，就毫不犹豫地拆掉老宅，建新房子。

村上有个退休教师叫姚立兰，他一直致力于本地民宅保护，他曾精心手绘了碧山老宅分布图。而今，他又成了将老房子卖给这些城里来的知识分子的中介，因为姚老发现，“购买也是一种保护”。

美国《纽约时报》、Discovery频道，法国《费加罗杂志》，中国台湾东森电视台，中央电视台二套、四套，都曾经采访过郑小光、寒玉夫妇，“猪栏”也成为旅游攻略书上的一个地标。乃至主演《布拉格之恋》《蓝白红三部曲之蓝》《浓情巧克力》的法国影星朱丽叶·比诺什也曾带着女儿在这里小住。有的外国客人甚至在这里举办婚礼，而所有的外事工作都由英文词汇量不超过五十个的郑小光主持。

复旦大学教授吕新雨说：“如果我们连乡愁都没有了，那么在精神上就赤贫了。”

这里碧山山青，漳河水清，稻田如梦，云门塔秀美，也是电影《小花》《喜盈门》的取景地。在“猪栏”的柔软时光里，正好安置我们的乡愁。

躲雨

世上总有一些人，时间遇到他们，就会慢下来，恢复本该有的悠悠节奏。

不过他们隐蔽性比较强。当他（她）在你身边的时候，你未必能够察觉。

那天下午，我们在“猪栏”三期的屋子里躲雨。那棵大树远远就能看到，标志性极强，可走进院子之后，却忘记找寻它。我忙着拍布店、地上的西瓜、雨后的瓦片与稻田、瘦小的向日葵、红砖与杂物间湿淋淋的石像，甚至路上一条被完全压扁的小蛇。回溯到先前，几个朋友搭车走后，我落到了最后，依旧慢吞吞地走着，手上还拿着安琪塞给我的狗尾巴草。摁下一张前面步行者的背影时，狗尾巴草晃动在相机前，成像上竟有了一道朦胧的“彩虹”。

文森特、朴尔敏一直在和郑小光聊天。诗人小光的眉宇间有些疲惫，一直忙着装修、接待客人，介绍相似的情况，总归有些厌倦吧。文森特招呼我坐下来。我坐了几分钟又站起来东走西走，只听到郑提到了几个我认识的艺术家的名字。当时，我压根没想要和他交谈，甚至没有拍一张他的照片。记得他说，春天的时候，大家可以在这里喝“菜花咖啡”。

那个下午，我们一直在大树下的老油厂躲雨，直到雨变小，有人说饿了。

夜转折

“猪栏”的完整名称叫：猪栏酒吧乡村客栈。一期在西递，二期和三期都在碧山（碧阳镇）。去前看过一些照片，以为只是一个收拾得比较有地方特色的客舍。

在微博上看过描述，关于“猪栏”主人在老屋修缮上的精细与用心，来了才发现不仅如此。还有审美上的低调温柔和态度上的真正闲适，最后形成空间布局和细节设置上的妥帖柔软，令人安心。有的人文字秀丽，生活态度是生硬的。郑小光与寒玉不是这样，那大概是因为，对乡村老屋、一砖一瓦、木窗棉布……他们心里真的有爱。

天台的椅子上有积雨，有人玩了一会儿吉他。墙上的诗句有的字不好认。半个下午很易消磨，很快阿姨在喊：“开饭啦！”

中途上楼，拿了充电的手机下来，忽然发现形势大变。快要被灌醉的小徐不知从哪儿“搬来”两个中年女人和两个少女，端着酒杯，其中一个红了脸，眼神迷离，笑嘻嘻的，明显已经喝高了。

原来，她们是“猪栏”的另一桌客人，一共就两桌。尚清醒的女人说："我女儿和她同学来支教，我们是来看她们的。"她还指着微醺的女人说："她先生可是第一个在戛纳得编剧奖的中国编剧！"我追问道："是哪部电影得的编剧奖？""……"

"等等！"文森特忽然倾身发问，"你不是我同学某某的夫人吧？""正是！"这么巧！一时间话题、目标、气氛全都变了。

夜深到楼上继续喝茶的时候，我们邂逅了壁虎、蛾子与在灯下徘徊很久的蝴蝶。可爱地陷落在自己究竟是"同学的夫人"还是"夫人的同学"的迷宫里，编剧夫人给我们看了她来碧山后的许多照片，残荷、女人。她还单独给我看了一段暴风雨、闪电之中的村庄的视频，不停地问我："美吧？"

支教少女

碧山的夜晚格外静谧，虽然雨后的夜空没有传说中的满天星斗。

回到房间，发现一只黑瓢虫正伏在米黄色的床单上一动不动。轻轻地，用餐巾纸裹起它，把它送到门外，松手时，它扇动翅膀飞走了。再回来，又看到一只小蜘蛛伏在墙纸的红果图案上。想了想没去惊动它，然后一下子就睡着了。

这一觉睡了六小时，一点到七点，直到木缝中透过的强烈阳光唤醒我。

漱洗完毕出去一看，都是阿姨们在忙，打扫，收拾，烧早饭。同伴们静悄悄的，一个都没起来。我去了楼顶，又逛了逛院子，最后在堂屋的竹椅上坐下来，拍了拍那些旧水瓶壳。还看了几眼那些字画，据说里面有翁同龢的真迹。

门铃声忽然响了，村上的三个孩子走进来。两个大点的女孩，一个桃子头男孩。前一天认识的支教少女赵玫瑰（暂且这么叫，她的微博名字叫Rose_Zhao）从一楼左侧的房间里出来了。她说，因为自己怕狗，这几个孩子每天护送她去上课。后来她妈妈补充告诉我，特别是那个小男孩，一路上“披荆斩棘”帮着开路。

“要不要拍照？”我问他们。小男孩有些羞赧，眼神却流露出兴趣。我就给他们拍了几张，玫瑰也加入进来。

碧山计划

正是这样几张照片，后来被“碧山计划”关注，由此我了解了藏在这个小山村背后的故事。

欧宁和左靖在安徽省黟县碧阳镇碧山村创建的“碧山共同体”，源自对农业传统消失的忧虑和对过度城市化的批判立场，它是一个关于知识分子离城返乡，回归历史，承接本世纪初以来的乡村建设事业，在农村地区展开共同生活，践行互助精神，以各种方式为农村政治、经济和文化奉献才智，重新赋予农村活力，再造农业故乡的构思。

欧宁是跨界艺术家，与诗人、小说家韩东等人来往密切。我有幸听过他关于平面设计的讲座。

这几个人之间的关系也很有意思。郑小光是左靖的老师，寒玉是左靖的诗友，而左靖和寒玉又都是欧宁在中学时代就通信的诗友。总之他们之间的媒介是诗歌。

因为“猪栏”，欧宁注意到了碧山，让他有了“碧山共同体”的想法，乃至才有了“碧山丰年庆”等系列活动。参与的艺术家中，我看到了朱哲琴的名字，还看到了南京画家汤国的名字。难怪碧山让人不敢轻易评价。

重返

汽车驶离云门塔的时候，我请求停下来看一下。朴尔敏和我一起下车。我们四下看看拍拍，因为相机镜头的局限，我带着一点遗憾离开了这里，一起去秀里。

秀里木匠（张艺谋的御用美工，他将多处老房子整体搬迁到了秀里）的故事听上去挺动人的。可是，也许需要一个夜，也许需要一场雨，艳阳下的秀里还是和别处圈起售票的景点类似，我还是闻到了一模一样的“影视基地”的味道。

午饭确定在碧阳镇的泰来农庄。所以仅仅两个小时之后，我们又重返碧山。在泰来的天台上，看到了这个镇子的全景。泰来的洪老板还指给我们看一个祠堂的方位，最终决定带我们过去看看。

踏进这个祠堂的一刻，许多只蝙蝠尖叫着四下飞去，地上到处都是厚密的黑黑白白香灰一样的东西。洪老板说，这是蝙蝠屎。大家一时静默。

祠堂里的格局严肃，天空高远，还有如“夜航船”一样四散远去的蝙蝠。不免遐想了下此处今后可能的用途（后来这里变成了先锋书店的碧山书局）。老房子的确有脾气，有秉性，有神灵，与它们相处，需要有敬畏之心。

在泰来还遇到了这个镇的余书记，语速慢，看上去是个读过书的人。他说，不打算学宏村或西递，不打算围起来收门票，这里会以另外的方式建设……

我们爱着旧光阴

一位叫“青青”的文青，在去了江对岸的“桐月春至”旧货店后，在博客中写道：

如果有一天，你到南京来看我……我要带着你，避开新街口拥挤的人潮，远离1912街区迷离的灯红酒绿，一路顶着梧桐树斑驳的光影，慢慢走到中山北路寂寥的尽头。抬头一看，就是这里，中山码头——对，我们去坐船。

江风尚未吹乱发梢，浦口码头便到了……

出得火车站，沿着梧桐树荫一路漫步……一直走到大马路七号，在“桐月春至”的小小圆招牌前停下脚步。抬头一看，门楼上有一句话：我们爱着旧光阴。这是一家特别的杂货铺……儿时熟悉的家常物件，陌生人的日记本老照片，民国时期稀奇古怪却精巧实用的器物……它们和我们亲身经历过的旧日时光一样，真实存在，温暖瓷实。那么，就在这里消磨一段光阴吧。在这里喝茶、聊天，拍照、画画，看着老电话发呆，翻几页旧书，捣鼓几个奇妙的物件。如果碰巧遇到老万，还可以聊一聊旧东西。与旧光阴相关的时间，怎样都是缓慢而美好的……

这里说到的“老万”叫万俊。开着这家小店，却经常对顾客说：“不卖。”因为必须有重复的他才愿意出手，甚至有的有一对也不愿意转让，因为“这必须是一对儿”。他同时还做着策展人。他策划的展览，旧日气息扑面而来，你小时候迷恋过的饼干桶、旧玩具，甚至那些老的碗儿、盘儿、碟儿……居然也能瞬时打动人们的心。

他还有自己的一套“旧物美学”，认为“旧光阴里的物充满了智慧和灵性”，记载了时代和日常生活的密码。关于旧物的命运，他也有自己的一套演绎：“旧物的使用，是旧物命运的初级阶段；借鉴旧物的制作法和参考样式是第二阶段；旧物传递出来的时代特征，具有一定文献价值，这是旧物的最高价值。旧物使用和保存不能因为是要迎合时尚，而要因为你读懂旧物本身的实用和美学价值，结合你的生活方式做最自然的嫁接才好。”

一度在上海工作的老万，因为那里的房价太高，在南京的桥北买了自己的第一套房子，有两室一厅。他去浦口的旧木市场买门重新改装，去花鸟市场买瓷花盆做洗脸池，家里装了工厂才会用的矿灯，水泥地全用地坪漆，而不用地板和瓷砖，客厅里全打了书架，从地到顶，把在南京几年买的书和

CD全部归了类。老万说：“这样的装修，满足了我对极简装修的愿望，同时也尝试了旧物融合改造，大大降低了装修的成本，这让我很有成就感。”

后来想买第二套房子，老万想转手这套房子。中介公司都说他的房子没有装修，只能按照毛坯房出售。可是有一天来了一个画家，看到这套房子之后立刻决定购买。中介公司说：“这样的准毛坯房你也要，之前看的那家全装修，你都不要了？”画家说：“我就要这样装修的房子！”说起这段往事，老万觉得有点好笑：“中介出门时还说，这样的房子还有人要，你们真是奇怪。”

毕竟还是有一些恋着旧光阴的同道人。

与拥有南京许多老物件的收藏家高松结识之后，老万的视野和思路更开阔了。因为他俩经常在一起探讨旧物中的美，他们说起来一套一套的：“任何学科和门类都能寻找到自身的脉络，旧物的美学是基于物本身的制造工艺、材质，以及给人们带来的丰富的美的想象空间和可能性。”

至于老万守着的小店，为什么叫“桐月春至”，像台湾诗歌，又像韩剧，老万自有一番说道：“桐月是三月份的别称，三月份刚好春天来到。‘桐月春至’为三月春天来的意思。我的八字之中缺木，桐字刚好补了命中缺木，我的收集多数为家具类，桐木还可做古琴、琵琶、绷床边子……春天来时万物开始生长，我本姓万，借这样的谚语，寓意我的事业如春天一般富有勃勃生机。连读起来，就是桐月春至万物生。”

老万不老，也才三十几岁。不过他回溯起记忆来像个老人，蔓延铺陈，带着当时的细节和味道。听了他的故事你会明白，旧物里封存的是过去，也是他的今天和未来。记忆是契机，是动力，也是成长与成就的理由。

与老万有过一些有趣的对话。

罗拉拉：你生长在一个什么样的地方和怎样的家庭？童年记忆对你后来的生活态度产生了怎样的影响？

万俊：我出生在安徽滁河边上一个叫赤镇的小镇，这个地方盛产腌制咸蛋的红砂。我家住在下码头。我记得小时候，父亲在粮站做搬运工，母亲在镇上的机械厂做车床工。我时常尾随父亲，从跳板上船。颤颤悠悠地走过跳板，变成了我童年最好的游戏之一。有时候会到农具厂，看妈妈的同事翻砂铸造农具器械，我也用剩余的铁水做过小小的模型。如果现在我喜欢动手改造点什么，一定是童年玩翻砂种下的种子。

下码头有很多过去的老牌店，锅贴店、供销社、邮局、杂货铺、酱油坊，还有在四合院里的幼儿园。小时候我在院子里上的幼儿园，那里有着绿色的小板凳。现在我还收了一些小板凳，多数都是绿色。

爷爷先是镇上派出所的所长。小时候有几次和爷爷一起睡，还偷偷看过压在枕头下的真手枪。后来爷爷成为镇上的党委书记，我们家就此住进了镇政府的大院。爷爷读过私塾，有着过去的旧学底子，保持着一些旧文人的传统，写字用毛笔，走路姿势端正，说话不卑不亢。

下码头的青石板路不长，街的开头就有两家比邻的早点店。依稀记得是三进的大房子，前面是店铺，中间是桌椅，后面是工作坊和仓库。房顶铺着小瓦，在三进的屋顶上，都开了玻璃的天窗，天亮之后，就有自然光从天窗照射进来。

第一家店主姓杜，他家以锅贴主打，另一家以油煎包子出名。我两家店都要转悠，拿杜家的碗，站在另外一家的煎锅前等油煎包子起锅。

在南京喜欢去老城南拍照，现在想起来，这和童年生活的环境一定有着隐性的关联。在浦口我的小店边上，有着类似我们记忆里的早点店。只要有时间，我都会去那里吃早饭，隐约中一定有对童年早餐的怀念。

罗拉拉：吹笛子，写诗，唱歌……讲一下这些经历吧，这些会对你的人生态度产生影响吗？

万俊：我上学的时候不是个好学生，喜欢唱流行歌，把“四大天王”的歌词抄满了小笔记本。家对门的田家老三，跟湾牛村的刘师傅学了吹笛子，每天在我家对面吹老歌。我时常会去串门，一根竹子能发出声音，让我激动不已。

欧阳老师在校园里开了小卖部，小卖部什么都有，有大仲马的小说《基督山伯爵》。有一天竟然有了笛子在售卖，我使尽全身力气和家人拼了，要了零花钱，飞奔去买了笛子。

父亲此时已是镇上唯一的个体客运司机了，我们家是镇上当时为数不多的万元户。每天早晨出车营运比较早，母亲是售票员，无法及时给我和弟弟做早饭。所以我们两人都可以得到一元的早饭钱。我会省下早饭钱买书。

欧阳老师在学校教书又开小卖部的同时，还组织街上为数不多的文学老青年，成立了一个诗社。

机械厂的王会计租住在我家的小房子里。在一个夏日夜晚，我在他的单身宿舍里，看到了一本油印的诗集。我感叹我家的租客怎么会写书本里才有的诗歌。初中时我已经知道了顾城、北岛、海子、骆一禾与朦胧诗歌。后来在县城最著名的一家杂志摊位上，看到了四川出的《星星诗刊》、北京出的《诗刊》、合肥出的《诗歌报》……

有一次，我试着跟我爸说，我要学唱歌，中专考艺术学校。我爸说："我从来没听你唱过歌，你考什么艺校？"

不久后的一天，我爸忽然说："明天带你去滁州，你不是要考艺校吗？"到现在我都记得我的声乐第一节课，就在一间大大的排练厅里。我从一个小镇的少年，走进了艺校的大门。

后来有一天，睡我上铺的长发男生对我说，摇滚乐精神就是要叛逆。这句话是最大的"祸根"，直到现在依旧在某种决断时指使着我的行为和思想。

罗拉拉：你从安徽艺校毕业后回到家乡，当了几年小学音乐教师，后来考上南艺，又回到家乡，据说还得过歌唱比赛冠军，但还是离开了。说说这两个"来回"。

万俊：在香港回归之前，我们毕业了。潘老师说："万俊你想不想去滁州市歌舞团，你的专业成绩不错的，叫你爸回来，稍微活动下。"后来我父亲没有回来，我也不太坚定要去歌舞团，于是我便离开了艺校回到了家。

1997年前后，全国风靡传销，我的父亲是其中的一分子。我也受到远方的一个不熟悉的同学邀请去了湖南。朋友说湖南酒吧要歌手，你可以来唱歌，收入奇高。我向我妈要了钱，背了吉他去了湖南，有流浪的感觉。

去了才知道，不是让我唱歌，而是让我做传销。

家里的二叔去找了县里得力的人，安排我顺利进入了公办的教师队伍，主教音乐。我从南方回来最大的收获，就是留了披肩的长发。在校长多次劝导下，我剃短了头发，这仿佛灭了我流浪的梦想。

三年后，我去合肥安徽大学艺术学院找过我的大学同学。我在他的琴房里唱了歌，明显底气不足。

我意识到自己不想一辈子教书。在思索一番之后，我觉得再读书是我最好的出走方式。教书那几年我毫无积蓄，当时连学费都无下落。开学了，我在上了一天班之后，偷偷背着包离开了老家，来到南京。我找了在河海大学读研究生的表叔借了一千五百元，在南艺音乐厅报名处交完学费，身上只剩下了一百多块。我用这点钱，开启了我在南京十多年的生活。

罗拉拉：你离开老家去上海，甚至做过游鸿明的经纪人。据说你住处附近有一处跳蚤市场，你在那里发现了什么？

万俊：2003年我南艺大专毕业，又一次没有找到合适的工作。我在老家看报纸，看到南京一家演艺经纪公司招人，我下午就来到南京应聘，在河西找了一处农民的房子住下。于是我底薪六百元的演艺经纪人工作开始了。

这样的工作一直持续到2005年，后来有机会到了上海，新加盟的经纪公司刚好签下了游鸿明在大陆商业演出的授权，于是我便做了游鸿明在大陆商业演出的接洽工作。业余时间我喜欢在上海的弄堂里转悠，也买了数码相机，一边转一边拍上海街景。当时我租住在彭浦新村，在我租的房子楼下，每逢周末就有一个不大的跳蚤市场。我记得有一次有个老奶奶带了她家的生活日用品来卖，其中有一个竹编壳的水瓶很吸引我，我花了五块钱买了下来。这应该是我买的第一件老物件。

罗拉拉：你按照怎样的线索或主题搜集旧物？你从那些全家福、日记本、发票等物件当中，感受和了解到了什么？

万俊：2005年正式开始收集旧物时，是没有线索和主题分类的。我一直说我之前的收集，是学习的初级阶段，渴望了解旧物和古董之间的区别，以及珍贵和普通之间的差异。现在我仓库里的物品种类非常多，不像专项的收藏家，而是只根据自己喜好的种类，一直收集下去。

在收集了大量各门类物品之后，有一天我开始归类这些物品。在同一门类中就有不同的风格与制作工艺，比如你能发现笔记本的封面，就有无数种不重复，各个时代的痕迹在一个笔记本的封面上都能呈现。

老照片最能体现每代人的着装风格、生活水平，还有过去的照相技术，以及政治主题。集聚多了之后，其中贯穿时代的发展线索就清晰可辨了。发票的内容也全景地体现了过去人的日常生活以及当时的物价标准。

罗拉拉：说说你与收藏家高松的相遇与感受。他的收藏加入你的“旧物大军”，让你的收藏规模达到什么程度？

万俊：从上海回来之后，我去了一家广告策划公司上班。一天我在一本杂志上看到一篇关于高松收集老物件的报道，我在办公室说，我也挺喜欢这些东西的。当时我的经理说：“杂志上的高松我认识，你要是喜欢这些，下次介绍你们认识。”

不过几天，我的领导就约了高松，也叫上了我，一起在新街口一家饭店吃晚饭。我和高松很快就聊开了，一直聊到吃饭结束，我们俩直接把介绍人晾在了一边。后来熟悉后，我们三人还说笑，要是介绍男女朋友，那天晚上的安排就是成功的相亲。

我和高松老师之后一直都在探讨旧物里的美和感动，以及对旧物和历史痕迹消失的惋惜，都希望能通过自己的微薄之力做些什么。

2007年认识高松老师之后，我开始真正自觉地收集旧物，之前的收集只是初浅和小量的。开始我对南京各个旧物的网点不是很熟悉，高松老师时常会带着我去，也教了我很多行内的术语、辨认方法。由高松老师发起的“南京城市记忆”，我也是首批参加的会员。我们利用周末，对南京进行地毯式拍记，这样以周为单位的活动，现在还在持续。

这些旧物也是在每周的交易市场慢慢积累的，先是放在家里，家里很快就满了，就在小区内又租了套房放小件，之后又租了物业的空房子放椅子和皮箱，再后来又租了好朋友在开发区的仓库堆放大家具。现在又在浦口租了一间带院子的房子进行整理修复。高松老师离开南京之后，把部分物品堆放在这些仓库里。如果全部搬运的话，至少三十卡车以上。

罗拉拉：你觉得你对旧物是真爱吗？有没有想过你到底喜欢其中的什么？

万俊：爱旧物，不仅是爱旧物本身，更多是爱着旧物背后的故事。爱旧物，有时是惊叹制作旧物的精湛工艺和材质，以及年久之后还能保存完好，或者一些岁月自然的损坏，会惊叹物本身的生命力。看到物的制作工艺，也感叹曾经的制作者或者艺术家，对物本身的揣摩和用心，使得旧光阴里的物充满了智慧和灵性。以古为鉴应该是古玩和旧物收藏最好的诠释。

旧光阴对比当下意味着过去，过去的岁月里，曾经有美好和悲欢在时间里穿梭。旧光阴也意味着静止，而静止的时间，一定包含许多故事。旧光阴代表我们曾经走过的岁月。它就像浓郁的树荫，某一区域有阴影，而走过这片又有了阳光。我们爱着旧光阴，不是停留在旧时光里不出来，而是像看一段风景一样回看曾经的某段旧光阴。

胡村光景

一直希望去胡村看一看，这个愿望从萌生到2011年9月10日实现，竟然拖了一年又十个月。国人一直有某种思维习惯，你说要写胡兰成，就认定你是胡的粉丝。你说要去胡村看看，又有人问，你真的对汉奸的老家感兴趣？仿佛人对人的感觉与兴趣，不是热爱迷恋就是憎恨嫌恶。而我对胡的关注，绝不在这样两极的任何一端。一时说不清楚，还是先去他的出生地看一看，追根溯源，总还是不会错的。

这次能成行，幸亏有虎牙，她是行动派，答应我的事，不要我催，反而来敦促我。还要谢谢罗家明同学，虽然上两次相约而未能成行，这次也依仗了他所提供的路线，以及两位联系人电话，是否用得上还在其次，总之让我们在出发前心中有了底。之前还给王一心老师打了电话，几年前他去过，可是他也忘记了具体路线，只说转了好几圈才找到。还说马路虽然不宽，但是足以过车，不是柏油路就是石子路，叫我们放心。

小拉怕完不成作业，临行前退却，MAY替补上，她认定跟我们走不会错。于是我、虎牙夫妇、MAY就这么上路了。

家明提供了两条线：南京—宁波—嵊州—三界—胡村，或者南京—绍兴—上虞—章镇—胡村。我根据网上的线索，判断从三界走需要过河，建议选择上虞路线，这和虎牙的先生设计的路线不谋而合。

顺利过上虞寻找章镇时，导航仪开始“脑子进水”，我们不得不下车问路。我和MAY同时发现，那个回答我们问题的骑自行车的小男孩，眼神相当灵动。渐近青山绿水，雾霭山岚，而当地人与我们言语不通，我说“胡村”，她说“侯村”……

果然绕了一大圈就看到了叠石村（据说当年胡村今已归叠石村）的路牌以及胡村的公共汽车站牌，一阵惊喜。叠石村村口正在修牌坊，进去不久，看见村委会、“大会堂”与豪华公厕，大家忙着拍照、方便，我去问路。找了一位老人，问及胡兰成、胡展奋（胡兰成侄孙），他完全听不懂，也不知道。一眼看见后面的瘦高个、格子短袖衫先生，再过去问。他一听就明白了，告诉我们，胡兰成老家在另一处，“一般人不知道”。

正当我们启动汽车准备改道时，那人忽然敲窗问：“要不要我送你们去？”我们愣了一下赶紧挪位置：“请上车！”

后来才知道，瘦如细竹的先生正姓竹，叫竹万兴，是村上搞装潢的，平时在外面做生意，因为过中秋节，才回家与父母团聚。村口那个正在建的牌坊，就是他喊大家集资建的。有他带路，转眼就到了真的胡村。我和他走在前面，问他能不能帮我们打听，因为当地人似乎听不懂普通话，他一口答应。

胡村村口没啥标志，两棵紫薇树算是迎接。村上静悄悄的，沿途看到绿柚子、青葫芦、瘦伶伶的狗与抱孩子的妇女。天上飘起细雨，走进巷子里，开始听到动静，一户户人家大门敞开着，有人在摸纸牌，有人在打麻将。清脆的麻将声让我忽然想起张胡婚约里“岁月静好”四个字。那一瞬间的感觉，真是既安宁，又荒唐，又惆怅。看到第一个门牌号上横着写着桥墩村，竖着写着胡村，想起来在网上看到过，胡兰成老家在桥墩村十八号。

竹先生很快在一胡姓村民的指引下把我们带到胡兰成家的老屋，我看到二楼的雕花楼板，凝视了一会儿（我看过照片），确信我们找到了。门锁着，竹先生打听到屋主人在打麻将，安排人去喊。我们则开始观察，拍照。

老屋破损得很厉害了，胡家后人在旁边接盖了新房子，旧房子的一楼，和一般乡人一样，堆放着杂物与柴草。来了人帮我们开门，问他叫啥名字，与胡兰成是怎样的亲缘关系。回答说叫胡展奋……我一下子明白过来：“你就是胡展奋，你就是胡兰成的侄孙？我正要找你。”提到一些熟悉的人名，像对上接头暗号，胡展奋笑了。胡展奋告诉我，每个月至少会有三四拨人过来看一看，最多的时候来过三四十个人。旁边有人插话说：“你们再晚来一点，就要收门票了。”（其实刚到胡村村头，竹万兴就介绍说，胡村人曾打报告要求建故居，上头没批。）

或许是有人指点过，老屋墙上挂着的照片更新了一些，原来挂着的赵文瑄、刘若英《她从海上来》的剧照被替换掉了，变成了胡兰成所有子女的合影、胡兰成与第二任妻子全慧文的合影、青芸（胡兰成侄女，帮带大他所有的子女）的婚纱照、胡兰成在日本的照片等等，还有他的两幅书法的复印件（问及是不是真品，答曰当然是复制品，否则太值钱早被偷掉了）。书法的内容颇值得玩味，恰能体现胡的趣味：“臣门如市，臣心如水”，“自古江山如美人，虽然敬重圣贤，却是爱悦荡子”，还有胡兰成写给小儿子的亲笔信，等等。因为看过太多资料，我对这些人物了然于心，都能一一辨认出，而只对一位老太太的头像陌生。问胡展奋，答曰是胡兰成侄媳，也就是胡展奋的母亲辈吧。

楼梯已经有些摇晃了。楼上黑洞洞的，暗得厉害。MAY与虎牙夫妇忙着打开门窗，所有的物件都不那么牢靠，有再度损坏的可能。当年胡兰成与首任妻子——胡启的妈妈睡过的大床已经积满灰尘，屋里还留有箱子、秤等等。我的相机出了故障不能对焦，令我这个摄影爱好者暂时失业，虎牙夫妇忙前忙后拍照，我偶尔“夺权”一用。虎牙推窗一瞬，时光穿梭，玉凤不再。

胡氏祖屋参观完毕，我要求去胡兰成父亲胡秀铭发财时与乡绅们出资修建的桥上看一看。

胡秀铭虽被儿子称为“荡子”，也曾做了些好事，这石板桥便是其中一项。桥上可见远山、茶园、河边的栗子树，而小狗们跑来跑去，等待或者陪伴，全无攻击性。

本想再去全慧文的墓上看一看，胡展奋已经回去打麻将了，无人带路。乡人问我，是去第一个老婆的墓还是第二个老婆的。这才想起来胡的原配玉凤也葬在胡村。乡人说，坟一个一个找不容易，他们说的是玉凤的坟。全慧文在张胡婚姻（指张爱玲与胡兰成）中，也曾以患有精神病的前妻身份露过脸，张爱玲去上海胡家美丽园住处过夜时，全慧文还曾推开张暂时借住的房间门查看，相当于《简爱》里那个“阁楼上的疯女人”。而全慧文（广西百色人）最终以孩子母亲身份死于这个言语不通的村庄上，有说是病死，有说是自杀。她的坟其实是在单独一处的，还立有墓碑。天色渐晚，我不再坚持。

胡兰成在村上被称为“六叔公”，他1981年7月25日在日本福生市去世，至我们到访之日正好三十周年有余。要是他还活着，已经是一百零五岁了。《今生今世》第一章《桃花》的末尾处说道：

> 今我飘零已半生，但对小时的事只有思无恋，等将来时势太平了我亦不想回乡下去住，惟清明回去上坟是理当。胡村与我的童年虽好，譬如好吃的东西，已经吃过了即不可再讨添，且我今在绝国异域，亦与童年在胡村并非隔世，好马不吃回头草，倒不是因为负气。汉朝人的诗：“浮云蔽白日，游子不顾返。”我不但对于故乡是荡子，对于岁月亦是荡子。

胡兰成再未回到胡村，他今生今世是回不来了。倒是我们这些不相干的人，费了些周折寻访至此，在别人的故事里，我们印证了自己怎样的感悟？来不及深想，天快要黑了，我们将竹先生送回叠石村，又在青青的稻田边、栗子树旁流连了一会儿，就匆匆忙忙、头也不回地驱车钻进剡溪（古天姥山附近）的迷雾之中了。

长芦寺，遇见“本来面目”

这是一次关于“一日禅”的记忆。

初见

好的预感是经过那个坡道后的林荫间出现的，小青指指右手边说：“看，火车道！”

转眼已到了约定的太子山公园南门，一棵大树下蓝天、白云、村庄，好像指向乌有乡。

天气很好呢，阳光明亮而有风，灵动的感觉。

经过大雄宝殿去往禅堂。沿路有酢浆草与二月兰，入口处，玻璃瓶里一枝姿态野逸的杜鹃。

穿蓝布袍的三月儿头发往后梳着，她的面孔总令人安心。另一张桌上，整整齐齐码着几十只茶杯。“自己选一个，今天一直是你的。”她叮嘱道。这里也有玻璃瓶，插了两枝迎春，有一枝横斜悬垂着，我拿起仍搁在桌上的一枝想加进去，三月儿阻止道：“不用，加了就不好看了。”

站在门口往内看，蒲团、被褥外，主位后挂了一幅字——“本来面目”，僧侣书法特有的朴拙、内秀。落款是：妙求。

我心中一动。嗯，世事浮华，这一日，来求“本来面目”。

众人散坐，窗帘拉上。只有左侧窗子敞开着，树叶在风中闪闪烁烁。偶尔一两声鸟鸣，还有只是三月儿倒茶水的声音。妙求师父的声音就在这般安静中出现了，轻轻的，但绵延不断，几乎听不清楚，需要你专心倾听。他的面孔轮廓分明，双目深陷，时有微笑。僧袍的领子有些旧了，洗得发白。三月儿说，妙求师父是在去五台山行脚的途中折返主持一日禅的，今天晚上，他还要赶回去。

妙求说到长芦寺与梁武帝的故事，菩提达摩曾经来过。要你专注自己的呼与吸。还提问了一些人：“你觉得自己的心老了吗？”一半说老了，一半说还年轻。

没有问到我。我想回答：没有。

关注自己的呼吸，审视自己内心的过程中，我小睡了片刻。

有一种久违的舒坦。

午歇

用斋时，有人举着牌子，上书“止语”。

饭前，众僧与信徒们忽然唱起经来，诵经声悠扬。我和小青一起看着他们唱念的文字，我忽然泪水盈眶，赶紧低头掩饰。

斋饭很好吃啊。大半碗饭，大半碗菜，两勺菜汤，我吃得很干净。

出门遇到妙求师父也在，我悄悄问三月儿，师父是哪里人?

没曾想师父说要带我们去看大雄宝殿，并四处走走。他说："殿里有敦煌风格的壁画。"到了殿上，三人一组去拜，师父微笑着说："我去击磬，这个磬很好听。"

每一声敲击后余音袅袅，每次连击三下，磬声的确好听。

妙求走路敏捷，他带着我们去走山上土路。"后山的风景很好。"他说。但他并没有带我们去后山看风景，只是飞快地带我们将太子山公园走了一遭。

中途忽然来了一个小和尚请示妙求，关于"十五块木工板"的事。后来妙求告诉我，小和尚是国美（中国美术学院）美术专业的，来长芦寺画壁画。"画到一半就出家了，问他出家后还画不画了？他说，不画了，我就再去请国美其他学生画。"

路上我一直在提各种问题。小青抱歉道："师父原谅，她是记者。"师父说没事，也有别人找过来。"我说过没关系的，什么问题都可以提。"他补充道。

难怪他说话的尾音让我想到毕飞宇，师父也是东台人。本科在南京理工大学学的电子，曾在南瑞集团工作，后来觉得工作的前景可以看到头，又回去读硕士。再后来去东南大学改学微电子，读到博士，毕业后到上海工作。“空间狭窄，我不喜欢，有人建议当老师不错，我就又去南京航空航天大学当了一段时间老师。然后又回东大，跟着导师念博士后……”

“你多大出家的？”“三十五岁了。我出家比较晚。”“你哪一年到长芦寺？”“2010年。之前我在定山寺，珍珠泉那里的。”“呀，定山寺住持原来是我们《金陵晚报》的。”“那是我师父。就是师父让我来这里的。”“行脚住在哪里？”“住得有意思，有一次住在一条大河边。昨天我们住在长长一条田埂上。我们扎帐篷。”“你学的微电子与佛理通吗？”“也通也不通……”

“你读过胡兰成的《禅是一枝花》吗？”

“我有这本书，但我没读得下去，这本书给我印象不深。”

“那禅理公案的书你主要读哪些？”

“《指月录》《五灯会元》《景德传灯录》……”（我暗想，下次找来看看。）

…………

有一个问题一直忍着，眼看快要回禅堂，我终于说了：“你究竟为什么要出家啊？”

“各个视角的回答都可以有，但最重要的是，我喜欢当和尚。”他不经意笑道。

坐香

午后参禅，是由古琴开场的。

没用扩音设备的古琴音回到本色，同样需要你侧耳倾听。妙求还带领大家起身做了几个动作，印象最深的是用脚画圈。

然后一起去传统正规的禅堂。妙求说，中间是佛龛，两边打坐，有维那、监香带领，对面应该还坐着法师。男众在内、女众在外的转圈中，妙求扛着块木牌大步流星，引领着大家：“一个跟着一个，步子迈大。”他甩着僧袍的长袖疾步如飞，仿佛不在室内，还在野外的行脚途中。

“你可以双腿盘坐，也可以单盘，实在不行也可以双脚挂着。禅修主要修的是心。”妙求说。

第一次四十五分钟，第二次三十分钟。柱子上贴着副对子：照顾话头，念佛是谁。妙求解道，本来你活在当下，心里干干净净，没有啥欲求。但是各种诱惑来了，你有想法了，不知道在哪里了，这时候就要念佛修行，想想自己究竟是哪一个，回到本来的自己。如此再三。

大灯关闭，只有佛龛旁一盏小灯亮着。中途，不小心又打了个小盹的我被自己的歪斜惊醒。再悄悄看男众女众，安静，而姿态各异。闭目禅修的妙求面孔更显瘦削，是古画中开悟的僧人的模样。

“没有想到你能坐得住。”禅友们对我说。“小瞧我了吧？不过，昨天欠觉。今天有点打盹，下次再来一定睡足了，效果想必更好。”我解释道。

分享

还有一个分享会。妙求让大家围坐两圈，他没有坐在中心位置，而是与我们围坐在一起。“每个人合掌开始，只分享，别人不插话，也不争论，我们主要是需要倾听。”他说。

每个人都说了，声音缓慢、谦逊、真诚。当然，最精彩的故事来自最后分享的妙求。

“我以前是个什么样的人呢？我喜欢打篮球，也喜欢踢足球，但最喜欢的是喝酒。我有两个好兄弟，我们仨经常一起喝酒。有一个经常醉，有时候我也会醉。醉了之后很难受，就去BBS灌水。我也发誓下次再也不喝了，因为恢复往往需要一周。但是过后又会重复。”

“我开始去寺庙也简单，主要是为了戒酒。第一次到定山寺，发现有个禅堂，一去就很喜欢那里，当天就说，我不走了，就住这里。”

“师父说我们要成立佛学院，你要不要来呢？我说我自己没问题，就怕父母不同意。师父说，出家要等父母同意恐怕不可能。就好像你下水游泳之前，衣服放哪里都不合适。但你一旦下了水，就会发现其实衣服放在哪里都合适……”

“我开始想去五台山行脚是在第一年，我怕父母找我麻烦，就离开长芦寺去五台山，其实后来父母也找到五台山……后来其他人也想去，但没去过，我就带着一起走。我发了愿，三年走一次五台山，否则五年也走不成一回。”

“有些事情因缘际会，谁也解释不清。我出家，我父母开始不能接受，现在慢慢的也不是问题了。我哥哥之前成家多年没有孩子，我出家后，他们生了对龙凤胎，而且相当灵秀。”（说到这里，妙求眼里都是喜悦与慈爱。）

“我喜欢行脚，因为行脚像又一次出家，真正的出家。因为你在庙里，还得负责很多事务，但行脚是放下这一切再次出发。过去带个空钵子就去化缘了，现在一般早饭随缘，有就吃，没有就算。中午拿钱去买，晚上不吃。你没有任何其他想法，背着包走上一天又一天。走到五台山要一个月……”

“你上一次看到恒河多大？七岁。现在呢，老了，皮肤已经像鸡皮了。你现在再看恒河怎么样？没有变化。你的心也应该是那样。”

后记
比海更深

今年夏天与女儿去日本，对这个国度居住空间的狭小与大海之辽阔印象深刻。日本文学与电影的平淡、压抑与澎湃忽然都找到了理由，是枝裕和的诞生也顺理成章。

临行前看了好几部是枝裕和的影片，《比海更深》并非他的作品中我最喜爱的一部，却特别喜爱树木希林演的母亲。她寻常无奇的形象也在那个台风夜忽然灵动起来，抓住了你的心。你会忽然明白，她才是主角。

是枝裕和在《比海更深》剧本的第一页写着："我们都无法成为自己想成为的成年人。"片名来自邓丽君的歌词，歌里唱道：

我舍得用我一生
追随着你的漂泊
比大海更深　谈何容易

比天空还蓝　尽心尽力

把我一切　你都要珍惜

除了你没人能代替

…………

这首歌也出现在电影里，歌声一往情深。然而在这里，要表述的道理却是相反的。尽管在一个风雨交加的夜晚，母亲（树木希林饰）想方设法将已经离异的儿子、媳妇与孙子聚在一起，祈求某种转机。但她又明白无误地告诉“废柴”儿子：“我这个人啊，都这把岁数了，却从来也不会爱一个人比海还深……普通人都不会有的啦，可大家都还是每天快活地过日子，不不，就是因为没有才能活下去，而且还那么开心。”

记得二十来岁的时候，非常惧怕有那么一天到了五十岁，以为女人一旦告别爱情与青春就会枯萎，人生不复有光彩。殊不知当人生重新复原到一个独立的自给自足的阶段，打破年龄感的狭隘之后，却可以走进更为深广与自由的领域，这才是真正的“比海更深”。

我在1992年从教育行业转入媒体行业，这数十年来，一同入行的朋友渐渐地要不升职，要不转行，绝大部分都不在采访的一线了。这仿佛是一种挫折，却又是一种侥幸，我居然就这样糊里糊涂当了二十五年的一线记者，且大部分时光都在采访文化艺术的领域。同时，也由于一种坚定的爱好，我对文学史、电影史、昆曲史、美术史有了更自觉的熟悉与了解。我在采访各类艺术家及接触他们所涉及的口述史时，能迅速领会他们在坐标系中的位置，也看到他们之间横向与纵向的关系。

差不多在入行二十年之后，2012年开始，我重新开始了教学与讲座等公共教育领域的尝试，期望将这些年采访生涯里知识储备的输出，做一次重新的回收、补充与结构再造。这也让此后的我关注点、兴趣点更加自觉自省。

有意思的是，作为一个好奇多变的人，我依旧保有固执不变的小爱好，比如画画，比如写诗。差不多始于1985年的写诗之旅转眼已持续三十二年了。感谢我的编辑洪素珍与江苏凤凰电子音像出版社，这次将我这几十年的诗歌写作也做了一次梳理，希望诗歌别册的出现不仅对于我自己，对读者也是一份小小的惊喜——没有完美的表达，却有独特的发现。诗歌的触觉让我保持细腻与犀利，也让我心怀感恩。

这是我的第七本书，也是我写后记最“难产”的一次，从确定书名到酝酿到写作，这篇简短的后记竟陆陆续续拖延了近四个月，除了工作繁忙，我也在一直等待着一种浩荡的情绪。似乎一篇文字也自有生命，也在等待更好的诞生时机。慢慢地我明白了，这本书最终完成还要等待另外一些相遇，不仅是对多年的采访经历的回顾总结，也不仅仅是是枝裕和与日本之行，还将遇到陈佩斯的《戏台》，遇到朱天心的《三十三年梦》……

《戏台》中的人物总是处在焦虑之中，戏就变得很好看。戏中戏里的“霸王”总得向权势低头，却最终被文化保全。

在《三十三年梦》中，朱天心说了一些真话，惹来台湾文坛一堆麻烦。朱天心却不肯放弃说真话的权利。她说：“写作的时候，那把刀必须时时磨得很锋利。”

嗯，对文化的保全，对“标准”这把刀的保全才会让我们在所爱的领域不知疲倦探索追寻，等待崭新的相遇，永无止境，比海更深。

每本书都是一种告别。希望这本书能成为我与记者生涯的一场别离。

再见，那些对话的时光；再见，那些心灵的互访；再见，诗意降临的时刻；再见，年龄的屏障……我要去更深的地方潜泳了。

罗拉拉

2017年11月1日于南京尚书里

又及：非常高兴的是，江苏凤凰电子音像出版社充分发挥该社优势，将我所有的诗歌都录制成音频——由我本人朗诵哦。扫描诗歌别册扉页或封底的二维码，即可进入罗拉拉的有声诗集《冬天的雷是白色》。文字之外再加上作者本人的声音传达，希望与读者近距离接触，可以达到真正的心灵共鸣。谢谢您的倾听。